灯下黑

羊行屮　著

SPM 南方出版传媒　广东人民出版社

·广　州·

结束也是开始。

常人的一生，用几十年走完；我们的一生，用了两年。

我曾经以为，探索未知是无法摆脱的宿命。随着一个个神秘事件的破解，苦苦探求的真相触手可及。

可惜，我猜到了开始，却没等到结局。

当一切莫名消失的瞬间，我突然发现，所谓宿命，只是棋盘里微不足道的棋子，被一双无形的手随意摆布。

我想放弃，却不得不继续探索。

因为，我的兄弟月无华，失踪了。

目　录

引子 人獒

“不准备告诉他们？”

“有些事情，知道的人越少越好。”

我灌了口扎啤，再没言语。月饼眯着眼睛，嘴角扬着笑：“南瓜，别纠结了。秘密，不能分享，只能保存。”

扎啤滑过食道，透心的凉意多少缓解了压抑的情绪，我舒口气，刚想点根烟，才发现烟盒空了。

“我去买烟，不醉不归。”月饼起身走了。

烧烤摊人声鼎沸，食客们嘴角沾着油星子，举着酒杯你来我往。我招呼伙计把烤串再热热，仰脖又灌了一杯，突然很羡慕——这种生活真好。

“咚……咚！”鼓声从身后响起，我回头看去。一个二十出头的小姑娘，背着吉他，腰间别着一面鬼面花纹的红色小鼓，挨桌询问：“点首歌么？”

小姑娘身材不错，我忍不住多看了几眼：古铜色皮肤，牛仔裤加衬衣，脸颊有两块淡淡的高原红，眉毛浓密，透着一股野性的健康美。

食客们摆手拒绝，小姑娘略微失望，看到我盯着她，拍着鼓走过来：“点歌么？”

不知道为什么，我觉得鼓声既熟悉又奇怪，每响一声就好像有什么东西钻进心里，说不出的难受。

“我叫卓玛，”小姑娘自我介绍，“藏语的意思是‘度母’，很美丽的女神。”

我摆摆手：“不点歌。”

卓玛又拍着鼓，我的心脏像被一只手狠狠攥住再缓缓松开，憋得生疼。

“听我讲一个故事吧。”卓玛很大方地坐下，自顾自倒了杯啤酒一饮而尽，高原红艳得像血，“反正今晚我也没生意咯。”

我心里不快，正要发作，卓玛连续拍了六下，鼓声长短不一。我居然说不出话，直挺挺地坐着，听着她的讲述——

王朝崩溃后，旧贵族、豪族趁势而起，成了称霸一方的农奴主，享尽荣华富贵，过着荒淫糜烂的生活。

日子过久了，难免索然无味，农奴主们把取乐的目标瞄向农奴，以酷刑虐杀为乐。当“在农奴脑门凿个洞，倒入铅水”这种酷刑都不再引起农奴主兴趣的时候，有个叫桑格的农奴主想出了一个残酷的死亡游戏——人獒角斗。

“人獒”的培养过程异常残忍。初生的婴儿扔给哺乳的母獒，如果没有被母獒吃掉，反而用奶汁抚养，说明婴儿生来具备獒性，成为“人獒胚子”。经过与獒的长期生活，婴儿长大后完全丧失了人的意识，把自己当作獒。连体形相貌都像獒，体毛浓密，手脚指甲锋利，粗鼻利齿，完全兽化。

人獒长到十岁开始接受搏斗训练，然后参加一年一度的“人獒之战”。双方派出最凶残的人獒参加比赛，取得最后胜利的人獒，获得“人獒王”的封号，和真正的獒王进行决斗。

人獒再凶猛，又怎么是獒的对手？往往没几个回合，就被獒王撕得稀烂。农奴主们根本不在意谁输谁赢，只有人獒临死前的哀号，才能彻底满足他们变态的欲望。

在那个农奴没有任何尊严的年代，许多农奴家的孩子一出生就被夺走。牧民们冒着冻死的危险翻越皑皑雪山，从大雪山逃到外地，也不愿孩子遭此毒手，但是生还者屈指可数。也有一些更贫苦的牧民，把出生的孩子卖给农奴主，换来一头牦牛维持生计。

为了培养更强的人獒，农奴主们把腐肉用铁钎串起来，悬挂笼子顶端，饥饿的人獒为了吃到肉块，会拼命地蹦跃，不但能增强肌肉力量，而且他们常年以腐尸为食，牙齿浸着尸毒，在搏斗中咬到对手，还会让对方中毒。

残忍血腥的死亡游戏持续了许多年，终于在一次“人獒之战”即将开始时，突然结束了。原因无人知晓，据说有位农奴主丹增松格，小时候骑马跌落，双眼被乱石刺瞎，又遇到狼群围攻，被自家豢养的人獒舍命救出，一路摸爬着回了家，自此幡然醒悟，一心向佛，善待牧民。他成年之后，把所有家产分给农奴主们，只求取消这种灭绝人性的游戏。

传说不知道真假，自此再无“人獒之战”，而当地多了一位盲目疤脸僧人。他游走各地，为牧民治病，制作天珠惠赐祈福，只收少量的食物做医资。牧民们称他“洛桑多吉”，意思是“心地善良的金刚”。

洛桑的名声越来越大，所到之处，求医的人络绎不绝。如此过了几年，他路过一处牧民帐篷，贫苦的夫妇领出了哑巴女儿白玛。

洛桑沉默许久，摸着白玛嘴角的痣说：“我曾偶遇中原白发老者，彻夜长谈，得《道德经》一本，里面有句话，‘大音希声，大象无形’，最美丽的声音是无音之声，最美丽的形象是无形之相。白玛不是哑巴，只是你们没有听到最美声音的心而已。”

连字都不认识的夫妇自然听不懂话里的深意，只知道白玛治不好，家里多了个吃白饭、嫁不出去的废物，连一头牦牛的嫁妆都换不来。白玛眼巴巴望着父母厌恶的表情，眼里憋着泪水。

洛桑长叹一声：“白玛，你愿跟随我苦修佛法，以大音度人么？”

白玛眨着黑玛瑙般晶亮的大眼睛，用力点头，跟着洛桑走了。

爬上山顶，白玛遥望着破旧的帐篷，有个小姑娘钻出帐篷前，焦急地寻找着什么。许久，小姑娘咧嘴哭了，牧民夫妇往她嘴里塞了一块黑糊糊的干饼，叱骂着赶进帐篷。不多时，夫妇捧着一盆羊奶，喂食懒洋洋晒太阳的几只獒。

在他们眼里，女孩还不如能够抵御狼群的獒重要。

洛桑干瘪的眼眶仿佛看到了这一幕：“你的妹妹？”

白玛点点头，嘴唇咬出深深的牙印。

“我错了！”洛桑满脸疤痕抽搐着，“我能治愈他们的身体，却唤不醒他们的心。心不醒，苦难，永不停止。”

大雪山白雪皑皑，几只雄鹰在空中盘旋，洛桑低声说：“有残疾的孩子被视为不祥之物，活不了多久就会丢到雪山饿死，执行天葬的神鹰把灵魂带回桑吉身边……白玛，我寻找你，已经很久了。”

自此，盲眼的洛桑多吉身边多了一位哑巴女孩。洛桑为人治病时，白玛总是静静地坐在一旁，张嘴唱着无声的歌曲。

十多年过去了，白玛出落成标致的姑娘，洛桑没有受到年龄的影响，依然是那副模样。有人说，洛桑是肉身金刚，永不会老；也有人说，洛桑收留白玛，是为了修习“密宗双修”，保得肉身不寂。他之所以选择白玛，因为哑巴不会透露秘密。

不知道什么时候，传出了这样的谣言：“洛桑是恶鬼附身，用药和天珠吸取人的精气渡劫。”

自然没有人相信这种无稽之谈，然而恐怖的事情发生了。

洛桑所到之处，总有几家牧民和农奴主惨死。有的被野兽闯入帐篷生生咬死，残肢、内脏到处都是；有的像是被吸干了血，成了皮包骨；有的却是脑壳凿了个洞，脑浆灌进酥油茶壶，架在牛粪火堆上咕嘟咕嘟煮着。牧民们以为是巧合，后来死的人越来越多，种种推测合在一起，牧民相信了那个谣言。

洛桑被视为恶鬼，迎接他的不是笑脸，而是锋利的弓箭和獒的牙齿。于是，洛桑再也没有出现，隐居在大雪山山脚的一处密林。

恐怖的死亡并没有因为洛桑的消失而停止，死的人越来越多，帐篷内外到处都是奇怪的脚印。

恐惧的牧民和农奴主们忘记了曾经的恩惠，经不住几个人的煽动，拿着武器结伴赶至密林，要除掉恶鬼化身的洛桑。

密林深处，四处弥漫着浓郁的血腥味，腐败的沼泽地里堆满死人骸骨，还不时冒着蓝色的火苗。胆小的牧民逃了回去，剩下的人壮着胆子前行。

翻过一个山头，远远看到树林里面藏着一栋木屋，他们走进树林，被眼前的一切惊呆了。有人实在忍受不了，当场就吐了。粗壮的老树上，悬挂着一具具剥了皮、晒成肉的残尸。山风吹过，残尸晃晃悠悠飘荡，“啪嗒”一声，一截胳膊脱落，撞到树枝上面弹起，尸液溅到几人身上，如同被热油烫到，那几个人疼得满地打滚，很快没了声息。

幸存的人看得心惊胆战，哪还敢再走半步，正要逃出这片可怕的密林，只见树林深处草木攒动，蹿出数十只半人半獒的怪物。

“人獒！”人群中不知道谁喊了一声。

“嗷！”领头的人獒王仰天长嚎，嘴里滴着涎水，一步步逼近人群。

牧民被这群半人半獒的怪物吓得不敢乱动，人獒王喉间发出像铁块摩擦的吼声，突然说道：“你们把我们卖给农奴主的时候，想过会有今天么？”

卓玛讲到这里，喝了口啤酒，直勾勾地盯着我。那面造型奇特的鼓端端正正地摆在桌上，也许是长期用手掌拍打的缘故，鼓面蒙着一层泛着油光的包浆，漾着暗黄色的光芒。

“知道后来发生了什么？”

我摇了摇头，既表示不知道，也表示不想知道。毕竟吃烧烤喝扎啤的时候听这么恶心的故事很倒胃口，何况我已经想到，卓玛不会平白无故讲这个故事，谁知道讲完了会整出什么幺蛾子？

卓玛眨了眨眼睛，根本没在意我的态度，接着讲——

当年，舍命从狼群中救出洛桑的人獒并没有死，洛桑把它带回家中悉心照料。为报答人獒救命之恩，他发誓一定废除“人獒角斗”。成年后，洛桑召集农奴主，倾尽家产买下了所有人獒，农奴主们也开始厌倦了这个残忍的游戏，便顺水推舟做了个人情。

洛桑把人獒养在大雪山山脚下这片密林中，白天救助牧民积累功德，夜间对着它们诵经，希望唤回早已泯灭的人性。时间一天天过去，人獒的人性慢慢复苏，尤其是救他那只人獒，已经能说几句简单的人话了。

始料不及的事情发生了！随着人类意识的复苏，人獒想起了把它们变成怪物的人类，也想起了为了一头牦牛把它们抛弃的父母。仇恨的种子在心里生根，不可遏制地生长成复仇的大树。况且，洛桑治病换回来的奶子和干肉越来越少，根本不够果腹。在仇恨和饥饿的驱使下，人獒逐渐恢复的人性越来越邪恶。

人夔王想趁着洛桑熟睡的时候偷袭他，结果都被白玛察觉。更奇怪的是，白玛虽然是个哑巴，但人夔王却能听见她唱的无声歌曲。每当歌声响起，它就会心头宁静，忘记仇恨。洛桑醒来，白玛焦急地比画着手语，洛桑总是长叹一声：“我的命，是它救的。由它取走，有何不可？”

善良的洛桑根本没有感化人夔王残忍的人性，它趁着洛桑外出治病的时候，潜入牧区，制住几户牧民，散布“洛桑是恶鬼”“和白玛密宗双修”的传言，又带领人夔袭击牧民，使得洛桑和白玛变成牧区人见人怕的瘟神，最终无法立足，回到密林。被禁闭在木屋里，他和白玛活活饿死。

人夔再凶猛，也不是真正夔的对手，夜袭时被夔咬死了几个。人夔王指使受控制的牧民煽动“除掉洛桑”的情绪，一批又一批的牧民来到密林报仇，成了人夔现成的食物。吃不了的牧民，都被人夔咬死，悬挂在树上做储备食物。

复仇的牧民得知真相，尤其是看到成为人夔奴隶的牧民讨好地舔着人夔王满是灰垢的脚趾时，追悔莫及。这时，一个漂亮的女孩遥望着木屋，凄声喊道：“姐姐！”

这个女孩，正是白玛的妹妹。

“他们……已经很久没有出来了。”人夔王捡起树上掉落的残肢，“咯吱咯吱”地嚼着，“早就饿死了吧。你们，也会死，没有区别。”

女孩发疯似的冲进木屋，人夔们没有阻拦，在它们眼里，女孩只是一顿可口的食物。

人夔王突然一口咬断舔脚趾牧民的喉咙，喝了几口热血：“既然能背叛人类，迟早也会背叛我。”

其他人夔冲向牧民尸体，瞬间啃食得只剩几根残骨。人夔王环视着牧民，挥了挥手：“杀了！再把逃走的牧民抓回来，不要透露风声。”

牧民已经放弃抵抗，任由人夔逼近。不知道谁喊了一声：“洛桑多吉，救救我们！”

就在这时，木屋里传出沉闷的鼓声。人夔听到鼓声，赤红的眼睛褪去了血丝，眼神茫然地望着木屋。

“轰”的一声，木屋突然崩塌，几道肉眼可见的气浪涌出，如同海潮般涌向密林，一道道金黄色的光芒照进树林，空中飘着金砂形状的光点，落在树林每一个角落。

木屋的残骸中，白玛妹妹周身散发着柔和的白光，端坐在木床上，低眉垂目，不疾不徐地拍着一面鬼面花纹的红色小鼓。薄薄的鼓面像一张剥下的人皮，晶莹剔透，血丝隐隐可见。

她的左右两旁，端坐着两个人。左边的人赤裸上身，低垂着头，干瘦的身躯宛如一具骷髅；右边的人却被剥去了皮，萎缩的肌肉上满是血痂，长长的头发覆盖着半边身体。

地上，一堆变成黑色的血块里凝固着木屑，残破的人皮。

白玛妹妹随着鼓声唱出一段奇怪的歌曲，人獒如被雷轰，仰天哀鸣。鼓声越来越急，白玛妹妹唱着歌曲走向密林，人獒浓密的体毛开始脱落，尖牙缩回牙床，粗壮的手爪变得柔软灵活——它们回复了人的模样。

“冤冤相报皆为心魔，事事不休同是轮回。”白玛妹妹轻声说道，“姐姐，当我敲响这面鼓的时候，才明白了舍生取义的真正含义。最神圣的处女，无法说话的哑巴，嘴角有痣的宿命，只有这样的人皮，才可以制成奏响圣音的神鼓。洛桑多吉，你心怀大慈悲，不愿放弃任何生命，同我的姐姐白玛舍生取义。可是，我不明白，难道只有牺牲，才可以唤回人性中最后一点善良么？”

冰冷的山风吹过，树叶“簌簌”作响，人皮鼓无人拍打却发出了声响，如同午夜哀怨女子的低诉。

“我懂了。”白玛妹妹笑如莲花，“人獒王，你杀死的牧民，其实都是当年把婴儿送给农奴主当人獒的父母啊。”

人獒王已变成身材健硕的英俊男子，双手深深插进头发，拼命撕扯，哀声痛哭：“我恨……我恨把我们抛弃的父母！我恨把我们变成怪物的农奴主！”

“洛桑多吉用佛心唤回人性，却忽视了人性的恶。天道轮回，你们自此守护这片草原，消除业障吧。”白玛妹妹抚摸着人獒王，眼中含着泪水，“善良的牧民，今天的一切，希望你们如同大雪山山顶的坚冰，永远封存。”

牧民们“扑通”“扑通”跪倒，拜着白玛妹妹。

“人本平等，何须跪拜。”白玛妹妹把人皮鼓别在腰间，向密林边缘走去，“洛桑多吉，我会带着姐姐走遍世间，用大音之声唤醒沉睡的人们。”

远山顶端，站着两个人，默默地注视着一切。

“人皮鼓，觉醒。”一人说道，“这其中的关联到底是什么？”

“鸡蛋好吃，有必要知道下蛋的那只鸡长什么样子么？”另一人说道。

卓玛讲完，又喝了一杯扎啤。我注意到几滴酒珠落到鼓面上面，发出轻微的“嗤嗤”声，渗了进去。

我心里七上八下，疑问接二连三地冒出来。还没等我开口，卓玛抚摸着鼓面：“不用询问，该说的我都说了。能听懂鼓声的人，今晚你是第二个。”

“第一个是谁？”

“你会知道的。”卓玛把鼓别在腰间，站起身，歉意地笑了笑，“打扰你这么长时间，很抱歉，再见了。”

“等一下。”我急忙说道。

“你曾经的经历，并不是你了解的真实。真正的人生，才刚刚开始。”卓玛没有回头，边走边说，“再告诉你一件事，人獒王是……”

我默念了几遍人獒王的名字，忽然想起历史上赫赫有名的那个人！眼看卓玛拐过街角，我正想追上去问个究竟，却发现根本动不了。

炎热的夏夜，食客们仍在喝酒聊天，我惊出一身冷汗。

卓玛所说的话，到底是什么意思？

“傻坐着干吗呢？”月饼往桌上扔了两包烟，盯着空空的酒杯，“谁喝了我的啤酒？”

我一时间不知道该怎么回答，突然发现热好的烤串早已经凉了。想到农奴主们培育人獒的腐尸肉块，说什么也吃不下了。

“买烟怎么买了这么长时间？”

月饼表情有些不自然：“想想心事，遛了个弯。”

我没有追问，月饼的性格，如果他自己不肯说，刀架脖子上也不会吐半个字。

“明天，毕业了，”月饼扬扬眉毛，“有什么打算？”

“没有。”我伸了个懒腰，“这几年经历这么多事情，足够一辈子了。”

第一章　兰陵王龙凤牌

一

月饼绕着半人粗的老树拴上尼龙绳，打了个活结，拽了拽试试结实程度，又往地下岩洞扔了几根荧光棒，许久才听到坠地声。

我借着荧光往洞里看，狭长的岩壁乱石突起，石缝里爬满拇指大小的甲虫，相互碰撞着，发出让人牙酸的“咯咯”声。我从岩缝里抓出一只甲虫，虫子在手掌里爬来挠去，又痒又疼。

我捏着甲虫凑到眼前观察，它有橄榄核大小，通体漆黑，椭圆形翅膀退化成硬甲，眼睛是两枚火柴头形状的圆点，嘴巴奇长，占了身体的三分之二以上，八条长满茸毛的爪子透着蓝光，悬空胡乱挥舞。

突然，虫嘴开裂成三瓣，探出白须，喷出一股淡绿色液体，正中我的鼻尖。鼻端顿时传来强烈的灼热感，我捂着鼻子疼得直跺脚，把虫子踩得稀烂，黄绿色的肉酱沾到的草叶瞬间变黑枯萎，“哧哧”冒着白烟。

“月饼，看我破相没？”我摸着鼻尖，总感觉被虫液烧掉一块肉。

月饼扬了扬眉毛，表情凝重：“节哀。”

我在十万大山差点被干尸勒死都没现在这么紧张，急忙掏出手机打开相机当镜子，一时没做好心理准备，被屏幕里的自己吓了一跳：鼻尖红肿，鼓了个绿豆大小的燎泡，薄薄一层油皮裹着淡黄色的脓液，异常恶心。

我摸出银针，挑破脓包用力挤着，鼻子被捏得酸麻无比，眼泪不住地流。月饼板着脸强忍住笑，扒拉着岩洞附近的草丛：“凡有毒虫出没之地，七步之内必有解药。”

等我挤完脓液，月饼撕了片艾草叶给我贴着创口。我吸了口气，鼻子依然酸得很：“你丫以为是洪七公啊！这虫子五行属火，附近找找，有没有薄荷。”

月饼围着岩洞扒拉杂草，寻到一丛薄荷，抓了两只虫子丢进去。虫子落进薄荷丛，像掉进热锅似的四处乱爬，没爬几步就哆嗦着腿翻了肚子。

“万物相生相克，这里面的道理一辈子琢磨不明白。”月饼用树枝扒拉着虫子，确定死透了，“我说南少侠，伤个鼻尖儿又不是断手断脚，用不着只抽烟不干活吧？”

我靠着树抽烟正舒服，被月饼这么一说，老脸一红：“天坑这么深，从坑口爬下来二百米是有了吧。您老人家一路溜达着拍照看景儿落得清闲，三十多公斤装备可都是我一人扛下来的。劳动人民很辛苦，别耽误我吐纳还阳，要不一会儿哪有体力陪你下去干活？”

“看不出南少侠居然会‘吐纳还阳’，敢问原形是哪朝狐狸？《聊斋》里面可有名号？”月饼边说边拔出一丛薄荷，根茎上大坨湿泥簌簌掉落，露出根须包裹的圆形东西。

月饼随手一扔，那个糊着草汁烂泥的东西滚到我脚前。我看得真切，居然是一颗腐烂的人头。我叼着烟还没反应过来，一条蚯蚓形状，长着白毛的肉虫从糊满烂泥的眼眶里钻出，突然弹起，落到我的手背上咬了一口。

我疼得跳起，生怕虫子有毒，没敢直接拍死，用力甩着手腕，慌乱间撞到身后的树干，蔓藤落了满头满脸。

虫子甩掉了，伤口红肿一大片，边缘透着青黑色，微微发麻。我挤着脓血嘟囔：“今儿忘了看黄历，出师不吉。”

“南瓜，别动！背后有东西。”月饼眯着眼睛向我走来。

我当场僵住，后脖颈冷飕飕的，好像有“人”在吹气。

月饼摸出桃木钉：“往前走，别回头。”

二

我冒了一身冷汗，大气都不敢出，直着脊梁骨小步挪动：“月……月……”

月饼把我拽到身边：“没事了。树上有字，怕你蹭花了。”

我哭笑不得：“你丫一惊一乍很好玩是吧？”

月饼摸了摸鼻子没搭理我，甩出桃木钉击中那颗腐烂的人头，掀起一块肉皮，颅顶镶着一块绿色的东西。月饼也不嫌脏，抓着人头抠出一块玉佩，对着阳光照着：“铁龙生，凤凰花纹，他应该是族谱里的那个人。”“铁龙生”是缅语，意思是“满绿色”，主要是指产于缅甸龙肯的满绿色翡翠。

我闻言看向树干，只见几行歪歪斜斜的红字渗进树纹里——

“余游历华夏数十载，几经生死，依古籍暗启，获寻奇物无数，然未曾遇此洞之凶险。洞中种种，均为余平生未曾所见，奇哉怪异之处不可理喻。余拼尽毕生所学，逃出此洞，奈何无力胜天，同伴陨于洞内。余自知时日无多，特留此字以示后辈异徒行者，切不可入洞！万历十三年涂月二十七。”

落款处人名看不清楚，中间字的右半边是个“辰”，不过我已经想到了他的名字。心里有些感慨，传说中失踪的那个人，居然在天坑被我们偶然发现。

月饼微微一笑：“不知道将来谁给咱们俩收尸。”

“估计那人还没生出来。”我抽出开山刀砍了一段树干，准备做成墓牌。月饼掏出块白布，把人头和玉佩仔细包叠，挖坑埋好。我在树干上面刻了那个人的名字，端端正正插在土坑前面，月饼点了三根檀香，洒了一圈二锅头。

我们念着往生咒，直到檀香燃尽才闷头抽烟。我望着岩洞，黑漆漆的洞口就像一只张着巨口的怪物，等待我们自投罗网。

“真不知道是对是错。”我苦笑。

“没有对错，只有做不做。”月饼抽完烟，用二锅头把薄荷淋了一遍，点火丢进岩洞。薄荷燃烧散发着刺鼻香味，岩洞里“嗡嗡”声响个不停，甲虫如同喷泉翻涌着钻出，踩挤着向草丛里爬着，没几步就死透了。洞口附近已经堆起半尺多高的虫尸，钻出的虫子不少反多，有几只生命力异常顽强，蹿过薄荷丛，被我们踩死。

过了半个多小时，虫子渐渐减少，体积倒是越来越大。最后几只足有老鼠大小，扬着尖嘴喷射绿色液体，在空中冒着一溜白烟落下，“刺刺啦啦”融化的虫尸，像被鞭子胡乱抽出的鞭痕，黏糊糊的，空气里弥漫着说不出的腥臭味儿。

“应该干净了。”月饼嘴里含片艾草，从背包里抓把糯米粉搓手。

我瞅着满地虫尸，实在是不愿踩过去，准备折两根结实的树枝当高跷。这时岩洞里忽然传出婴儿哭声。

三

我以为是听岔了，再仔细一听，哭声由下及上，不多时到了洞口。

“月饼，别是碰上婴胎了吧？”我踮着脚往洞里看。一只背上扣着青褐色壳子，足有排球大小的怪物正伸着绿毛爪子往外爬。

我看得汗毛竖起：“变异的王八？”

怪物从壳里探出长着鳞片的尖脑袋，露出两排细密獠牙吞咬着虫尸。月饼甩出一枚桃木钉，贯穿怪物脑袋，将它钉进地里。怪物向后挣着身体，爪子深深抠进泥土，脖子拽得极长，“咯咯”作响。忽然，一溜血箭蹿起，怪物头从正中间豁开，烂肉里淌着血沫，它居然没有死，东倒西歪地爬向岩洞。

月饼踩着虫尸追过去，我也心一横，踏进虫堆跟上去。潮湿黏热的虫尸没过脚踝，尸液顺着鞋缝流进鞋里，黏糊糊的，说不出的难受。我的小腿肚子险些转筋，脚下一软，“滋”的一声响，血、肉、皮糊成一团，不知有多少虫子尸体被踩成肉酱。

月饼抓起那怪物，蜷着食指敲背壳，皱着眉头闻了闻。

我胃里一阵恶心：“月公公，咱能讲究点儿不？”

月饼双手一使劲，硬生生地把怪物身上的壳子撕开，白绿色汁液溅了一身。我闻着浓烈的腥味，嘴里直冒酸水。

月饼举着壳子长呼口气：“青铜牌找到了，烙在尸鳖背上。”

“尸鳖？”

十万大山的蛊术部落，善于使蛊的草鬼婆把公鳖和母娃娃鱼封养在灌满淫羊藿（一种草药）汁液的坛子里，喂食尸虫腐蛆，八个月后，再把它们交配产的蛋放入死蛇肚子，直到蛋壳长满绿毛才取出孵化，养成半鱼半鳖的尸鳖。草鬼婆每天饮一盅尸鳖体液，死后把它放在胸口下葬，尸鳖把尸体当作宿主注入体液，保护尸体不会腐烂。

我还是头一次见到这玩意儿。腐白色褶皱的肉皮披着一层绿毛，爪缝中间长着红色肉膜，暗青色血管长在细鳞外面，豁成两半的脑袋滴着血，看得人头皮发麻。

月饼指着尸鳖背部一圈暗红色烙痕：“难怪历代都找不到，咱们也算是误打误撞。”

青铜牌线条古朴，结满铜锈的花纹勾勒出一只振翅欲飞的凤凰，正是我们要寻找的龙凤牌。

“进洞。”月饼把尸鳖随手一丢，拽过绑在树上的绳子拦腰绕了两圈，“我先进去。连续拽三下说明有危险，赶紧把我拉上来。”

我没闹明白月饼这是唱的哪出戏：“你丫脑子进水了？东西找到了还下去干吗？非要九死一生才懂得珍惜生命是不？”

“龙凤牌是两个，龙牌还在里面。”月饼拧开强光手电往洞里照着，笔直的光柱延伸进黑暗，光线里浮着团团雾气。

我手心冒汗：“会不会还有尸鳖？”

“草鬼婆一生只养一只尸鳖，”月饼用袜子包住裤腿，“活着的时候选好墓穴，临死前带着尸鳖秘密入穴独葬。洞里不可能有第二个草鬼婆，也不可能有第二条尸鳖。”

“谁能想到兰陵王的龙凤牌落在草鬼婆手里，”我掂着沉甸甸的凤牌，“起码三斤，放到市面可值大钱了，可惜不能卖。”

“又不是废铁，还论斤卖，”月饼咬着手电筒，把绳盘扔进洞里，“尸鳖也要喘气，里面氧气没问题。我很快就能上来，顺利的话今晚回去吃过桥米线。”

我回道：“你丫就是个吃货。”

“要说吃，我还真不如你。”月饼微微一笑，手脚麻利地下了洞，没多会儿强光手电只剩个小亮点。我蹲在洞口看了会儿，觉得有些无聊，点根烟坐在树荫里琢磨心事。

这几年我和月饼经历了太多诡异的事，好几次死里逃生，彼此间的默契越来越足，最近几个任务完成得很轻松，尤其是去宁夏贺兰山寻找龟卜玉，和旅游没什么区别。印象最深的反倒是贺兰山蓝马鸡不加调料烤着吃，味道真心好。

“找到龙牌，距离真相又近了一步。”想到这里，我伸了个懒腰，心里一阵轻松。

我摆弄着凤牌，摸到左下角有个圆形凸起，试着摁了摁，牌内响着“嗞嗞”声，凤凰花纹乱成一团，组合成一张青面獠牙的闭目鬼脸。

我一愣，正琢磨着凤牌是不是传说中兰陵王的鬼脸面具。青铜牌左右边缘忽然伸出三条弯钩状的肉管盘过我手掌，顶端缩成肉针，一下刺进手背。

一股强大的吸力传来，心脏像是被绳子猛地拽着急速跳动，我全身血液涌向手背，整条手臂瞬间胀得血红。

瞬间发生的事情让我来不及做出任何反应，想把青铜牌撕掉的时候，身体已经因为大量失血动不了了。青铜牌颜色由绿转赤，鬼脸睁开双眼，眼眶周围长出细细密密的肉须，攒成两颗肉白色的眼球，骨碌碌转动。

青铜牌赤红如火，一点点烙进手掌，热气遍布全身，白烟从手、牌结合边缘冒出。一股奇怪的力量在体内横冲直撞，我没有感到任何疼痛，反而越来越亢奋。虽然看不到，但我能感觉到自己的脸部起了变化。

就在这时，月饼从洞里跑出来，拽着我脱离了树荫。

青铜牌遇到阳光，红色慢慢消退，鬼脸扭曲着狰狞的表情，肉管缩进牌里，花纹重新组合成凤凰形状从手掌上脱落。血液猛烈地涌回身体，我如同喝醉一般，面红耳赤，身体燥热难耐。

长吸了口气，平复着鼓点般的心跳，我这才感觉到手掌火烧火燎地疼，手心满是燎泡。

“还好发现得早。”月饼从背包里翻出烫伤药膏，一把拍在我的手心。燎泡全被拍破，药膏渗进伤口，我疼得差点没昏过去。

“如果变成怪物，我还要手刃了你。”月饼摸了摸鼻子。

“你丫下手有个轻重不？”我的话刚一出口，就觉得声音大得像是打雷，震得耳膜嗡嗡作响。

月饼没接我话茬儿，捡起青铜牌塞进背包：“跟我下去一趟。”

我把嗓音压得极低才恢复正常音量：“一只手怎么抓绳子？我是个病人！”

月饼又跳进洞：“别矫情，病人总比死人好。”

“你这话什么意思？”

“看看你的手。”

我的手背上，六个血口正在迅速愈合，无数条毛细血管从伤口周围生长延伸，彼此连接，渐渐形成一张鬼脸。

四

岩洞并没有想象的深，下行十多米到达洞底。地上散落着荧光棒，干燥的空气从左边隧道吹来，透着草药的香味。月饼把手电往我手里一塞："去吧。"

我手一哆嗦差点没拿住："啥？"

"墙上有字自己看。"月饼靠着岩壁垂头坐下，斜碎长发遮挡着额头，似乎故意不让我看到他的脸。

光柱照到隧道左侧，一行竖刻隶书："终境止，一人入。"看这意思是只能一个人进去。

我心里奇怪，问道："里面到底有什么？这张鬼脸是怎么回事？"话音刚落，手背突然剧痛，那张鬼脸高高肿起，眼睛位置横裂出两条缝，颤动着就要睁开。

月饼撩起额前头发，绿色荧光棒把月饼的脸映得惨绿，隐约能看到额头有一排愈合的伤口，数条毛细血管形成的鬼脸正在消退。

"快点，要不就没时间了！"

"你丫不早说！"我再没多问，转头冲进隧道，好像穿过一层透明薄膜。

三十多米长的隧道里透着幽暗的红光，手腕粗细的植物根茎顶出岩石，根须包裹着一个个人形的隆起状，绿色的蠕虫从根须中探出半截躯体左右摇摆。

隧道尽头横着一方两米左右的石台，巨大的鬼脸刻在岩壁上方，两眼透着红光，笔直地照着并排躺在石台上的两个人，一只尸鳖残体散落在通往石台的台阶上。

我回头看去，隧道口一片黑暗，根本看不见外面的景象；顺着隧道向前看，地面浑然一体，应该没有机关，也没发现搏斗痕迹。

月饼额头的鬼脸印痕应该和龙牌有关，按照月饼的性格，绝不会像我那样冒冒失失中了招。况且石台上躺着两个人，难道葬着两个草鬼婆？

我实在想不通，犹豫了三五分钟，没发现什么异样，这才数着步子走向石台。心里默数到二十八，距离石台还有十米时，我突然想到一种墓葬。

这种殉葬方式多见于战火纷飞的南北朝时期，各国领军大将杀戮太多，担心死后遭到报应，便挑选亲信士兵十二名封在陶瓮中，倒进铁汁，泼水令其迅速冷却，由能工巧匠按照士兵身形容貌制成人形铁俑，安放在墓里殉葬。

铁汁浇注的时候，士兵体内油脂挥发，又被迅速冷却的铁块吸收，制成的铁俑饱含油脂，吸引植物根须包裹吸吮。据传这种残忍的殉葬方法源自南疆蛊术中的“木蛊”，树须吸取油脂的同时，树汁透进铁俑，士兵尸体浸泡着树汁，变成不会腐坏的木人镇墓。

我想到“那个人”留在树上的警语，难道这些木人遇到外人，就会活过来守墓?

正想到这一点，右前排第一个人形树须突然裂开。躺在石台外边的人仿佛受到感应坐了起来，侧头看着身旁的尸体。

我看得真切，汗毛一根根竖了起来。

他长了一张猴子脸。

五

我仓促后退，慌乱间撞到铁俑，树须“唰”地展开，把我层层缠住。我张嘴刚想喊月饼，一丛树须堵进嘴里，一圈圈树须在眼前来回缠绕，直至什么也看不到。

我用力挣着，树须越收越紧，勒得骨骼咯咯作响，五脏六腑缩成一团，肺里的空气被一点点挤出，脑子因为缺氧嗡嗡作响，意识渐渐模糊。

“噗”地一声，一截刀尖戳进须丛，由上及下划开，差点将我从眉心直接豁到肚子。新鲜空气涌进肺里，我顿时清醒，只见月饼撕扯着树须，拽着我的头发把我拖了出来。

我双手撑地，吐着嘴里的须根，身体不受控制地抖动：“我差点让你坑死。”

月饼没有言语，伸手进树须摸着，用力一拔，拽出禁锢在岩壁里的蠕虫，尾部竟然是草根，悬挂着红色圆形根茎。

月饼扯断虫子，捏着我的下巴把根茎塞进我嘴里。我一口气没接上来，噎得直翻白眼。月饼扳着我的脑袋弹指击打喉咙，根茎活生生落进食道。囫囵吞东西的感觉无比难受，就像有根棍子顺着喉咙往肚子里塞。我用力空咽好一会儿，才觉得食道通了，胃里一坨东西胀鼓鼓的，说不出的恶心难受。

“你就不能让我少操点心？”月饼盘腿坐在我面前点了根烟，深深吸了一口。

我总算是六神归位，忍不住骂道：“你丫缺德不？怎么不讲明白再让我进来？有你这么坑人的么？还他妈是不是团队了！老子差点死了你知道不？我做鬼也不放过你！”

月饼扬了扬眉毛，怒道：“你脑子坏了？手背上的鬼脸都已经成形了，我哪有时间跟你讲原因！探了这么多次险，这点基本常识都没有！不先去石台看看怎么回事，招惹这些树俑干吗？要不是我突然明白了那六个字的含义，你他妈的做了鬼，我找谁喝酒去？”

月饼难得情绪激动地说了一大堆话，我憋着气听完没吭声儿。手背上的鬼脸消退，只剩几道隐约的血丝。我从月饼手里夺过烟狠抽了几口：“话说‘终境止，一人入’，你丫怎么进来了？万一触犯禁忌，这些铁俑活过来，咱们估计连逃跑的机会都没有。”

月饼用瑞士军刀挑起蠕虫摆弄着：“标点符号。”

我把“终境止一人入”反复念了几遍，恍然里终于冒出个大悟：“这是谁写的？坑爹啊！”

古文没有标点符号，通过语感、语气助词、语法结构断句。常年接触现代文，我先入为主地把这六个字读成“终境止，一人入”。按照文言语法来说，应该是“终境，止一人入！”

“止”在隶书中是“止于”之意，所以这句话是“终境，止于一人入”，转成现代汉语是“终境，禁止一人进去”。

我也懒得再继续琢磨了，试试胃里没什么不舒服，忍不住问道：“这个长得像冬虫夏草的玩意儿是消退鬼脸的解药？”

“不知道。”月饼玩够了虫子，收起军刀，“刚才我吃了一颗，觉得怪恶心的，所以和你分享一下。”

我有种想掐死月饼的冲动。

“石台上的人有没有坐起来？”月饼摸出几根桃木钉，“我刚才看见他坐起身，烙着龙牌的尸鳖从石台后面跳出来。我给了它两根钉子，龙牌掉下来正砸在额头把脸包住。我撕不掉牌子也看不见东西，撞到第一个铁俑，正好倒在鬼眼冒出的红光里面，牌子自己掉了，额头疼得受不了。当时的感觉很奇怪，身体不像是自己的，我胡乱抓着，扯断铁俑的树须，拽出一条蠕虫。我发现铁俑也长着鬼脸，想起‘万物相生相克’的道理，就吃了条蠕虫。我爬出洞看到你出事，临时想到牌子可能是遇光脱落，就把你拽出树荫，还好蒙对了。你手背上的鬼脸快要成形，我嗓子里憋着口血，硬顶着一口气带你下来，话说多了肯定吐血晕过去。这事儿怪我，尸鳖死了，里面没有危险，我以为你能明白蠕虫的作用，没有多交代几句。”

讲到最后，月饼不好意思地笑了。我听得心惊胆战，这才注意到月饼胸口斑斑点点的鲜血，如果少一点点运气，这次就算是交待了。

再看石台，猴脸人不知道什么时候又躺下了，龙凤牌都已经取到，任务也就完成了。月饼没有走的意思，我心里明白，不管猴脸人是什么玩意儿，一定要弄明白。

这座山盛产南红玉矿，从天坑下来的路上，有一条明显的矿脉。我琢磨着可能是尸体遇到玉矿产生了异化：“月饼，那个猴脸人会不会是成了形的玉俑？”

“猴脸？”月饼奇怪地看着我，“他明明长了张羊脸。”

六

沿着台阶走上石台，看到那两个人的模样，我们面面相觑。男子三十出头，穿着白色窄领宽袖长衫，相貌异常俊美，如果不是有三绺胡须，长着喉结，乍一看还以为是个古装美女。

女人苍老不堪，头发雪白，满脸褶皱，红色印花及膝裙装挂着各式各样的银饰。两人左右手紧紧相握，面色安详，像是睡着的母子。

我想到洞口留字的“那个人”的历史记载，常年带母亲出游，和眼前的景象有几分相似："他和母亲？"

月饼叹了口气："你就不能动动脑子？男子穿着南北朝长衫，女的是苗族或者壮族打扮，和'那个人'不是一个朝代的。何况咱们刚把他的脑袋埋了，这里怎么又长出一颗？"

我老脸一红，故意岔开话题："苗壮两族的蛊术确实厉害，能把尸体保存得这么完好，还能变成猴头羊脸。"

"我知道一种能操纵尸体的蛊术，类似于湘西赶尸术，"月饼摸着石台缝隙，"但异化形貌的尸蛊还真没见过。"

我脑子里突然有个模糊的概念，隐约觉得月饼说到了什么关键问题。一愣神的工夫，月饼扳着石台边缘抠出一条狭长石匣。

"秘密也许在这里面，"月饼摸出手机看看时间，"三点半，咱们是出去研究还是就地解决？"

月饼这句话又提示了我，追问道："你刚才说什么？"

"三点半，咱们是……"

月饼还没说完，我终于明白了，急忙数着铁俑："左右各六个，我知道是怎么回事了。羊脸、猴头、时间……你差不多两点进来的，我是三点，明白了么？"

月饼微微一怔，捶了我一拳："聪明！这你也能想到。"

我们扯掉包裹铁俑的树须，其中有十个锈迹斑斑的铁人扣着鬼脸面具，胸口镶着动物花纹的青铜牌，只有左边第五个和右边第四个没有面具，相貌和石台上的男女七八分相似，胸前凹陷的形状和龙凤牌正好吻合。

月饼问道："这是什么阵法？"

我摇了摇头，感慨道："古人的智慧实在太了不起了。"

我虽然不懂这个阵法，但其中的原理大体明白。铁俑对应的是十二生肖，每个时辰转换一次。月饼大约下午两点进的洞，也就是未时，对应的生肖是羊。我三点左右进来，正是未时转为申时，对应猴。

男子每个时辰变成对应生肖的相貌起身一次，有点像闹钟报时。

中国自尧帝舜时代就使用天干十个符号（甲、乙、丙、丁、戊、己、庚、辛、壬、癸）和地支十二个符号（子、丑、寅、卯、辰、巳、午、未、申、酉、戌、亥）相配合的“干支纪年法”，比如甲子年、辛未年。

《唐书》里记载：“黠戛斯国以十二物纪年，如岁在寅，则曰虎年。”由此可见以动物纪年的方法（十二生肖）起源于古代西北部的游牧民族。最初的十二生肖有凤凰，春秋时期传到中原地区，把凤换成了鸡。

据说这是楚庄王的功劳。当时在楚庄王的治理下，楚国国力日益强盛，周边小国纷纷臣服，奉献美女财物朝拜。巴国国君知道楚庄王仰慕中原文化，特地制造了在中原地区兴起的十二生肖青铜像进贡。谁料楚庄王见到凤凰铜像排在第十位，勃然大怒，把凤凰推倒在地，当场命令巴国国君七日内铸造别的动物代替凤凰，完不成就灭了巴国。

巴国国君不明所以，楚国国相孙叔敖偷偷告诉他，楚庄王自诩“不飞则已，一飞冲天；不鸣则已，一鸣惊人”的凤凰，怎么可能和别的动物排在一起计算年份?

巴国国君这才恍然大悟，急忙把凤凰像回炉熔化，铸成公鸡送回，避了楚庄王的忌讳。哪曾想，这只是楚庄王的借口，还是派部队把巴国灭了。不过鸡代替凤凰成了十二生肖，倒是由此流传下来。

由此还衍生出一句俗语：“落地的凤凰不如鸡。”

言归正传。

眼前，左五右四的铁俑分别对应辰时和酉时，辰龙酉鸡（凤），龙凤牌是他们的生肖，也是地位的象征。尸鳖烙上龙凤牌护尸，两人生前或许是一对情侣，死后同穴以饲养的尸鳖为化身，阴阳两世共续姻缘。

想到这一点，我心里也添了一层负罪感。有句老话叫“棒打鸳鸯”，我们今儿来了个“活拆尸鳖”。

不知不觉到了四点（申时），我和月饼有些紧张地盯着石台，虽然早有心理准备，但是近距离看到俊美男尸坐起，脸上长出绒毛，鼻梁塌陷，渐渐变成猴子脸，还是觉得很惊悚。

男子眼神温柔地望着女尸，几分钟之后躺倒，恢复了原本相貌。

我有些怀疑：“月饼，他真死了？”

“我倒希望他没死，”月饼把龙凤牌装进铁俑胸前的凹槽，双手合十鞠躬，“对不起，打扰你们了。”

两只尸鳖被月饼打死，想到没有尸鳖，尸体很快就会腐烂，我更觉得愧疚。这次任务是寻找龙凤牌，月饼牌归原主，看来是要放弃“异徒行者”的身份了。

这几年出生入死，只剩一个任务就能触及终极真相，我多少有点儿遗憾。转念一想这对男女生前不知经历了多少坎坷苦难，才设计了这么个阴阳同穴的墓，本来就不应该拿走墓里的物件。

“月饼，这次任性得漂亮！这些年过得太累，我早不想干了。”

月饼满脸惊奇：“马上就到终极任务，你尥蹶子了？”

我更纳闷：“你丫都把牌子安回去了，不等于放弃任务了？”

“刚夸你聪明，这会儿脑子里就剩糨糊了？”月饼扬着石匣，“这才是要找的东西，你再想想那段话。”

我琢磨着那段文字：“寻你千百度，一夜乱世烽火，十寸彩云南飞，侠气保山河。怎忘染指南红，龙凤同排渡缘可愿？”

翻来覆去背了几遍，才回过味儿。我就说照月饼的性格怎么会随随便便放弃。最初我们根据文字推出的含义是去云南盛产南红（一种红玛瑙）的保山寻找和龙凤有关的东西。

哪曾想这段不伦不类的三流古风句子前四句是个藏头诗！

“寻”“一”“十”“侠”——寻一石匣！

“去云南盛产南红的保山寻找和龙凤有关的一个石匣！”

我郁闷地拍着额头：刚才白矫情了！

七

闹洞房是个好事，闹过分就是素质问题。虽说只是个坟墓，好歹也是婚墓，待久了不合适。我们爬出洞寻了块平整地儿，月饼拿军刀撬着石匣，我捡了些枯树枝生火，置上野营壶烧水，六分热的时候撒进六十四粒糯米，烧开趁热喝了几口，稍凉一些洗手、眼皮、耳垂，驱驱下地的阴气。这招是在山东解决“冥鱼”事件时跟村里老人学的。

“能利索点不？”我添了把柴火有些不耐烦，“你丫玩雕刻呢？都大半个小时了还没打开。”

月饼也是窝着火，把石匣丢给我：“You can，you up！”

匣子浑然一个整体，匣身让月饼刮出好几道极深的印痕，没有任何缝隙。我掂掂分量，比正常重量轻不少，明显有中空夹层：“看着不像有机关。”

“你要能打开，吃米线我请。”月饼喝着糯米水，“味道不错，下次记得加糖，再煮个蛋，我爱吃溏心的。”

“你当这是来野炊啊？最多十分钟，打不开我就……我就砸开它！”

我嘴硬不服输，其实也没什么办法，手忙脚乱半天，折腾了一身汗，心里火烧火燎，额头上掉了滴汗落在石匣上。我随手一擦，手感很奇怪，干松松地没有潮湿感觉。我注意到匣面颜色由白转黑，几秒钟后又变成白色。

“米线你请定了，”我想通其中关键，举着石匣子很是得意，“还记得晴雨石么？”

月饼眉毛一扬，用糯米水浇着石匣：“晴雨石遇水则开。其实我早想到了，就是为了试试你的聪明才智。”

我伸了个懒腰：“晴雨石那事儿，一想起来，整个人都不好了。”

贵州姑鲁寨尧人山麓有一处壁陡崖，称为“产蛋岩”。崖壁上长着近百枚直径一尺多长的“石蛋”，每隔三十年自动掉落一个，堪称世界奇观。我们在那里遭遇的诡异经历足够写一本探险小说了，要不是月饼勘透晴雨石的奥秘逃出来，我们早就憋死在山体暗洞里了。

石匣左右裂开，月饼拿着两卷帛书看了几眼：“既然这么聪明，我再考考你，你猜洞里的古代帅哥是谁？”

我正抽烟养神，哪有心思猜这个，随口应付：“潘安、宋玉、杨过、楚留香、南晓楼都有可能。”

月饼展开一卷帛书念道：“入阵曲。”我差点把烟头吸进嗓子，一把抢过帛书，封面写着三个隶书字体——“入阵曲”。

我翻着帛书，除了“入阵曲”三个字，满是乱七八糟的符号，根本看不懂。

月饼又展开另一卷帛书，红色蝇头小字娟秀端正，入眼舒适。我们用一个小时的时间读完了书中记载的内容。

“下山吧，”月饼卷起帛书放进石匣，整理着背包，“真正的历史，总是很难接受。”

夕阳余晖斜挂远山绿树，落鸟归林，薄雾淡淡升起，晚霞如红绸轻缠山峦，触手可及的美景渐渐幻化成千年前金戈铁马的乱世烽烟。

以下是我根据帛书记载进行的整理——

八

南北朝时期，各国权臣篡权称帝已成家常便饭，内争外斗连绵不断。南朝世族纵酒高歌，寄情山水书画，形成了特有的“名士文化”。北朝各国由西北少数民族入主中原建立，其人生性贪婪残忍好杀，斗富、琢磨新刑罚杀人成了时尚。

其中最为著名的当属北齐的高氏家族。

这天，北齐贵族们很兴奋，他们刚接到高澄邀请，晚宴共赏新刑罚。贵族们早就听说过高澄的手段，他在邺城铲除异己孙腾，制造的“人臼”堪称变态至极，目睹酷刑的人们聊起这事儿就不寒而栗。

行刑当天，孙腾被绑在巨石凿成的石臼盆里，巨型木槌一次次捣中头顶，生生把脑袋砸进胸腔，压成方形肉墩，全身骨骼扎出皮肤，最后被捣成一臼血糨糊。

高澄舀出血糨糊煮熟，撒进调料做了一锅香气扑鼻的人肉羹。他亲自品尝了肉羹味道，又加了几味佐料，才满意地把冒着热气的肉羹赐给孙腾的亲信朋友。

有几个人忍受不了心理煎熬咬舌自尽；挣扎不喝的人，嗓子里被插竹筒倒入羹汤，食道烫烂；想活命的喝完肉羹，要么哭要么笑，全都疯了。

到了晚宴，宾客入席，酒席中央埋着巨型陶缸，宾客们议论纷纷，不知道高澄这次又想出了什么新花样。平素和高澄关系不和的官员心惊胆战，担心自己就是酷刑的实验品。

高澄还未出现，士兵们扛着一筐筐矿石倒进缸里，点柴生火，矿石化成铁汁，黏稠通红，热浪逼人。宾客们光是看到这个场景就心惊胆战，哪还有心思吃饭饮酒。

眼看铁汁沸腾，冒着火焰，宾客们已被热得大汗淋漓，高澄才领着三个儿子进了院子。

高澄环视宴席，顿时鸦雀无声。院外传来婴儿的啼哭，士兵们将一个披头散发的半裸女人抬进院子，随后跟来的姆妈抱着半岁左右的孩子，粉嫩的小手伸向半裸女人，“哇哇”哭个不停。

女人早已昏迷，满身鞭痕，皮肉绽翻流着脓血。听到孩子的哭声，她突然苏醒，挣扎着凄号。士兵对着她的膝盖就是一棍，骨裂声响起，小腿反角度折断。

女人忍着痛向孩子爬去，士兵又是一棍击在后脑，女人吐口血，晕了过去。宾客们这才看到她的锁骨早被挖出，每一条脊椎缝都楔着木钉。

“歌姬，舞跳得很好，被我留下，生了个儿子。”高澄冷笑着说，“想用邪术害我，把这个东西埋在床底。”

仆人端上一盆半鳖半鱼的怪物，沿着宴席传送。泡在漂满白絮液体里的怪物早已死透，腐烂的白肉肿得锃亮，散发着阵阵恶臭。

宾客们纷纷捂住鼻子，强忍着恶心，还要装作很好奇的模样，生怕一个不小心得罪了高澄。

“高家世代为国，鞠躬尽瘁，却有人暗中说我有谋反之心。呵呵，今天请大家来，没别的意思。如果再有任何风言风语传到我耳朵里，那么……”高澄把怪物往缸里一扔，黄色火焰猛地一亮，怪物瞬间化成一摊油脂，随着热气蒸发。

高澄一挥手，士兵把铁钩插进女人肩膀吊在陶缸上方的木架上，慢慢摇着辘轳，女人一点点落进铁汁。

“嘶嘶”声乱响，女人的脚冒着白烟，再次疼醒，如同厉鬼，挣扎着嘶叫。

“升！”

女人又被吊起，双脚只剩沾着铁汁的残骨。

“说，是谁指使的？”高澄坐回主位，慢悠悠地喝着酒问。

女人目光涣散，已经没有多少活气，含糊不清地说了几句，望着姆妈怀里的孩子，眼睛一亮，颤巍巍地抬起手，很快垂落。

“落！”

“升！”

铁汁泡到膝盖，再次升起。铁汁浸腰升起的时候，宾客们早就看出女人已经死了，但眼睛赤红的高澄像个疯子，询问着同样的话，歇斯底里地喊着“升！”“落！”

终于，女人完全没进铁汁，再次升起，一具滴着灼红铁浆的骷髅吊在空中。

几个胆小的宾客再也忍受不了，对着满桌酒菜吐了起来。

“把他们，扔进缸里。”高澄举起酒杯一饮而尽，“这么好玩的事情居然会吐，肯定是南朝派来的内应。”

姆妈怀里的小孩含着手指，眨着漂亮的大眼睛，好奇地望着被扔进陶缸惨叫的人们，漆黑眼仁里映着一张张恐怖扭曲的脸。

九

八岁的高肃从未见过母亲，父亲不喜欢他，兄弟们的眼神里只有鄙视和嘲笑，只有大哥高孝瑜偶尔和他说几句话，仿佛“高”这个姓氏和他根本没有关系。

他不明白为何族人如此冷淡，姆妈含着泪说道：“肃，很多事情不知道最好。长大一定要做个好人。”

高肃听不懂姆妈的话，没过多久，对他最亲的姆妈得重病死了。他在坟前痛哭一场，从此成了高府的隐形人。

一直被忽视的高肃早就习惯了，反倒觉得不用跟着哥哥们天天习武练字，可以自由自在地进出高府的生活挺好。

饿了的高肃就在厨房寻些残羹冷炙，吃完回破屋盖着薄被，蜷成一条小狗，睡得很不踏实。

因为他一直做噩梦。

在梦里，他被吊在木架子上，慢慢坠入一缸烧红的铁汁。钻心的疼痛把他惊醒时，眼前满是父亲、哥哥们，还有左右宾客兴奋残忍的神情。

他不明白为什么重复做这个噩梦，生怕有一天梦里的情景变成现实。他想跑出城再也不回来，可又舍不得离开这间破屋。姆妈跟他说过，这是母亲生前住的地方，住在这里就像依偎在母亲的怀抱里。

惊蛰日，春耕开始。

高府大宴，庆祝万物复苏，祈求秋天有个好收成。高肃没资格参加宴席，躲在角落里望着满桌佳肴流口水。宴席结束，他从厨房偷了几盘留着喂狗的剩菜，就着刷锅水填饱了肚子，望着窗外的星星，幻想着母亲的模样，迷迷糊糊睡着了。

不知睡了多久，他被院子里窸窸窣窣的脚步声惊醒。正要起身，却发现身体不能动弹，胸口像是压了块石头，闷得喘不过气。门被推开，脚步声越来越近，有“人”走到床前。他什么也看不见，只觉得冰冷潮湿的气息喷到脸上，冰冷的手摸着他的额头，说着奇怪的语言。

又一个沙哑的声音响起，两个“人”说了很久，似乎在争论什么。高肃想起姆妈讲过，惊蛰这天，家里要从里到外清扫一遍，否则不干净的东西苏醒，睡觉时会被鬼压床。这些东西不害人，吸饱了活人的阳气就会飘走，用力蹬脚就能把它们甩掉。

高肃正想蹬脚，争论突然停止，脚步声越来越远，高肃觉得一阵清凉，身体能动了。他偷偷从窗户向外看，两条白乎乎的影子飘到墙上，其中一个影子回头看他，长发半遮着青面獠牙的鬼脸。

高肃吓得向后退，摸到一块坚硬的东西，拿起一看，是一张人脸大小的青铜龙牌。

十

整整一夜，高肃再没敢合眼，直到天色大亮府门开了，他匆匆忙忙逃出高府，慌乱间撞到一个黄衫老人，从自己的束腰布袋里掉落一枚红色石头。

老人吃惊地捡起石头，一把扯住高肃：“这是谁给你的？”

高肃拼命挣扎，老人却很有力气，手像铁箍把他牢牢锁住。

“我……我不知道。”

老人举起石头对着阳光眯眼看着，扬了扬眉毛：“终于找到了。”

高肃不知道老人要干什么，越来越慌乱：“放开我！你要是喜欢就拿走！”

“任务失败了，找到有什么用，”一个圆脸老头从街角转过来，举着酒囊子灌了一大口，“兰陵酒一点也不好喝。”

“他肯定是下一条线索，”黄衫老人把高肃推到圆脸老人身前，“看看他的命格。”

圆脸老人差点把酒喷出来：“长得也太丑了！”

这句话伤了高肃的自尊心。高氏一族以英俊潇洒闻名北齐，唯独他斗鸡眼，塌鼻梁，鼻孔朝天，下颌和嘴巴向前高高凸起，长得异常丑陋。没有人愿意多看他一眼，也许这是家人不喜欢他的原因。

“异人天生异相，这是龙脸！有点耐心。”黄衫老人顶了圆脸老人一句，摸摸高肃的小脑袋，“你叫什么名字？”

“高……高肃。”

“什么？”圆脸老人张大了嘴，半天没合拢，“你……你是……你……不对啊！你怎么长成这样！”

“哇！”高肃委屈地哭了。

黄衫老人满脸怒气：“会不会好好说话？”

圆脸老人老脸一红，蹲在高肃面前，顺手递过酒囊：“兰……小兄弟，喝两口压压惊。”

高肃瞅着圆脸老人着急的滑稽表情，小孩心性，把刚才的话忘得干净，破涕为笑。圆脸老人端详着高肃，在他身上摸来捏去，高肃有些不好意思：“爷爷，你这样我很不舒服。”

黄衫老人憋着笑轻咳，圆脸老人抬头怒瞪黄衫老人：“我在摸骨看相！”

高肃瞧瞧这个看看那个，圆脸老人又灌了口酒，喷着酒气说道：“小兄弟，回家吧。三天之内，我们会去找你。”

“应该是两天。”黄衫老人拇指搭在无名指上计算着。

“算上今天不就是三天么？”

两个老头斗着嘴走远，高肃隐隐约约听到“鼓”“宴盛”“转向”几个字。

十一

回到破屋，青铜龙牌不见了，也许被下人偷走了。高肃反倒松了口气，那么可怕的玩意儿丢了也好。一夜惊吓过度，他迷迷糊糊睡了过去。

“公子，快醒醒！”

高肃睁开眼，脑子乱糟糟的，还没醒过神。

“大夫人走了三天，今天葬礼。全府都要参加，你怎么还躺着睡觉！”下人没有一点尊敬，扔过一身孝服，“赶紧换上！老爷的脾气你知道，耽误了小命可就保不住了。”

大哥的母亲死了？高肃吓得差点喊出声，昨天晚宴还看到她了，难道是鬼？

“咦？”下人跑出屋又折回来，看了高肃半天，挠着脑袋跑了，嘴里嘟囔着：“怪了，难道看花眼了？”

高肃稀里糊涂地换了孝服，满肚子疑惑地跑向后院。

路过的人见到高肃都是一副很奇怪的表情。有个端盆丫鬟过于震惊，失手摔碎了名贵的南朝瓷盆，被管家拖进了斗狗的狗舍。

高肃检查衣服没有问题，不明白这些人到底怎么了。

“肃，你不懂祭祀礼仪，一会儿跟在我后面按规矩做事。否则惹怒父亲，哥哥也保护不了你。”大哥高孝瑜从后面追上来说道。

这句话让高肃很温暖，全家只有大哥不嫌高肃丑，小的时候会和他说几句话，这几年大哥被父亲派出去游历，结纳名士，关系疏远了。

想到大哥的母亲死了，他有些难过：“大哥，节哀。”

高孝瑜一身素白孝服，双眼哭得红肿，仍然掩不住俊朗相貌，叹了口气说道：“我乔装到南朝结识了许多名士，他们常年服用石头烧出的粉，叫‘五石散’，服后飘飘欲仙，大谈轮回玄道，我从中领悟许多。生死轮回是天道，万物不可违背。母亲在三天前的惊蛰暴毙，应了万物生而逝灭的道理。”

高肃如同兜头被浇了一盆冷水，随即明白了一件事——遇到两个古怪老头回到府中后，他整整睡了两天。他想起圆脸老头说的话：“三天之内，我们会去看你。”

高肃愣住了，这里面似乎有什么联系。

“前几天国都来了一群夷人，懂得祈福镇鬼，方术很神奇。父亲请他们来府中做法事，希望母亲能安心上路。”高孝瑜边说边往前走，看到高肃没有跟上，回头喊了一声，“肃，别愣着！咦？”

高肃从大哥眼里，看到了和下人们同样惊诧的神情。

“肃，你的脸？”

高肃摸着脸，鼻梁稍微隆起，下巴和嘴也没有以前那么高了。他用力摁着颧骨，听到了骨骼移动的“咯咯”声。

“太好了，我早跟父亲说过，高家绝对不会出现丑陋的人，我小时候长得也不如现在好看。”高孝瑜一时间忘记母亲的丧事，高兴地拉着高肃向后院奔去，“肃，高家注定要成为国家的主宰，那时候这就是咱们的国家。你一定记住，国事就是家事。”

接二连三的事情让高肃脑子已经混乱了，只记得大哥温暖的手，还有那句“国事就是家事”。

十二

随着大哥入座，高肃已经习惯了别人诧异的目光，唯独父亲看都不看他一眼，让他略有些失望。

祭祀台早已搭好，十一个夷女站在台上一动不动。夷女们身穿蓝底白花衫裤，自胸至膝围一条绣花围裙，耳上垂一对极大的黄金耳环。古铜色皮肤泛着一层光晕，她们眼睛黑亮，赤着双足，透着与中原女子截然不同的风味。

乐声响起，头缠蓝布的老者拉响形状奇怪的琴。夷女随着音乐模仿各种动物姿态翩翩起舞，夸张地扭动臀部，间或露出一截性感的腰肢。

高澄眼中色焰大炽，唤来下人低头嘱咐着什么。高肃大概明白了其中的道理，这根本不是为了给大妈祭祀！

北齐贵族荒淫糜烂，高家在这方面更是有过之而无不及。甚至不论男女，只要长得好看，就逃不出高家的变态欲望。高孝瑜和几个弟弟对着夷女指指点点，看来已经物色好了人选。

夷女们浑然不觉大祸临头，眉眼含春，嘴角挂着勾人的微笑，纵情歌舞。高肃发现最漂亮的夷女眨着大眼睛自始至终对着他笑，连忙低头，不敢多看。

琴声越响越急，女子们放声高歌，偶尔夹杂着暧昧的声音。高肃耳边仿佛炸起一道惊雷，惊恐地抬起头，看到满院的人流着口涎睡着了。他深深吸了口气，心里越来越恐惧。夷女唱歌的声音和鬼压床那晚听到的声音一模一样。

就在这时，夷女甩动裙摆，蜈蚣、小蛇、蚂蚁、蝎子、癞蛤蟆从裙里掉落，潮水般涌下祭台，绕开高肃爬到其他人身上，顺着口、耳、鼻往体内钻着。

老者站在夷女中间，十二个人从怀里取出青铜面具戴上，老者戴的正是在破屋遗失的龙牌。

鬼压床的感觉再次袭来，高肃不能动也不能喊，眼睁睁看着青铜牌上面的各种动物变成青面獠牙的鬼脸！

“杀了他们。”老者指着高肃冷森森地说，“把他带走。”

这时，院外忽然传来乐器的“呜呜”声，两个老头翻墙而入，敏捷的身手与年龄完全不相符。

“小兄弟，我们又见面了。”圆脸老人对高肃招了招手，从背囊里取出一个圆盘，摆弄着走到西北墙角，捡了块石头刨坑。

挖到一尺多深，圆脸老人苦着脸从土坑里拎出一只爬满蛆虫的剥了皮的黄鼠狼，丢上祭台。

祭台上的老者脸色一变，急忙拉琴。黄衫老人扬了扬手，几道淡黄色的影子破空而至，击断琴弦。

虫豸群像是被施了定身术，高孝瑜的鼻孔前趴着一只蜈蚣，眼看就要钻进去，活生生停在嘴唇上面。

“啪……啪……啪……”鬼脸面具自动脱落，变成原来的动物形态。老者和夷女们跃下祭台，围住两个老人。黄衫老人双手合十鞠躬，和那领头的老者低声交谈；圆脸老人直勾勾盯着夷女，使劲咽着吐沫。

老者神情激动，指着满院昏迷的人说个不停。黄衫老人听完这番话，摸出几个竹板递过去。老者捧着竹板看了一会儿，喊了几个简单的音节后失声痛哭，夷女们面色悲戚地收拾着行李。

最漂亮的夷女眨着大眼睛跑到高肃身边，在他额头轻轻一吻，拉着高肃的手摁在丰满的胸膛，心跳由掌心传进高肃身体，好像有条小虫子在心里面钻来钻去。

老者嘬嘴吹着啸声，虫豸退进夷女们的裙摆。漂亮夷女指着心口对高肃说了几句听不懂的话，喜滋滋地跟着老者走了。

黄衫老人拍着高肃的肩膀："我会告诉你一件事，你听完就会忘记。"

"时间不多，要讲赶紧。"圆脸老人手里拿着数枚银针，在每个人的头顶扎着。

黄衫老人沉默了片刻，开始讲述——

十三

高肃的母亲和夷女们同族，来自中国最南边的大山，自幼就学习一种能操纵昆虫植物的秘术——"蛊术"。掌握蛊术的女人叫作"草鬼婆"，又称为"蛊女"。

蛊女世代相传，用蛊术为部族治病，抵抗外族入侵。到了高肃母亲这一代，老蛊女下的蛊虫居然选中了十一名女子。更离奇的是，女子之间各相差一岁，正好是以动物纪年的十二生肖，唯独缺少龙。

自蛊术出现以来，部族秘藏着十二生肖的青铜牌，还流传着这样一个传说：出现多个蛊女，部族的女人出山寻找应蛊之人，否则蛊术反噬，部落必会受到灭顶之灾。事关部落安危，大半个部落的女人走出大山，遍寻真龙属相的那个人。临走时老蛊女给每人下了"寻虫蛊"，一旦找到就会有感应。

首领的妹妹朵儿，也就是高肃的母亲，化身歌妓在中原寻找，被高澄看中强行留下。出山时老蛊女给夷女们服了土药，即便被霸占了身体也不会怀孕。

但是朵儿怀孕了。

第一次胎动的时候，朵儿耳朵里的寻虫蛊叫了。她明白了，肚子里的孩子就是应蛊之人。为了让孩子平安长大回到部落，她偷偷炼制尸鳖，取蛊液喂养孩子，助气旺势，百病不生。

嫉妒成性的大夫人暗中发现，密报高澄，说朵儿会邪术，这才导致朵儿惨死。大夫人为了斩草除根，请了通晓“厌胜术”的木匠，在高肃的房中下了“厌”，使其容貌越来越丑，准备把他赶出高府，没想到误打误撞引出了高肃的龙相。

老蛊女感应到朵儿死了，应蛊的那个人还活着。她召来首领，让他带领另外十一名蛊女进中原寻人。

经过七年苦苦寻找，在高府外面，首领终于听到了寻虫蛊的叫声。首领和生肖为凤的蛊女潜入高府找到高肃，见到他的相貌与龙牌吻合，留了块南红玛瑙定为族人。

首领施蛊得知有人布下“厌胜术”，顺藤摸瓜找到大夫人，下蛊毙了大夫人，再假冒祭祀巫祈混入高府，准备灭高家满门带走高肃。

黄衫老人讲完这番话的时候，圆脸老人已经扎完针：“小兄弟，那条黄鼠狼就是厌胜术的恶诅，老娘们儿给你下的术已经破了。”

“他们为什么不带走我？”

黄衫老人眯着眼说道：“我给首领的竹板，是从你房里找到的朵儿写的一段话。她的身体已经不干净了，就算不死也没脸回部族，如果部族之人找到这里，务必留下高氏一族，不要给你多造杀孽。”

圆脸老人说道：“小兄弟，你龙行虎步，双肩横突，本应是帝王之命。破了厌胜术之后，你会变回本初的相貌。不过‘帝命’和‘俊容’两者相冲，注定你有‘难逢一胜’的不可逆命格。你长大领兵打仗，一生无敌，却在最辉煌的时候出现横祸。首领，也就是你舅舅不带走你的另一个原因，是察觉到你体内有股戾气太凶猛，命格上讲就是‘天煞孤星’，注定会克死身边所有人。你们高家的人，最多能活到三十岁就会意外横死。”

八岁的高肃哪里懂得这些，但他知道两个老者说的都是真话。

“对不起，”圆脸老人眼圈微红，“我这几天想了很多方法，都改变不了你的命格。”

“顺其自然吧，”黄衫老人摸出青铜龙牌，“你舅舅让我把这个交给你，将来领兵打仗记得戴上。”

“那个女孩是谁？”高肃问道。

“你是龙，她是凤。你们是一对。”圆脸老人拈着银针突然刺进高肃头顶的泥丸宫，“她给你们俩下了心蛊，这一生是分不开了。不过你们这辈子都不可能在一起，这是宿命，谁也没办法。”

酥麻的舒适感由头顶传遍全身，高肃眼皮打颤，视线模糊不清。

黄衫老人趁着高肃还有一点意识，快速说道：“你还能活二十四年，死后我们把你送回去确保部落不会出事。那座山有南红矿脉，南红为山之精血，可保尸体千年不腐。我布下‘地支十二生肖墓’，等到凤女老死，你们就可以永远在一起，生不能同床，死亦要同穴。你生前名震天下，死后永伴宿命爱人。兰陵王，你很牛逼！”

（读到帛书记载的这句话时，我和月饼无比震惊。书里确确实实写着“牛逼”两个字，这种感觉实在诡异。）

高肃早已熟睡过去。

“我用蛊术护住尸身不腐。而且，我们还能在墓里玩，只不过换了一种生命形态。”凤凰夷女回到后院，“我们活着真的不能在一起么？”

“活着，还会吵架，闹别扭。死了，就真的是在一起了。”圆脸老人收起银针，抬手在眼角擦拭着，“风真大，迷了眼。”

院里，树叶纹丝不动，哪来的风？

黄衫老人伸了个懒腰：“那座山既然担负着保墓的责任，就叫保山。建好墓穴，我会给你一方石匣，你将死之时进入墓中，自然知道放在哪里。”

“为什么对我们这么好？”夷女问。

“我们是任务失败，没有身份的人。留下线索，让后辈参悟吧。”圆脸老人苦笑。

十四

月饼开车顺着山路蜿蜒而下，我记录完这段经历，百度着“兰陵王”的词条，搜索南北朝的资料以分散注意力，但心里还是很压抑，索性关了电脑看风景。山体千疮百孔，整座保山都快被寻找南红矿脉的人挖空。

“月饼，会不会有人发现那条矿脉，挖到墓室？”

“应该不会，围着矿脉有四个玄武大阵，挖到这里就会触动阵法，引起塌方。”月饼打了个哈欠，顺手打开音乐，“听曲儿提提神。”

“难怪这两年保山挖矿塌方的新闻那么多。”

“南少侠，商量个事儿。您既然把经历当故事写完了，满足了读者，能不能也满足满足我？”

“啥？”

“我困了，想睡觉。”月饼就这么离开驾驶座，溜回休息舱倒头就睡。

我连滚带爬地坐进驾驶座，急打方向盘，躲过一处突起的横石：“你有没有责任感？那么多人等着看我的小说呢！”

月饼没回话。

透过后视镜，我看到月饼已经睡熟，居然还扬了扬眉毛。我关掉音乐，觉得很疲惫，点了根烟提神。这段经历实在是太累了，不仅是身体，心更累。

“古代很多猛将，打仗都戴着青铜面具。”月饼没有醒，似乎说了句梦话。

从云南保山到古城图书馆将近两千公里，途中横穿四川，越过秦岭，路况很复杂。我们一路没有休息，来回换着开车，用了两天开回古城。

“两年，终于到了终极任务。”月饼站在酒吧门口，眯着眼笑道。

这两年发生的事情从脑子里往外冒着，想到几次迫不得已做的事情，我心里百味杂陈。

月饼摸了摸鼻子：“我很期待终极任务，你呢？”

“我无所谓，反正这几年就没过过正常人的日子。”

电话铃声响起，编辑的电话。

“老羊，你失联一周了，是不是又准备拖稿？”

“我刚写完一个故事，这就发给你。”

我对月饼摆着手，示意还要再说几句，月饼点点头，拎着石匣进了酒吧。

“恐怖么？”

“这次不恐怖。”

“你的故事到底是不是亲身经历？”

“今天没时间，下次再聊这些事吧，”我岔开话题，“我把稿子发你邮箱。”

“记得下次交稿时间。”

回车打开电脑，连上WiFi发出稿子，我又坐了一会儿才进了酒吧。李奉先没有像平时那样嚷嚷着冲出来，少了几分欢乐。我背着行李绕过吧台暗门，回到隐藏图书馆的小院。

实在是太安静了。

我觉得不对劲，冲进图书馆，跑上三楼。

馆里的书不见了。暗室里的异宝，不见了。李奉先，不见了。

“月饼！”我对着空荡荡的图书馆喊道。

无人应答。

月无华，失踪了。

我是南晓楼，所有的事情，要从两年前那封信说起……

第二章　古馆木人

租房禁忌：

一、新租的房子，晚上把灯全部关掉，打开手机视频拍摄，观察镜子周围有没有不一样的地方；

二、卫生间花洒如果堵水，立刻拆卸查看内部有无东西；

三、夜间关闭卧室顶灯，仔细看有没有微弱的红点；

四、摁压沙发扶手确定是否藏有异物；

五、马桶前沿内侧需要伸手摸摸有没有圆硬凸起。

六、切勿相信，只有你和房东有钥匙！

也许，有人正在暗中偷窥你……

一

两年前，正是我和月饼毕业那一年。虽说大学毕业证不一定比挖掘机操作证好使，但半途而废岂不是浪费了这几年的学费？算算性价比，我和月饼还是硬着头皮念完最后半年的课程，成功跨入失业大军。

还好失业对于我们来说属于四次元的事情，本来就没想找工作，哪里来的失业？月饼不缺钱，离开校园后，他随手买了房子，拉着我天天打游戏喝酒睡觉，算是宅了。

这样的生活很无趣，其实是我们心照不宣的逃避而已。至于原因，是那段我不想说的奇特经历。

不打游戏，不喝酒的时候，我把这段经历写成文字贴在论坛，居然因此一不留神当了作家。人生实在是太刺激了！

月饼每天除了睡觉喝酒看书，就是枕着胳膊望着天花板发呆。我虽然理解，但不知道该怎么解开他的心结，反正迟早会想通，索性任由时间慢慢消磨吧。

直到某天早晨，我看到月饼留下的字条——

“世界那么大，我想去看看。”

月饼大学的时候就经常看风景纪录片，一时兴起就扛着包来一段说走就走的旅行，少则十天半个月，多则一个来月，然后突然喜气洋洋地推门而入，开瓶当地好酒，边喝边聊。所以我对月饼这次离家游历并未多想，以为他只是想单纯外出放松一下心情。

如此过了一个多月，我一直忙着写稿没有在意，直到偶然翻月饼微博才意识到不对劲。以往他不管到哪儿，总要边走边拍发微博冒充高冷文艺青年。可是这一次，他的微博内容还是出发前一晚上那堆啤酒瓶子。

手机关机、微信不回、QQ灰像，我突然发现人与人之间所有的联系竟然只存在于网络通讯里。拿着手机，我手心全是汗水，努力回想月饼临走前一天有什么异常举动，却只记得最后一瓶啤酒仰脖灌进肚子的情景。

月饼失踪了？或者是遇到什么意外？

我只觉得脑子嗡嗡作响，思维有点迟钝。拧开水龙头，洗了把脸，我抬头盯着镜子，摸着高高隆起的颧骨，几乎认不出自己。熬了几天夜，面色枯黄，头发打着油绺，眼睛里满是血丝，水珠顺着下巴滴落，看上去无比憔悴。

我用力眨着酸涩的眼睛，看到左眼白有个血点。凑近镜子准备仔细看看，血点居然跑到了额头，我愣了一下，发现红点是镜面里出现的。我退了半步，伸手摸着镜面，一抹红光从指缝里漏出。

我跑到书房，拿了工具把镜子拆下，足有两三分钟没有反应过来。

镜子背面的墙壁上有个凹槽，里边放着一枚微型摄像头，尾端连着数据线，我用手电照着光往里面看，数据线和网线相连。

月饼曾经在印度新德里遇到过变态房东，把摄像头装在镜子后面偷窥女房客。可是这套刚交工的精装修房子，我们是第一任房主，不可能被人做过手脚。

我立刻想到几个问题：月饼知道这件事么？他这次远行别有原因？和这枚摄像头有关？他发现了其中的秘密，不愿让我冒险，独自去解决了？

难道摄像头是月饼装的——他监视我干吗？

我正胡思乱想，手机铃声突然响起。显示是本市陌生来电，估计是推销、保险之类的骚扰电话。我索性不接，盯着放在桌上的摄像头发呆。

没曾想那个号码一遍又一遍打来，我心说难不成偷拍那个人知道我发现摄像头，准备狗急跳墙讹一笔钱？我一个大老爷们儿就算是洗澡、上厕所被偷拍发到网上也没什么好丢人的。

接通电话，我迅速点开录音模式，还没等我说话，话筒里传来呼啸的风声："你是南晓楼吧。有你的快递，打电话没接，我把快递塞你家防盗门上了。"

我挂了电话，更加莫名其妙。我不喜欢网购，这个地址也只有月饼和我知道。想到这一层，我急忙打开门——这肯定是月饼的快递。

一封EMS邮件别在防盗门上，我看了看发件地址，是西部一个著名古都。捏着邮件掂掂重量，应该是合同、信件、照片之类的东西。

我没敢随便拆封，回屋取了裁纸刀，沿着边缝一点点划开，居然是一封招聘书，上书两行大字：

“百万年薪等你来，只需五百越门槛。”

我粗略翻了翻，发现是西部某座历史悠久的古城的私人图书馆招聘管理员，年薪百万，交纳五百块钱报名费即可参加。应聘方式更扯：在图书馆内找到一本书，就可以被聘为管理员，名额只有两个。有意者请先关注微信公众号，有详细介绍和图书馆地址。

我心说这年头骗子手段层出不穷，居然直接寄聘书还注册微信公众号，越来越专业了，上当的人肯定不在少数。我懒得搭理这种骗人伎俩，想联系几个学计算机的同学，看看能不能帮我查出连接摄像头的IP地址。

刚要拨号，手机屏幕上出现“月饼”两个字，丫居然打电话来了。还没等我说话，月饼慢悠悠地说道：“请问是写悬疑小说的羊老师么？”

“说人话！”

“南瓜，我收到一封聘书。”

“私人图书馆招聘管理员？”

“你也收到了？”

我的手有些发抖，嗓子干涩：“嗯，我也收到了。”

“你关注微信公众号了么？”话筒里传出“乘客们请注意”的声音，月饼加快了语速，“历史消息里有照片，书籍放得没条理，书架有些奇怪。你先看看，我这就要上飞机，马上关机，三个多小时就回去了。”

“月饼，你听我说，浴室有个摄像头。”我说这句话的时候，电话已经挂了，再拨回去时，他已经关机。

一连串莫名其妙的事情让我烦躁不已，按照聘书里的微信公众号，我加了关注，查看历史消息，只有一张图书馆内部的照片。

我放大了细看，照片是从高处俯拍，看不出馆内照明工具，光线异常昏暗，各类书籍乱七八糟地堆在书架上，大多是线装古籍，还有几摞竹简。我数了数，一共二十八个书架，而且并没有按照正规图书馆那样横平竖直、间距一致地摆放，倒像是工人把书架抬到馆里后，嫌太沉随便一放了事。

我把照片打印出来，越看越觉得奇怪，用铅笔在另一张白纸上标出书架的方位，画虚线连接，居然出现了一幅二十八星宿图。

所谓二十八星宿，是中国古代术士将黄道和天赤道附近的天区划分为二十八个区域，用于星占、星命、风水、择吉等术数的，内容非常庞杂。由四相划分为东方青龙七宿（角、亢、氐、房、心、尾、箕）；北方玄武七宿（斗、牛、女、虚、危、室、壁）；西方白虎七宿（奎、娄、胃、昴、毕、觜、参）；南方朱雀七宿（井、鬼、柳、星、张、翼、轸），细分为四大星域。曾侯乙墓出土的战国漆箱文物对此有过完整的记录。经过历代推算，又从中演变出许多阵法，用于排兵布阵，两军交战。

书架分明是结合了风水堪舆布的奇怪阵法，为了隐藏某种物品。我按照天干地支、五行八卦推算了许久也没个头绪，抽了两根烟缓缓神，突然想到一点，从床底拽出麻将盒子，用麻将牌按照书架位置摆放。

从平面转为立体，顿时直观了许多，我盘腿随手摆弄着麻将牌，发现代表奎木狼、娄金狗的牌位置不对。我以为是刚才摆错了，按照图片重新放好，井木犴不知道什么时候又向西边白虎位挪了一寸。我大感奇怪，突然看到麻将牌都活了，在地板上胡乱穿梭，越来越快，隐约冒出一道漩涡状的气流，吸收着我的目光。

我察觉到身体不受控制，脑子里闪着乱七八糟的画面：幽暗的山洞、泡在潭水里的浮尸、刺眼的阳光、水桶粗细的巨蛇……

所有画面聚在眼前，凝固成刺眼的亮点炸裂。一瞬间我的脑子几乎爆掉，两眼一黑摔倒在地，耳边响起麻将牌清脆的碰撞声。

不知道过了多久，泥丸宫刺痛，我睁开眼睛，月饼正好拔出银针："几天不见就这个德行，一心四用打麻将走火入魔了？"

我揉着太阳穴，指着零散的麻将牌："那个图书馆的微信公众账号……"

月饼把他的手机往我面前一摆，公众号发了两条几乎相同的消息：

"南晓楼，寻找你很久了。"

"月无华，寻找你很久了。"

月饼仰脖灌了半瓶二锅头递给我："喝完出发。"

我接过瓶子，有些犹豫："有些冒失吧？"

手机提示音响起，公众号又发来一条图文消息。照片是月饼背着包走在小巷和我蓬头垢面午夜写作的情景，配着一段文字："来吧，这是你们的使命。”

“咱们什么时候不冒失了？”月饼掏出两张机票，“我下飞机就订了去古城的机票。”

“你怎么知道我一定会去？”我把二锅头喝得一滴不剩，热辣的酒精顺着喉咙烧过食道，如同吞了一团烈火。

“谁也不想过被人监视的生活啊。”月饼握着摄像头冷笑，狠狠砸向天花板，零件“叮叮”落了满地。

“收拾东西，飞机上叙旧。”月饼拎包进了书房。

我翻看着历史消息，还是只有那张图书馆的照片，退出公众号时，居然看到有一条我发给月饼的语音信息，是半个小时前的：“般古不哉，奇哇索易，缩多罗婆，布蛤机。”

我在不知情的状态下，在微信里说了一串古怪的话？

“月饼，我刚才究竟怎么了？”

“我回来的时候门是开的，你已经昏迷，手机找不到了，应该和图书馆有关。”月饼紧紧背包扣带，把一摞桃木钉插进侧兜，“想了解真相就要去寻找，傻坐着干吗？难道需要洗个澡再出发？”

“嗯！”我一本正经回答，“洗洗更健康。”

在卫生间，我把脑袋伸到水龙头下面，冰凉的水流让我清醒了许多。抬头看看摘了镜子的墙壁，剪断的网线乱糟糟地盘在一起，延伸到墙壁内部没了踪迹，如同许多事，我们只能看到开始，预料不到结尾。

我摸出手机，强迫自己装作什么都不知道。

二

坐上飞机，我们推测了种种可能也没个所以然，索性聊着分别这一个多月的经历，权当放松心情。

月饼说他在丽江小客栈租了间屋子，白天逛街晚上喝酒。我问他有没有艳遇，他笑而不语。聊了一会儿有些困顿，我就睡觉养精蓄锐。

我这出门就倒霉的人，居然一路无事，自己都有些意外。经过两个小时的航程，到了这座西部古城上空。鸟瞰城市，火柴盒大小的楼层闪烁着五颜六色的灯光，街道由内及外一圈圈以方形扩散，形成与其他城市明显不同的建筑格局。

我们下了飞机，准备取行李出机场，空气中弥漫着一股老旧的土腥气。初秋深夜，这座西部古城透着些许寒意，上了出租车说明去向，头发乱蓬蓬的司机一脚踩住刹车，很不礼貌地回头看了我们好几眼，这才挂挡起步。

月饼支着下巴望着窗外，搭讪聊天的事情一般都是我出面："师傅，那地儿不好走？"

司机嗓门超大，说话都带着回声："今儿奇怪嘞，邹了卧么多年出租车，头回碰上这么多去卧里的人，咋都是一对一对的。"古城地处中国陆地版图中心，北濒渭河，南依秦岭，八水环绕，汇集天下灵气，由古至今十三朝在此建都。人杰地灵这就不用说了，单是说话就透着一股豪气，时不时蹦出几个古方言，音节异常坚硬，语调跌宕起伏，依稀有当年气吞天下，金戈铁马的气势。

司机的方言我似懂非懂："师傅，咱能说国语么？"

司机眼一瞪，路也不看了，回头冲着我就喷开了，像是塞了火药："咋！我说的不是普通话？！"

我抹了把满脸吐沫，赔着笑脸忙不迭回道："是是是，我刚才没听清楚。"

"您是说今天去那个地方的人很多？而且都是两个人一起？"月饼居然听懂了。

"伙计，你们要去的饮马池有点儿邪，这事儿只有老城人知道。"司机很欣赏地冲月饼点点头，说着半生不熟的普通话，还不忘鄙夷我一眼，"我小时候在拿拿家长大，听静子讲过。"

我强忍着询问"拿拿""静子"是谁的念头。估计"拿拿"是亲戚，"静子"是青梅竹马。

以下是司机大叔的讲述——

万历末年，古城，马厂子。

李靖宇喝着用万槐树皮掺着喂马的干豆料制成的面粥，粗糙苦涩的粥水下肚，多少有了些精神。亲信兵士李玖推门而入，也顾不得礼节，慌慌张张地说道："马卒陈涛昨晚跑了。"

"由他去吧，"李靖宇长叹一声，勉强挤出一丝笑容，"马呢？"

"马都在。"李玖犹豫片刻，"大人，人都养不活，为什么还要伺候那些马？"

李靖宇冷笑："没了马，官府如何书信往来，驿站还有什么用？恐怕粥都喝不上了，难道你想和灾民一起吃观音土腹胀而死么？"

李玖顿足低头："是！"

"李玖，咱们是本家，你跟了我这么多年，今天我告诉你一个秘密吧。"李靖宇指着矗立在城中心的鼓楼，"知道为什么所有建筑都不能超过鼓楼么？"

"小人不敢听。"李玖隐隐觉得此事非同小可，还是少知为妙。

"把马养好了，一旦灾民暴动，咱们还可以骑马逃出。连年灾荒，大明气数尽了，如果遇到十年大灾，百姓必反。"李靖宇压低嗓音，看窗外无人，从怀里掏出一封荐书，"咱们为米脂同乡，我自幼是孤儿，身份虽有高低，但一直把你当兄弟。这封荐书回家交给弟媳，让她带着鸿基去这个驿站，自然会有人收留，鸿基大了还能谋个好差事。"

李玖捧着荐书"扑通"跪下，李靖宇连忙把他扶起："回家安排好。今夜子时，饮马池，我有要事。"

为防民众叛乱，古城常年宵禁。子夜，惨月映着更夫斜长的身影，长街死寂，饥饿的百姓早已入睡，守卫马厂子的士兵无精打采地巡逻着。李玖往马槽倒完草料，和巡夜士兵打了个招呼，拎着水桶去了饮马池。

作为饮马之地，饮马池和马厂子距离不远，池水引自流经咸宁县署附近的龙首渠，水势极旺，长年不枯。李玖远远望去，饮马池前蹲着一个人，从背影看像是李靖宇。他快走几步赶到，李靖宇正好起身，满脸挂着水珠："李玖，你可知饮马池的来历？"

还未等李玖回答，李靖宇自顾自说了起来："据说古城初建之时，望气士见此处四纵八横，南秦岭暗藏一条龙脉，北渭水引龙寻源，八水环绕呈龙首状，正是风水堪舆中的‘九龙四螭’十三代王气之象。为稳龙气，引渠入城，龙脉藏于渠中，龙首入城，这条渠改名为‘龙首渠’。”

李玖知道李靖宇大半夜把他叫来肯定不是为了讲龙首渠的来历，于是默不作声地静听。李靖宇指着黑暗中的鼓楼：“它就是龙眼。自建城以来，城中建筑都不能超过龙眼，阻住龙睛，便是挡了王气。”

李玖心里一惊，联想到白天安置母子之事，顿时出了一身冷汗！难道李靖宇准备谋反，拉他入伙？

李靖宇从怀里掏出个奇怪的球形东西，摁住圆孔吹了起来，音律凄凉沧桑。李玖听得悲从心来，想起白天出城赶往驿站的妻儿，路途虽然不远，但如今盗贼横行，万一有什么意外，他这辈子也没什么活头了。

音律戛然而止，李玖已经泪流满面。李靖宇微微一笑：“这个东西叫埙，上古传来的乐器。传给我的那个人临死前说过，埙声能解开一个鼓楼的千古秘密。只有在月圆前后三天，用活人祭祀，凑够九十九人，才可知晓。”

李玖还没反应过来，一截刀尖透过胸膛，滴着血珠，缕缕热气从刀身升腾而起，模糊了他的双眼。

“兄弟，弟媳和侄儿我已经安顿好了，你可以安心了。”李靖宇凑近李玖耳边低声说道，“昨天晚上，陈涛是第九十八个。你的死会换来那个秘密，很值得。”

李玖喉间“咯咯”作响，咳着血沫，身体慢慢向后倒去。李靖宇拽着尸体走近饮马池，剥掉衣服。他从腰囊内摸出一柄巴掌大小的半月形弯刀，顺着李玖的发际线划了三寸长的口子，拽起头皮，拿弯刀把皮肉切离，灌进一囊水银。

只见李玖的面部膨胀起一个巨大的肉球，水银把皮撑得锃亮，顺着脖子散落，“嘶啦”声不绝于耳。李靖宇把尸体放入水中，前后左右翻倒，使水银遍布全身每一寸皮肤。

半个多时辰过去了，李靖宇双腿夹着尸体的脚，两手抓着尸体头部的残皮，左右分扯，向下猛地一撕，整张人皮脱落。饮马池被血水染得通红，李靖宇就着池水洗刷人皮，尸体半浮在池里，淡黄色脂肪油在水中凝成棉絮状漂荡。湖底散落着水银颗粒，在月光的辉映中星星点点，如同一池银珠。

洗干净后，李靖宇捧着人皮上了岸，把裂口用针线细细密密地缝合，又缝住五官、下体，用白花花的猪肉蘸着蜡油涂抹针脚封住空隙。忙完这些，李靖宇擦了擦额头的汗，把嘴凑到人皮肚脐眼位置留下的口子，鼓着腮帮子吹起来。干瘪的人皮慢慢膨胀，不多时变成圆滚滚的人皮气球。

李靖宇把气球推进池子，气球漂到池中心，荡漾的水波托着它打着转。成群的小鱼从池中游来，聚在下面啄食着人皮上的皮屑，又突然直挺挺地坠入池底。

"人为财死，鸟为食亡，连池中小鱼都不例外。"李靖宇冷笑着抬头望着满月，一抹乌云散尽，月色凄惶。

他再次吹响埙，一曲作罢，紧张地盯着池面！

他本是米脂逃荒至此的乞丐，入城后靠施舍过着饥一顿饱一顿的日子。一天他饿得实在受不了，抢了小孩手中的半块馍，被小孩家的恶狗追得落荒而逃，仓皇逃窜到饮马池，踉跄摔倒，胸口绷着的那口气儿顿时泄得干净，再也跑不动了，只能闭眼等死。没想到恶犬"吱吱"哼着不敢近前，转了一会儿夹着尾巴跑了。他这才看见一个头发稀疏，全身结着血痂，身下沤着一摊黄脓的老乞丐，下半身泡在水里，正往嘴里塞着馍。

李靖宇一摸怀里，千辛万苦抢来的馍摔倒时掉落，滚到了乞丐手里！他"嗷"了一声，手脚并用地爬过去抢了最后一点儿馍，也顾不得沾着脓血，囫囵吞进肚里。

"呵呵……"老乞丐眯着浑浊的眼睛，"不嫌脏？"

"饿极了人都吃，"李靖宇伸长脖子，让馍块顺着食道滑进胃里，"能活着比什么都强。"

老乞丐从满是泥污脓水的身上抠了一片血痂："如果把它吃了，就有机会享尽荣华富贵，你吃不吃？"

望着黑血结成的痂片，李靖宇怒火大盛："老不死的竟然敢消遣我！"

老乞丐"哈哈"一笑，从水里摸出一块银灿灿的东西，攥在手里慢慢展开："吃了这个就属于你。"

李靖宇大吃一惊，这分明是块银锭！他看看左右无人，从绑腿中抽出尖刀，一下插进老乞丐后背。

老乞丐似乎早料到了："我果然没看错，你够狠毒。临死前居然遇到你，也是天意。水中有个油囊，你拿走吧。"

头一次杀人，李靖宇难免心慌意乱，夺了银锭，隐隐看到水中有一坨黑糊糊的包裹，探手拽出，塞进怀里跌跌撞撞地跑了。

逃出城外，他打开包裹一看，里面是一摞厚厚的竹简，上面写着稀奇古怪的文字。他就算再笨，也知道一个能随手摸出银锭，不在乎生死的老乞丐肯定不简单。他再次入城，用银锭置办了衣服，装作富商子弟，带着竹简去书院求教授书先生。

授书先生打开竹简，发现文字居然是千年前的古文，读了片刻大吃一惊，急忙退了礼金，坚决不肯说出竹简内容。李靖宇百求不得，杀机又起，捅死授书先生，一把火烧了书院。

此后两月，李靖宇把竹简文字逐个摘出，四处拜访文人名士，终于拼凑出全文内容：

春秋战国时期，道、儒、墨三家成为显学，名传天下，秦国以法家学说强国，一统六国后建立秦朝，为统一思想，禁止言论，按照李斯建议，收天下书籍于咸阳，焚烧《秦记》以外的列国史记，对民间医药、卜筮、种树之书以及不属于博士馆的私藏《诗》《书》也限期交出烧毁。焚书后一年，朝廷又在国都咸阳南郊小城长安坑杀星占、神仙、房中、巫医、占卜的方士数百人。

自此，坑杀之地在月圆之夜会响起埙声，伴着阵阵哀号。有人醉酒路过此地，围着坑圈走了一夜，把脚后跟都磨烂了，直到天亮才突然昏倒。百姓人心惶惶，传言是方士的阴气作怪。

过了几天，一队士兵拥簇着一位身穿青衣的老者赶来。老者指挥士兵在青龙、白虎、朱雀、玄武四方位钉入桃木桩，拿着罗盘站在中央演算了半天，圈出一大处空地，命令士兵挖掘。臭气熏天的土中夹着大量腐烂尸骨，挖到十丈见深，骇人的一幕出现了，三具没有腐烂的尸体并排躺在坑底。左边的人手中拿着陶埙；中间那人面带微笑，嘴唇张开，仿佛在唱歌；右边的人更是奇怪，头顶长出一截树根。

他们的服饰稀奇古怪，并非秦朝式样，按照肖像画对照，坑杀方士中并没有这三个人。

老者面色大变，命令士兵倒入半坑石灰，撒了一层糯米。围观百姓隐隐听见坑中传来凄厉的号叫，吓得一哄而散。一个月后，一条水渠由城外引灌入巨坑。石灰遇水变热，足足沸腾了三天三夜，整座城满是刺鼻的硝灰味儿。

七天之后，硝烟散尽，水面满是烧死烫烂的鱼尸。老者走到池边察看，鱼尸中蹿出两条通体漆黑的怪鱼，刺入老者双目！

老者仰面摔倒，一咬牙拔出怪鱼，尖锐的鱼嘴还串着两颗血淋淋的眼球。眼眶里淌出乌黑黏稠的鲜血，老者不仅没有哀号，反而哈哈大笑："天意难逃！"

士兵们被突如其来的这一幕惊了半天才反应过来，连忙扶起老者。

老者指着一处地方："此地建鼓楼，周边建筑高度不得超过此楼，把我的双眼埋在鼓楼由东向西第四十九块城砖之内，我当日夜守护。呵呵……此地王气已成，三十年内天下必有巨变，希望借此王气守住那里。"话音刚落，老者便身亡。

据传，老者为秦朝道家传人陈宇子，知阴阳，断生死，精于望气，深得追求长生的秦始皇信任。焚书时，陈宇子表面应允，暗中将珍贵古籍藏于这座小城某处。有几个知晓真相的方士，得知古籍中有一本奇书，还有价值连城的财宝，便煽动方士们聚众作乱，妄图趁乱寻到秘密藏书之地，结果引发了"坑儒"的惨剧。

尸坑底部的三人，正是煽动叛乱的方士，他们用异术藏在尸坑里隐藏踪迹，在月圆之夜苏醒，继续寻找藏书地，被老者识破，坏了异术，死于池内。

自此，老者与方士两派后人寻书、护书，缠斗千年。饮马池边被杀死的老乞丐，正是方士后人，穷尽一生也没有寻到藏书地。

李靖宇知道此事非同小可，便在马厂子谋得一份马卒的差事，偷偷学习竹简里记载的异术，用异术把马养得膘肥体壮，由此当上了马厂子总管。

这些年他暗中勘察，根据古城风水格局，终于确定藏书地的位置就在饮马池附近。为破掉藏书地玄关，他每到月圆之夜，便杀一人制成人皮球囊，用饮马池水储纳阴气。凑够九十九道阴气，就是藏书地现形之时。

李玖的人皮漂在池面，李靖宇掌心微微冒汗，既激动又紧张，除了寻找藏书地，有件事情始终在他心头萦绕——这一代的护书人没有出现过！

更夫的梆子声响起，已经是丑时了。人皮球囊渗水沉进池底。传说中的藏书地并没有出现，李靖宇大失所望，好在早就养成了隐忍的性格："既然没有成功，一定是哪里出了差池，回去慢慢琢磨。"

他把李玖剥了皮的尸体装进布袋拖回马厂子，巡逻士兵见到李靖宇从外面回来，识趣地回避。李靖宇把尸体放进草料里，摁着铡刀把手，由头至脚一刀刀切成薄薄的肉块，又把肉块堆进石臼，踩着石杵捣成一臼血肉酱，再掺进喂马草料，一杵杵捣着。

天微微亮时，他一勺勺往马槽里舀着血肉酱和草料捣成糨糊状的马食。马群打着响鼻，大口吃着人肉草料。这种从竹简中学来的养马异术，喂出来的马异常雄骏，性如烈火，奔跑如飞。李靖宇拍着通体火红的骏马，遥望着鼓楼和饮马池方向，计划着下一步该怎么做。

想了许久也没个结果，他抬手伸个懒腰，一股滚热的液体顺着袖子流进脖子。抬头一看，发现右手肘部以下只剩半根支棱着的骨茬，那匹红马正像啃萝卜似的嚼着他的手臂！

他丝毫没有感觉到疼痛，下意识挥挥手臂，确定到底是不是幻觉。半截骨头里的骨髓被甩出，落在马群身上。马群突然爆发出雷鸣般的嘶吼，冲向李靖宇，张大嘴巴咬下。马圈顿时成了血肉横飞、惨呼连连的修罗地狱。

几声鸡叫，阳光照进马圈，马夫们平静地冲刷着血迹，铺了一层黄土。除了马槽底下多了件破破烂烂的衣服，仿佛什么都没有发生过。

三

司机师傅的普通话虽然磕磕巴巴，好歹我也明白了八九不离十。每个历史悠久的城市或多或少都有些奇闻传说，翻来覆去离不开爱情、离别、背叛、守望、财宝这几个主题，没多大新意。一开始我听得没多大兴趣，月饼更是直接，歪头做聆听状，其实已经睡着了。直到司机讲到了藏书地，才引起我的注意。

换作两年前，我可能会问："藏书地、私人图书馆，好相似！居然有这么巧的事情？"但这几年经历的事情太多，我已经不是当年宅在宿舍那个"安静的美男子"了。司机讲的这个传说和我们即将前往的私人图书馆有着密不可分的关系，我心里已经明白了七八分。

机场到图书馆也就四五十分钟路程，沿途看去，这座城市早已被霓虹灯和高楼大厦覆盖，只有鲜少的几栋古建筑还保留着千年古城的历史味道。

"到了，"司机在一个酒吧前停了车，"这就是菊花园饮马池的旧址，酒吧白天不开门，晚上挺热闹。饮马池早就没了，马厂子也没了，只有市八中校园里还有一方青石马槽。"

"师傅，问您个事儿，"我推了一把熟睡的月饼，"你们俩合伙忽悠我，好玩么？"

司机莫名其妙地眨眨眼，月饼眼皮颤动不止，显然在装睡。我心里有气："你丫要是再装憨，信不信我扭头就走？"

月饼睁开眼，嘿嘿一笑，扬了扬眉毛："几天没见，进步不小啊。"

我懒得和月饼废话："师傅，您头发里面的针是我帮您拔掉还是您自己动手？"

司机看我的眼神这才讶异起来，伸手从头发里拔出一根针，不多时已经拔出了三根。每拔出一根针，他的面部就会产生奇异的变化，整张脸像是荡漾的水纹起伏不止。到第七根拔出时，哪里还是个中年沧桑大叔，分明是个淡眉小眼，鼻梁略塌，颧骨高耸，嘴唇薄薄的年轻人。

"我就说还不如直接告诉他，"月饼打了个哈欠，"费这么半天周折，真没必要。"

"你好，我叫李奉先，异徒行者第四十七代接送人。"李奉先笑起来眼睛眯成了一条缝，向我伸出手。

乍一听，我以为这哥们儿叫"吕奉先"，心说吕布都来了，貂蝉也不远了吧！再加上什么"异徒行者第四十七代接送人"，一时间还以为这是穿越了拍武侠片。

月饼拎包下车："奉先，今天进去几组？"

李奉先很猥琐地笑着："两组，第一组上午就出来了，第二组下午进去至今没出来。哈哈，我还用手机拍了照。"

我清清嗓子："你们俩把我当隐形的？"

"这事儿很复杂，下了车慢慢说。"月饼四十五度角仰望夜空，悠闲地吐了个烟圈。

我拽着行李下车，李奉先踩着油门就窜了，灌了我满嘴尾气。瞅着月饼这时候还在摆造型，我心里更是气不打一处来："月无华，如果不相信你，我这一拳早就砸断你的下巴了。"

"你也要有这个实力才行。"月饼从背包里掏出手机丢给我，"如果你不相信我，干吗要跟来？"

我接过手机："我以为你丫被下了什么蛊，要不就是有什么把柄落在别人手上，不能当面说。"

"怎么发现的？"月饼摸了摸鼻子，站在街边看着酒吧进进出出的人。

"我有两部手机，分别联系你和编辑，昵称相同，微信号不同。发给你的那段语音，是联系编辑的微信号，根本没有加你。你是在我昏迷时把我加上的吧？"我摆弄着手机，顺手拍了两张从酒吧出来的小姑娘，"吃火锅，衣服会有火锅味儿；吃烧烤，会有烧烤味儿对不？"

"那又代表什么？"月饼整整发型准备进酒吧。

我开了手机，微信里一大堆编辑的催稿信息，头都要大了，我回了句"有要事，回头再聊"，才说道："你回来的时候，身上有股土腥味儿，和这个城市的味道一模一样。在一个城市待久了，自然就有那里的味道。更何况你丫这么冷静的人，发现了摄像头居然不调查，直接跑到这个城市？什么时候这么冲动了？"

月饼看我的眼神就像看外星人："一个来月没见，长脑子了？"

"我脑子一直很好用。"我打了个响指，心里多少有些得意，"平时太聪明，怎么能显出月公公您那点儿小心思。"

"进去吧，里面是一个你想象不到的世界。"月饼抬头望着酒吧的标识牌，眼中透着一丝迷茫。

"我想确定一件事情，"我犹豫了许久，还是问了出来，"老实告诉我，你什么时候知道镜子里面有摄像头的？”如果没有合理的解释，我绝对不会进这家酒吧。我可以允许朋友做错事，却很难原谅朋友的欺骗。

“刚搬进去没几天就察觉了。我一发现被监视，就开始调查，最后才追到这里的。我觉得你当作家挺好的，实现了你的梦想，没必要再被牵扯进来，所以没告诉你。来了之后，我才知道，终极选择的时间还没有到，而我又根本不可能独立完成这件事情，只好在招聘书寄过去的时候赶回去。”

“我虽然不知道发生了什么，不过你不能代替我去选择梦想，对么？而且，我的梦想，就是能够和最好的朋友经历不同的人生。”我把编辑能联系到的手机丢进下水道，“走，进去！”

月饼嘴角微微上扬，笑了：“南瓜，这次的选择，可能比以前任何一次都要沉重，我们再也回不去了。”

“我们早就回不去了。”迈进酒吧那一刻，胸口一股热血，燃烧着我许久未曾有过的豪气。

四

酒吧里，烟草味、酒精味、香水味混杂着喧闹的音乐，与街道的冷清格格不入。

音乐实在太洗脑了，我不由自主跟着节拍扭动：“果然是想象不到的世界，我以为是泰国曼谷挖眼人妖的蛊人酒吧呢。”

月饼居然也晃着肩膀，说话都透着一股子R&B：“比那里，有过之，无不及。”

“好好说话！”

月饼眉毛一耷，苦着脸叹了口气：“你是不知道，在这里待了一个月，整个人都不好了。”

我脑补月饼这么高冷的人，天天“摩擦摩擦，似魔鬼的步伐”，确实很有喜感。我刚想调侃几句，人群里挤过来一个人，远远就冲我打招呼。

晶亮的小眼睛和两条略向眼角耷拉的淡眉很有喜相，我心里一愣：这不是那个号称“异徒行者第四十七代接送人”的李奉先么？他不是开着出租车溜了么？什么时候又冒出来了？

"我靠！兄弟，你可算来了！我叫李隆基。"那哥们儿一点不见外地捶我肩膀一拳，"开车的是我弟弟。"

"杨贵妃最近过得还好么？"我忍着笑一本正经问道，心说这哥俩的爹妈还真有幽默精神，给俩儿子起名，一个吕布一个唐明皇。

"哈哈，有文化就是不一样！"李隆基竖着大拇指，"不愧是大作家。"

"下午进去一组？"月饼从李隆基出现时就心事重重的，似乎很紧张。

"估计没戏。"李隆基抓着乱蓬蓬的头发，"跟我来吧，你们是第七组。"

月饼这才面色一松，点头"嗯"了一声。这时舞池里突然有个女孩神色极度兴奋，满脸潮红地指着月饼："大神！"

月饼头都没抬，慌慌张张地想跑。更多女人看到了月饼，潮水般涌来，把月饼里三层外三层包了个严严实实。月饼赔着笑脸，尴尬地戳在女人堆里，和她们脑袋凑一块儿，四十五度角自拍。

我被挤到人群外面，和一群满眼妒意的男人并排站着，心说月饼当了明星？看这架势知名度不低啊！

"兄弟，月无华本来让我保密。既然是兄弟，那就知无不言言无不尽了，你说是不？"李隆基神神秘秘地凑了过来。

"有屁就放！"

"终选时间还没有到，月无华就自己找来了。馆长不允许他去破阵，结果月无华异常执着，放了几句不让破阵就怎样怎样的狠话。馆长拗不过只好答应，和月无华约定，破阵失败一次，在酒吧领舞一周。"李隆基满脸羡慕地望着月饼，"长得帅也就罢了，舞跳得还好。这不才一个月，大姑娘小丫头都成了他的粉丝。很多女人还慕名而来，就是为了和他合个影。"

我听罢如同五雷轰顶。"天上地下，唯我独尊"的月饼居然在酒吧里领舞！细想一下，那画面太美我不敢看。

"他总共破了多少次阵？"

"每天一破。"

"哈哈哈哈哈！"我实在忍不住了，笑得肚子要抽筋。

“对了，你来之前月无华和馆长保证了，天下没有你破不了的阵。”李隆基语气里有点怀疑。

“他说这个，我不反对。”我微微一笑，做云淡风轻状。

“所以如果破不了，你们俩一起领舞，”李隆基摇了摇头，“兄弟，自求多福，这可是个体力活，而且没工钱。”

“什么？！”我情急之下差点拔出瑞士军刀，敢情月无华这个畜生是逼急了没办法才喊我来搭伙的？

五

月饼急赤白脸地合完影从人群里挤出来时，我已经抽了三根烟。月饼摸了摸鼻子，难得嬉皮笑脸一回：“晓楼，久等了。”

“差不多该你们进去了，”李隆基摸出手机看看时间，“那两个也应该淘汰了。”

我鼻尖冒出细细密密一层汗珠，手心潮湿，久违的兴奋感让我有些战栗。

“别紧张，没什么危险。”月饼低声嘱咐道。

我伸了个懒腰：“嗯，大不了失败一次当一周舞男。月公公放心，我绝对不会再试第二次。大路朝天各走一边，您在这里安心当舞神，我老老实实回去写小说。”

“魂淡！说好了保密！”月饼双眼喷火，盯着李隆基转进吧台后面小仓库的背影，手里多了几根桃木钉。

认识月饼这么久，还是第一次见他恼羞成怒，心里无比痛快：“无华，待小爷救你于水火之中。”

月饼难得跟在我身后没作声，我推门而入，才发现并不像我想象的那样——没有暗室机关，这里居然是个小院落！

门“吱吱呀呀”地关闭了，隔绝了酒吧嘈杂的声浪，院落显得更加安静。四十几平方米的院落，破旧的青瓦白墙，几棵一人环抱的古树，稀疏的叶子衬着夜风簌簌作响。一栋木质结构的三层古楼坐落在院中央，三楼木制窗户透着昏黄的灯光，两个人影在窗前晃来晃去，像是在寻找什么东西。

“馆长，他们俩来了。”李隆基对着古楼恭敬地鞠躬。

古楼的木门悄无声息地开启，扑面而来透着木香的寒气，干涩的轱辘声从楼内黑暗中传出，悬挂在门前的两盏白灯笼突然亮起，一个人低头坐着轮椅出现在屋内。

“月无华，你终于决定把南晓楼带来了？”馆长始终没有抬头，阴影中看不清模样，声音说不出的别扭，像是在嘴上套了个罐子带着沉闷的回声，“对坏事的好奇心是一种可诅咒的毛病，是从一切不洁的接触中产生的；对好事的好奇心是一种可欣赏的优点，是从一切未知的探寻中索取的。”

我虽然很想回一句“说人话”，但看到月饼一副若有所思的模样，也只好生生把到嘴边的话咽回去。

“他们俩快出来了，很快就轮到你们。隆基，我想呼吸这座城市惶恐而浮躁的空气。”

李隆基几步走进屋里，推着轮椅往外走。我心说，大爷您想喘口气儿就直说，一大把年纪就别装文青了好不好？

李隆基推着轮椅到了院落，馆长缓缓抬起头，脖颈处咯咯直响：“南晓楼，久违了。希望我不会给你带来困惑。”

“馆长相貌有点特别。”月饼悄悄说道。

“困惑你妹！双头蛇神、裂口女、九尾狐我都见过，你一个老头，能把我困惑到哪儿去？”我实在受不了馆长直冒酸水的说话方式，心里默默吐着槽。

但看清馆长模样后，我愣住了，再仔细一看，强烈的恐惧带来的寒意从心底蔓延到发梢。馆长不是坐着轮椅，而是长在轮椅里面。

我明白这么写出来很难理解，可是我分明看见一个血红色轮椅上爬满手指粗细的暗青色藤蔓，把馆长下半身层层包围，轮椅轱辘滴着殷红的血珠，血珠渗进蔓藤，汩汩流动着输送进馆长的双腿。

馆长赤裸的上身长着一片片巴掌大小的树皮，缝隙里淌着墨绿色的黏液，像是披了层恶心的鳞甲，脖子上钻出一根根白蛆大小的肉芽，密密麻麻地蠕动着。他光秃秃的脑袋被椅背的蔓藤层层缠住，只露出皱巴巴的脸。一道恐怖的抓痕由左眉划裂至右嘴角，翻转的肉如同趴在脸上的大蚯蚓，泛着暗红色油光。

“如果不是血木，我早在三十年前就死了。”馆长说话的时候，刀口右边的半张脸根本不会动，显得更加诡异恐怖。

我忍着视觉心理双重恐惧带来的强烈呕吐感，强装出一副“本该如此”的表情。

正当我不知如何是好的时候，楼道里突然传出急促的脚步声，“咣当”，似乎有人在下楼时摔倒，不多时，一男一女跌跌撞撞跑出来。

女人满身泥土，双手撕扯着头发泪流满面：“不是我干的！不是我干的！”哭号着推开暗门跑了出去。

“隆基，快去看看！”馆长情急中扭头说道，钻进后脑壳的蔓藤绷断几根，斜斜地耷拉下来。

李隆基急忙跟了出去。随后出来的男人却对着馆长九十度鞠躬：“谢谢您，我懂了。”

他的相貌声音非常熟悉，从我身边走过的时候，我差点喊出声！

居然是这几年非常火，演了多部都市暖心电影，被粉丝称为“首选老公”，前段时间爆了出轨绯闻的著名演员！

“为了破阵，他们俩也是蛮拼的，”馆长冒出一句不伦不类的话，“可惜了他们的事业。”

我立刻想到跑出去的那个女人是谁了！

他们俩怎么会出现在这里？！

“你们进去吧。月无华，希望这次不会让我失望。否则咱们的约定还要继续。”轮椅载着馆长闪到树下，“如果有意外，立刻拉响挂在墙上的古钟。”

月饼从刚才开始就没有言语，径自进了古楼。

我站在院子里，眼看着月饼一步步走上楼梯，灯光映着他的影子，斜斜地延伸到门口。这一切实在是太过诡异，以至于我几次想挪动脚步，都没有迈出去。

“你的命运，就在里面。找到那本书，你就可以知道真相。”

我硬着头皮进了屋子，意料之中，房门自动关闭，积满灰尘的楼梯上印着乱七八糟的脚印，我暗骂自己一句：“该死的好奇心！”

六

上到三楼，虽然从照片中早就看过图书馆的布置，亲眼所见仍然为之震撼！星星点点的小射灯照着一层层四五米高的书架，书架上堆满竹简、线装、布帛制品的古籍，压得隔架摇摇欲坠，似乎随时都会倒塌，古朴沉重的气息更是让我望而生畏。

我小心地躲着书架，避免碰倒，用脚步丈量方位距离。虽然不知道要找什么书，但肯定不是随随便便一本那么简单。李隆基说到“破阵”，那肯定还是从书架的布置中寻找暗藏的阵局，找到那本书。在家里，我摆过书架位置，如今身处实地，破阵应该不是难事。

至于晕倒以及那段奇怪的话，我大概也明白是怎么回事了。中国古代两军交战，都以布阵应敌。为了防止敌方有高人登高掠阵，研究破阵之法，宋代一黄姓道家大师创了奇怪的阵形，俗称“迷魂阵”。这种阵颠倒阴阳，错乱五行，如果只是从图纸或者沙盘摆弄研究，琢磨越深神智越混乱，轻者胡言乱语，重者昏迷不醒。

中国当代武侠小说大师曾经在两部描写宋代江湖纷争的巨著中以此人为原型，尤其是对他的阵法极为推崇，着重笔墨详细描写。

这是题外话，暂且不提。

“南瓜，有眉目么？”月饼隔着好几个书架问了一声。

我还没琢磨出端倪，不过月饼这么一问心里还是暗爽。月饼在这里面待了一个月，签了卖身契，不可能我一来就茅塞顿开，轻松破阵，再说这也不是他的强项。

我抬眼瞧见书架里居然有一本篆文《彭祖房中之术》，不免见猎心喜，准备破了阵偷摸顺手带回去好好研究，嘴上却说：“你丫别躲在角落里抽烟！都是易燃品，烧起来也就几分钟的工夫，这里面可有不少孤本，烧掉了可是历史文化的损失。”

月饼应着声，脚步由远及近，手里拎着一个人头从前面的书架闪出。我吓了一跳，险些撞到背后的书架。月饼拽着绳悠着人头向我扔来，我下意识地伸手接住才看明白，是一个木制人头。

“古钟里居然放了个人头。”月饼随手抽了本书看了两页，“眼熟，想不起是谁。”

我端着人头看了半天，总觉得哪里有些不对劲。人头雕刻得活灵活现，乍一看还真分不出真假，轮廓间更是像极了历史课本里面某个古人，尤其是那双细长的眼睛，逼真得简直就像真人眼睛！

我想到哪点不对劲了：“月饼，别动！”

月饼莫名其妙地戳着一动不动，我把人头放在他的肩膀上，退后几步对比，左右量了量：“古钟在哪儿？”

古钟类似于寺庙的撞钟，人头连着绳系在钟里就是撞锤，我把人头放回原位，用手机照着亮，确定了人头左眼看的位置，招呼着月饼在钟体外面做了标记。

“我怎么没想到？！”月饼一脸懊恼，“馆长每次都提醒我遇到危险拉响古钟，我就没有仔细看过里面居然是个人头。”

我扑打着脑袋上的灰：“早晚都一样。你要找不到，我也注意不到人头左眼视线和整个脸部表情完全不协调，明显是指出一个方向。”

“其实，我是无聊想抽根烟，让你说了两句有些不好意思，准备蹲在钟下面抽，冒出的烟你看不见。”月饼扬了扬眉毛，“这就是运气！”

“这明明就是烟瘾。”我差点让月饼这句话噎死。

“62188？”月饼自言自语。

“你说什么？”

“你看那里。”

我顺着月饼指的方向，也就是人头左眼看的方向看去，对面书架各种乱七八糟的书里面，按照书封的颜色摆出了一列繁体字：陸貳壹捌捌。

突然，我的眼前又出现了那些奇怪的画面，嘴里不停地说着：“般古不哉，奇哇索易，缩多罗婆，布蛤机。”

与上次不同的是，这次我很清醒。

“静心，凝气，”月饼摁住我颈后的大椎穴，“移开视线。”

一股热力顺着脊椎直冲丹田，四肢百骸松软舒适，我想看向别处，那个书架却像一块巨大的磁铁，牢牢吸引着我的视线。

眼前闪回的各种画面越来越乱，我用力咬着嘴唇不让自己说话，那串语言却从喉咙里含糊不清地冒出，身体像是分裂出另一个“我”，根本不受控制。

月饼冲向书架用力一堆，书架只是掉落了一层灰土。我失去搀扶仰面摔倒，无数道射灯光照进眼睛，我眼前现出层层叠叠的光圈，幻化成一个星座图。我望着射灯组成的星座，那是黄道十二宫里的天秤座。

“月饼，别破坏书架。”

中国古代方士把黄道和天赤道分成二十八星宿，西方观星士以黄道十二宫划分星空。任何阵法都是根据星相形状结合天干、地支、八卦、五行，所谓人头所指的方向以及书架的布置，其实是混乱心智的伪阵，破阵的关键其实藏在射灯组成的天秤座中。

我在地板的土上简单画了二十八星宿和黄道十二宫的对位图。掏出手机调出图书馆鸟瞰图，馆内西南角的“亢”位，正好和书架位置吻合。

“左七步后三步，向右走五步，就是阵眼，也应该是咱们要找的藏书点。”我兴奋得嗓子有些干。

月饼二话没说，向我指出的地点跑去。虽然他平时以说话噎死我为毕生乐趣，但是在任何时候，我们都是相互信任的兄弟。

月饼还没有跑出这排通道，组成“62188”繁体字的书架内部传来沉闷的转轴声，书架由中间向两端分开，一间灯火通明的暗室出现了！

“很精彩！你们获得了图书管理员的资格，是新一代异徒行者！”馆长端端正正地坐在暗室中间，用布满树皮的双手缓缓鼓掌。

七

“没想到你们俩入选，”馆长指着密室中间的一方玉匣，“那里面就是你们要寻找的书，或者叫作族谱。自秦朝以来，历代异徒行者的名字都会写进族谱。”

馆长说了些什么我没有太在意，我的注意力全都集中在暗室里陈列的那些东西上。我走到一柄三米长短，杆子镂着五颜六色彩绘，顶端是金属枪尖，两侧月牙形利刃通过两根金属小枝相连的兵器前：“这是戟？”

“方天画戟！”馆长昂着头透露出一丝得意，“七十四年前，上一代异徒行者在河南找到的。左手边那个木匣里是鱼肠剑，第三十四代发现于浙江。正上方凹槽里放的是和氏璧，第三十一代在湖南执行任务时偶然获得的。”

我抬头看去，墙上有个半尺长宽的方槽，端端正正放着一块晶莹剔透，流光溢彩的玉璧。我张大了嘴，下巴差点砸到脚上，好半天才缓过劲，只觉得口干舌燥，脑子嗡嗡作响：方天画戟！鱼肠剑！和氏璧！这些传说中的物品竟然出现在眼前！

我膝盖一软差点摔倒，月饼在我身后念着：“自我来黄州，已过三寒食。年年欲惜春，春去不容惜。今年又苦雨，两月秋萧瑟。”

“这……这……《寒食帖》？”我话都说不利索了，转身跑过去一看，一尺长、六寸宽的宣纸压在金黄色透明玻璃下面，十七行气势奔放的行书笔势光彩照人，跌宕起伏。

“相对于封存帖子的净水金晶珀，这幅‘天下第三行书’《寒食帖》真迹又何足挂齿。”馆长面色血红，盘绕全身的蔓藤极速膨缩，显然心情异常激动。

听到“净水金晶珀”这五个字，我差点抱着那块透明玻璃就跑，这实在是太震撼了！

不透明琥珀统称为“蜜蜡”，透明琥珀称为“珀”，根据颜色纹理透明度分为老蜜、血珀、白珀、金珀等二十余种。明朝谢肇淛《五杂俎·物部四》曾记载：“琥珀，血珀为上，金珀次之，蜡珀最下。”由此可见金珀的珍贵。

“净水金晶珀”号称“珀尊”，它的来历更是一个传奇。

北宋年间，辽国兴起，与宋朝展开旷日持久的战争。辽国最杰出的政治家拔里绰脱颖而出，数次领兵击溃宋军，名震天下。拔里绰就是辽国萧太后萧绰，为辽北院枢密使兼北府宰相萧思温之女，史称“承天太后”。

萧绰幼年粉嫩娇媚，聪慧伶俐，父亲萧思温是四朝元老，权势地位倾盖朝野，所以她到了年龄入宫为妃、册封皇后是迟早的事情。没曾想萧绰在十四岁时得了天花，萧思温遍寻良医，命是保住了，留下一张坑坑洼洼满是伤疤的脸。在那个女人根本没有地位的年代，萧绰这辈子算是没啥指望了。

屋漏偏逢连夜雨，姆妈给萧绰洗澡时，一时大意把热水直接倒入木桶，可怜萧绰被烫得皮肉绽烂，眼看活不了几天。辽国信奉巫蛊之术，天花留下疤痕的患者被视为恶鬼留痕，是命克家族的不祥之人。民间传言萧思温故意指使姆妈这么做，用沸水除掉萧绰体内邪祟，死后不会侵扰家族。

眼看萧绰即将一命呜呼的时候，一个中原道士装扮的方士来到辽国上京寻找兴国之人。辽国对道家文化素来仰慕，皇帝下令全朝文武百官带着儿子由方士甄选。方士挨个望气看相，面露失望，却停在萧思温面前：“你双眉横冲，龙准凸起，颧骨圆浑，乃帝王之相。”

这番话当着皇帝面说出，可是诛九族的逆反之罪。萧思温吓出一身冷汗，急忙跪地求罪！方士微微一笑：“可惜你双目间距太远，下巴兜起，嘴角平沿，折了王气，只能是国父之相。你家必有一女，五年内入宫为妃，位及太后，振兴大辽！”

萧思温引方士回到府中喊来两个女儿，方士更是奇怪：“宰相你左腮有粒红痣，腮为桃，红痣为女，这是‘三女争桃’之相，你应该有三个女儿。”

萧思温这才说出萧绰的事情。方士见到全身溃烂、奄奄一息的萧绰，哈哈大笑，解开捆绑在后背的巨大包囊，取出一块两尺长、一尺宽、半寸厚平整光滑的金珀。

萧思温从未见过如此巨大珍贵的金珀，惊得目瞪口呆。方士暗中嘱咐他千万不可透露出去，萧绰只须每天子午两个时辰照这面金珀，九十天自然会有结果。

三个月后，萧绰恢复了曾经的美貌，眉宇间更是隐隐透出一股紫气，隔年辽景宗继位，萧绰三月进宫便被选为贵妃，两个月后册封皇后。自此辽国皇后基本全都出自萧氏一族，权势倾朝。

据说这块净水金晶珀出自安东都护府（现在的辽宁抚顺，中国五大琥珀产地之一），集天地之灵气，孕育万年而成，能够增气强运，格改容貌，兴旺家族运势，效用非凡。

萧太后死后，金晶净水珀作为殉葬品永埋地下。

想到这里，我伸着脖子恨不得把整张脸印进金珀使劲照，好改改面相什么的。月饼叹了口气："南瓜，冷静点，你照一万年也就这样了。"

"这是第二十七代异徒行者从医巫闾山找到的。"馆长坐着轮椅来到我们身边，"很多传说不可信，要不，我早就把自己照回正常人了。"

近距离看这个长在轮椅上半人半木的怪物，越看越觉得恶心，正琢磨着"也不知道会不会长木虫"，馆长从滴血蔓藤里扒拉出两样东西，给了我们一人一个。

月饼的是枚新月玉坠，我的是串金珀手珠。

"这是你们的身份象征，"馆长退到暗室中央，"距离产生美，免得南晓楼总是惦记我会不会长虫子。"

馆长居然能看穿我的心思？我老脸一红，假装低头看金珀，没应腔。手珠一共十四颗，十毫米规格，净水透亮，入手油润糯软，确实是值钱的好玩意儿。我往左手腕上一戴，不大不小正合适。

"馆长，你知道我不是为了当异徒行者，"月饼把新月玉坠随手丢到架子上面，"我只想知道你为什么要监视我们，这里面还有多少我们应该知道的真相？"

月饼这么一问我才从满屋子不知道真假的奇珍异宝中缓过神，心说还是月饼高尚，视财富为粪土，不像我差点连自己姓什么都忘了，不过金珀手珠说什么也不会摘下来了。

"你们早就被选中了，"馆长伸出半截皱巴巴的舌头舔着蔓藤里渗出的黏液，面色轻松了一些，"不要插嘴，我时间不多了，长话短说。"

八

以下是馆长的讲述以及我整理后的记录——

春秋战国时期，出现了一个神秘组织，组织中的人被称为"异徒行者"，每一代由两人组成，执行各种奇怪任务。为了顺利完成任务，他们暗中发展组织成员，形成异常庞大的势力（馆长随口讲了几个朝代的著名家族和帮派，当我得知二百多年前中国西南部以淘金兴盛一时的某个帮派和九百多年前闻名于湘江的著名书院居然都是因此成立后，复杂的心情无法形容）。

异徒行者的任务是收集历经各朝各代战乱失踪的瑰宝，送回图书馆妥善保存。为什么这么做，由谁创建，除了第一代异徒行者根本无人知晓，而终极任务是寻找一个神秘物品。

馆长示意月饼打开暗室最显眼位置的一个空檀木匣子，历代相传只要找到匣子里的东西，就表示完成了终极任务，使命也会随之彻底结束。执行任务时，如果遇到危险，必须有一人牺牲性命保护另一人生还，选拔下一代继承人，薪火相传。将近三千年的时间里，始终没有人能完成终极任务，不仅因为任务都是九死一生，而且有一项任务，谁也不会在有生之年完成！

这个任务是做完图书馆书架排列出“62188”数字的所有书里提示的任务，并不是每次都是寻宝，也有可能是解决神秘事件，甚至寻找一个人（类似中原方士寻找萧绰）。完成一本书里面的任务，一个月后在门口会有一本新书补上空缺。如果打开书参不透内容，那么书里的文字、图画甚至是数字就会在三天内消失，门口出现的会是一本无字书，预示任务失败。把无字书放进书架，现任异徒行者就没资格继续执行任务，要寻找新人代替。在执行任务过程中吸纳的组织成员也会土崩瓦解，由新一代从头再来。

新一代候选人的确定，更是匪夷所思！卸任者在族谱自己名字上用右手食指按上血手印，门口会出现一份名册，写着二十个候选人的资料，由卸任者寄出邀请函，前来的候选人进馆破解图书馆伪阵，成功者成为新的异徒行者。在此之前，上一代建立的组织会通过各种手段监视候选人，确定是否真正有资格入选。

在我们之前已经有六组十二人破阵失败，鉴于月饼的表现，馆长本来没抱多大希望，没想到让我阴差阳错破了阵。后面三组候选人自然不会找到这个地方，就算来了，看到的也只是一家普通酒吧而已。

千百年来，异徒行者在执行任务时难免暴露行踪，吸纳的神秘组织成员也是良莠不齐，有些人窥视馆中珍宝，穷毕生精力寻找图书馆。这座西部古城风水格局按照反八卦图布置，图书馆正好位于太极八卦鱼里面“阳鱼阴眼”的位置，历代都会布下阳气极盛的阵法，使常人根本无法看见图书馆。寻馆人只知道大体位置，如果强行破阵，必然会被强猛的阳气侵体，死于非命。来时路上，李奉先所讲述的“李靖宇被马活吞”的传说，正是破阵未遂被反噬的结果。

与图书馆有关联的人，注定一生跌宕起伏。馆长讲到这里让我们猜猜李奉先讲述中被李靖宇害死的李玖的儿子是谁，月饼想到了明朝末年最著名的枭雄，馆长含笑默认。

我好奇心起，问了剩下的三组人是谁。馆长直接把名册递给我看，居然是一张A4纸，密密麻麻打印着二十个候选人的资料。唯独我和月饼的资料下面，用括号标着“身世不详”四个字。当我看到第八组候选人时，震惊得神经差点绷断！

居然是这两年国内著名的游泳名将！

送给我们的玉坠和手珠是身份的象征（历任异徒行者的饰品早已经排好，类似家族姓名中间的那个字），曾经属于组织的人看到这两样东西会暗中帮忙。当然如果是寻找图书馆的敌人看到，也会带来意想不到的危险。

决定担任异徒行者，就要抛弃现有的身份，卸任时更要终身保守秘密。至于接受不接受，全凭自愿，不强求。

馆长的一番讲述实在太过惊世骇俗，我经历了这么多诡异莫测的事情，依然觉得不可思议，眼前的一切又让我不得不信。讲述过程中的几个疑点——“图书馆门口为什么会凭空出现书和名册”？这串数字是什么含义？“终极任务”到底是什么？月饼逐一问出。馆长摇头表示不知道，他已经把所有知道的事情全都告诉了我们。

关于“62188”，馆长说自从他受伤无法执行任务等名册的三十年里，悉心研究这五个数字。中国自古至今，《易》以及各类玄学书籍中出现过很多神秘数字组合，应验了许多天下大事，“62188”应该也是其中之一。

馆长讲完之后，暗室里一片死寂，我甚至能听见血液流过头皮那种微微发麻的声音。满屋的奇珍异宝，神秘诡异的异徒行者，匪夷所思的传说经历，完全颠覆了我对这个世界的认知。

我揉着太阳穴努力保持头脑清醒，褪下手珠放到净水金晶珀旁边：“对不起，我不接受。”

“哦？”馆长没有一丝诧异，“你可以拥有无尽的财富，想象不到的权力，还有揭开真相的机会。你失去的不过是现在的身份而已。”

“这他妈就是一个死循环，”我烦躁地甩了甩手，“解决任务，新的任务；再解决任务，再新的任务，根本没有尽头。所有任务居然是写在一本莫名其妙出现的书里？这种扯淡的事情就算是真的，我也不会接受。我不想再提着脑袋过日子了！”

“南瓜……”月饼再没说话。

依照月饼的性格，是眉头都不会皱一下就接受，可是我做不到。

“你别劝我，这次说什么也不行。”我挤着面部僵硬的肌肉勉强笑了笑，“我累了，想安安静静地生活。”

“你再考虑考虑？”月饼试探的一句话激起了我的怒火。

我指着馆长吼道：“月无华，你想过没有？这是在玩命！我们根本不知道要执行什么任务，也不知道有什么样的危险。你看看他这个样子，我不敢想象我们任何一个人变成这样还有没有信心活下去。他的同伴肯定是保护他死了。你脑子进水了？你他妈的再好好想想！”

“我的同伴，三十年前，失踪在罗布泊。”馆长淌下两行混着木汁的血泪。

“是他？”月饼扬了扬眉毛，嘴角翘起兴奋的微笑。

“对，就是他。”馆长苦笑着长舒一口气。

我当然知道“他”是谁，那件三十年前发生在罗布泊的神秘事件至今没有破解，这更坚定了我的想法，而且我还要拦住月饼！

“南瓜，让我说几句话。”月饼还没等我开口，点了根烟，把火机和烟盒扔给我。

我叼着烟，火机在手里哆嗦着，几次都没有打着。

“咱们是没有身世的人，根本不用在乎明天会发生什么。”

“我在乎你的命。”

“你为什么写作？”

"倾诉，记录，释放我的世界！"

"我就是要这个回答，"月饼扬着下巴笑着，"这个世界上真的有这样一类人，他们喜欢跟陌生人打交道，喜欢看人生百态，喜欢把他们看到的记录、讲述，让更多人知道，喜欢一辈子过普通人好几辈子的生活。他们不喜欢朝九晚五，不喜欢一成不变，不喜欢每天都知道自己能遇到什么人，经历什么事。他们内心有一种按捺不住的冲动，向往将来有一天能对全世界说：'对，那个时刻，我在场！'"

暗室里久久回荡着月饼的声音，每个音节都如同火铳喷出的铁砂，嵌进我的皮肤，深入肉里，痛至骨髓。

"南晓楼，我是这种人。你呢？他妈的是不是？我的朋友，不应该是一个为了逃避过去，躲在电脑前写故事的悬疑作家，而是永远在我身边，一起前行的兄弟。"月饼把弯月玉坠仔细地挂在胸前。

我深深吸了口气，长长地呼出，拿起金珀手珠，戴上手腕。

这一刻，我们再也不是原来的我们，而是新一代——异徒行者！

我不知道将要面临的是多么神秘诡异的凶险世界；我知道有个志同道合永远热血，充满梦想的兄弟在我身边。

这辈子，足够了！

"我的任务结束了，你们的任务开始了。"馆长递给月饼一张纸，"契约作废。"

月饼在那张纸上签了名字，我看着上面的内容，突然很后悔刚才做的决定。

"南瓜，你要是不答应，我也没资格做异徒行者，只能继续按照约定在酒吧领舞，还有二十六个星期，一百八十二天。"月饼满脸轻松，"跳了一个月，整个人都不好了。"

月无华，你这个骗子！

九

"排头那本黄色的书，是你们的第一个任务。记住，打开书参透任务只有三天时间，没有做好准备千万不要翻开。”

我突然想到馆长这句话的内在逻辑，顿感轻松：我立马翻开书，管它里面是什么内容，闲着三天不就失去资格了吗？大不了等几年名册再次出现，布个阵难死下一批候选人。

“馆长，那个女人已经忘记了刚才的事情，不会出现差错。”李隆基不知道什么时候出现在暗室门口。

馆长伸手招呼着李隆基：“那就好。隆基，这些年多亏你们兄弟俩照顾我，进来看看吧，随便拿一样东西，足够用几辈子了。”

“如果没有您，两个弃婴怎么能活到今天？应该感谢您才对。”李隆基眼里含着泪花走进暗室，蹲在馆长身前，规整着乱糟糟的蔓藤，“我们一直把您当父亲。您卸任了，不管去哪儿，我都陪着您。”

“好孩子。”馆长拍拍李隆基的肩膀，“如果不是等候选人，我也不会靠血木支撑这么多年，活够了。我心里早认定你们俩才是异徒行者的继承人，可惜名册上没有你们的名字。”

“馆长，别这么说，是我们天赋不够。”李隆基委屈得像个孩子，趴进馆长怀里，丝毫不觉得肮脏恶心。

月饼背过身走出暗室不忍再看，我大概明白馆长要做什么，心里有些酸，正想说几句话调节气氛，馆长冲我摆了摆手示意不要说话。

我默默走出暗室：当一个人为某件事情努力了几十年却被告知连参与的资格都没有的那种绝望，是任何人都无法用语言安慰的。

我和月饼靠在暗室门两侧抽着烟，月饼不知道想到了什么，无奈地笑着。

“您不用替我惋惜，我的命运，自己掌握。”李隆基冷冰冰地说道。

“你……原来……咯咯……”

“坏了！”月饼面色一变，甩了几根桃木钉就跃了进去！我跟着进了暗室，只见一截竹筒插进馆长胸口，混着绿色木汁的鲜血从筒口喷出。李隆基把随身挎包丢到轮椅下面，钻出一窝食指长短的白色蚂蚁。闻到血味，蚁群开合着尖锐的獠牙，顺着轮椅爬上馆长身体，拥挤着往竹筒里面钻。

李隆基根本没有看我们，手里摆弄着桃木钉，好整以暇地欣赏着屋子里的异宝，嘴里“啧啧”有声，脸上浮现着痴迷贪婪的神情：“这些都是我的，谁也夺不走。”

馆长早已没了声息，斜贯脸部的红色疤痕变得煞白，体内“咔咔”响个不停，身体枯萎干瘪。木质人皮的裂痕如同闪电蜿蜒劈裂，相互穿连，一块块脱落，瞬间变成半副青惨惨的骨架，白蚁正沿着脊柱往颅腔里面爬着。

“恭喜你们，最短命的异徒行者。”李隆基笑得很真诚，“怎么样？这个结局有冲击力么？”

月饼身体紧绷如同一根标枪，眼睛眯了起来，双拳紧握，指关节泛着极度用力呈现的白色。我站到月饼的对角，强压着怒火，只等月饼出手，配合他一左一右收拾掉这个畜生！

“我的父母，是他吸纳的成员，配合他的任务在这里开了个小旅馆隐藏图书馆。他从罗布泊逃回来时马上就要死了，为了活命他……”李隆基左脸不自然地抽搐着，“他当着我父亲的面侮辱了母亲，培固精元撑住最后一口气，把我父母的尸体捣成肉酱放到缸里种下血木种子，养成血木植入身体续命。人算不如天算，他没想到血木太过霸道，渐渐侵占了他的身体，把他变成一个怪物！”

我无法判断李隆基说的是真是假，看到他痛苦的表情，我宁愿相信这是真的。而且，我发现一件事情，一件很可怕的事情。

月饼紧握的双拳慢慢松开：“你是怎么知道的？那时你还是个婴儿吧？”

“我有一种奇怪的能力，能记住出生后的每一件事情。知道么？我宁愿没有这种能力！人，最大的痛苦，就是记性太好。他侮辱我母亲的时候，我和弟弟就躺在旁边。”李隆基全身哆嗦，眼中布满血丝，“我不敢把这件事告诉弟弟，只能自己承担，还要装作对他感恩戴德，你们能想到这种痛苦么？”

“能，我们也经历过类似的事情。”月饼单手插兜，“南瓜，走吧。”

“你们走不了。”李隆基兀自吼道，“一切都是我的，你们必须死！”

“对不起！”月饼摸了摸鼻子，掩饰哽咽的嗓音，“心中充满仇恨不是你的错，杀了他也不是你的错。但是，真的对不起，我们救不了你。”

李隆基像是听到最可笑的笑话，叉腰仰天笑着：“救我？我的心不需要你们救！”

"你已经死了。"月饼意兴阑珊地说道。

我已经不忍心再看下去，转过身走出暗室！月饼把门重重关上，屋里传出怒吼、惨嚎，如同一只锁在笼子里被残忍的人类用沸水浇烫取乐的小兽。

声音越来越微弱，越来越微弱，渐渐消失了……

"你看到了什么？"我用后脑勺轻轻撞着墙壁，只有这样才能感觉到自己的存在，"我只看到一层树皮覆盖到他的脖子。"

"他的眼眶里长出一截树芽。"月饼拨弄着打火机，弹片清脆的碰撞声在巨大的图书馆里回荡。

"馆长给他种下了血木？"我想到李隆基的异变，仍然觉得全身冰冷。

"有可能。"月饼收起火机，抽出一本书胡乱翻着，"还有一种可能……算了，我不确定，还是不说了。"

其实就算月饼不说，我也想到了，只是不愿说出来。我也随手抽出一本黄色的书翻开，眼睛其实什么也没看进去。

血木，似乎是一种和友情、背叛有关的异物。

"这么多代异徒行者，之所以完成不了所有的任务，因为合作初期，彼此之间是相互信任的，但随着异宝越来越多，人心难免会起变化，渐渐地彼此猜忌。何况真的到了生死关头，谁愿意牺牲自己救出同伴呢？"月饼已经把书翻到最后一页，"异徒行者之所以是两个人，不是相互帮助，而是相互制约。信任只能带来背叛，怀疑才能守住秘密。世界上最短的科幻小说只有六个字，'苟富贵，勿相忘'！"

我承认月饼说的话有些偏激，却直接戳到了最无法抵抗的一种人性——欲望。

"咱们真的要做异徒行者么？"

"你已经打开第一本书了。"

"什么？"

"你看看手里的书。"

我捧着书侧头一看，组成"62188"字样的那堆书，排头第一本的位置空了。

"书里什么都没有！"我急忙翻着羊皮纸制成的书，略带腥膻气味的书页上细细密密排布着羊皮脉络，根本没有馆长所说的提示。

一页书纸脱线飘落，月饼一把捞起。泛黄的书页上浮现出淡淡的血红圆点，无数根细细的线条由圆点向外弯曲延伸，就像是一滴血滴在宣纸上面，用力一吹，散成各种意想不到的图案。

当图案完全成形时，我的心脏猛烈跳动了几下：“这是什么？”

明星夜店私会事件

2014年年初，国内狗仔队爆出已婚男女明星私会的猛料，一时间大众、媒体口诛笔伐，两人声誉受到极大损害，事业陷入低谷，足足半年时间这场风波才渐渐平息。没曾想到了十月又有人爆出两人在西北古城小酒吧同时出现又先后离开，女子神色激动，似乎和男子发生了激烈的争吵，小酒吧立刻成了狗仔队采访的目标。

奇怪的是，这家酒吧白天从不开门，顾客从未见过酒吧老板。更骇人听闻的是，经常有女客在卫生间听到有人说话。

更让女客们怀念的是酒吧曾经出现过一位帅气的领舞男，跳了一个月就拥有了大量女粉丝。有人说长得像真人版流川枫，也有人觉得像鲜肉版金城武。此人突然消失的前一个晚上，粉丝们看到他和一个长着娃娃脸的男生一起进了酒吧仓库，关系似乎很亲昵。

巧的是，男女明星也是同一天出现在酒吧的。

异闻：

古城鼓楼位于骡马市（地名，不是特指城市名），这里所有建筑的高度不能超过鼓楼，时至今日依然如此。从鼓楼由东向西第四十九块城砖笔直看去，无论风雨雾霾，视力好坏，能清晰地看到最远处，正好是曾经的饮马池旧址。可惜现在已经被重重建筑物遮挡，再无法看到这一奇景。

第三章　诡车蛇棺

开车禁忌：

一、不要在车上放跳跃摇晃的人偶。

二、大清早坐进车的时候如果感觉手脚发冷，不要开车。

三、车里不要垂挂红色物品。

四、车后座不要堆积各种玩偶。

五、夜间行车遇见路旁有生人挥手示意，不要停车；如果一定要搭载，先看看车灯下有无人影；上车后千万不要让对方坐在后排，询问你的名字也切勿告之。

六、发现狗、猫等动物蹲在车子旁，不要驱赶，让朋友开车接送或者打的，第二天再回来开车。

七、夜间11点至凌晨1点行车，驶过路灯损坏的地方，不要向副驾驶座看，也不要看左边的窗户，否则你会看到……

八、夜间11点至凌晨1点行车，音乐声不能太大，否则你会听到……

一

再次进入暗室的时候，李隆基早已经死透，模样惨不忍睹，视觉冲击实在太强了。馆长被白蚁吞噬得只剩几截残骨，月饼用桃木钉挑起一只白蚁研究，是产自西域沙漠的“破军蚁”。之所以有这个名字，意思是哪怕军队遇到这种蚁群，也只会落得瞬间被啃得干干净净的下场。

月饼把李隆基和馆长最后几块骸骨堆在院子里一把火点了。腾腾燃烧的火焰渐渐化成一抹白灰。想到馆长与李隆基这么多年的恩怨纠缠，我的心情非常差。

世界上最无法抗拒的两件事是出生和死亡；最无法挣脱的感情就是仇恨和爱情。

到头来又有什么意义呢？还不是一抔土灰。

接近凌晨的时候，李奉先回到酒吧，打烊关门。得知我们成了新一代异徒行者，先是吃惊后是惊喜，眼睛干净透彻，看来他并不具备哥哥的能力。

我和月饼配合着撒了个谎：“馆长退役需要有个人照顾，李隆基跟随馆长走了，不要再找他们。”

李奉先听到这个消息有些消沉，我心里更不好受。小半辈子说了不少谎话，唯独这次有深深的负罪感，又不得不撒谎。李奉先倒是个心很大的人，难过了一会儿就反倒安慰起我们，说哥哥和馆长既然选择离开，既是使命的结束，也是好日子的开始。

月饼给了李奉先一笔钱让他做个生意，李奉先却说自小就在这里，除了经营酒吧，别的事情什么也不会。我们想了想，执行任务的时候酒吧也要有人照应，何况还有很多事情不熟，有个知根知底的人在是件踏实事儿，也就没再说什么。

我对“异徒行者”没什么兴趣，按照规矩还是在族谱里端端正正地写了名字。当然，以我的好奇心，是不可能不看看历代都有谁的，结果那堆名字各个如雷贯耳，我大呼小叫了半天。

“月公公，原来他的真实身份不是医生，走遍全国寻草药、研究处方是掩饰！”

“这个人居然不是旅行家！我就说一个四五百年前的人，哪来那么多钱游遍大江南北！”

“月无华！他……他……”我指着唐朝诗人的名字，彻底说不出话了，这可是我年少时的偶像啊！

“南瓜，你该练练字了。”月饼用标准行书写下名字，面色平静如水，“你看看人家的字，再看看你那堆柴火棍子，不觉得丢人么？”

我没心思和月饼斗嘴，心里满是一股难以言表的情绪。我居然和这些人的名字写在一个族谱里面，而且都是亲笔签名，就像无形中打开了时间隧道，走进历史，他们都活生生地站在我面前，嬉笑怒骂，快意恩仇。

通过族谱我们知道了馆长是谁，在这里不方便透露他的姓名。我在大学修医药学的时候还专门了解过他的事情，三十年前在生物学领域名噪中外的学者突然失踪，留下了两个巅峰科研课题至今无人能够破解。

至于暗室里面的异宝，过了最初的新鲜劲，也就没啥兴趣了。不能拿出去卖钱，不能拍照炫耀，这堆东西也就是劳心费神的死物，我总不能扛着方天画戟满大街溜达吧？实在想不通土豪们花几千万买古董放家里比伺候爹妈都费心思是为了啥。

倒是图书馆里的藏书，着实让我心喜。尤其是几本传说中的古书，详细记录了许多五花八门的玄术，很对我们胃口。除了看书，唯一的任务就是三天内破解羊皮纸上出现的图形意义。一开始，月饼还豪情万丈：“咱们只要不相互猜忌，肯定能做第一对完成所有任务的人。真到那一天，所有真相自然会知晓。”

理想是丰满的，现实是骨感的。鬼才知道破羊皮纸上面出现的血红色树到底是什么意思！而且更让人费解的是这棵树从图画中看，居然是长在地下的。

唯一算得上有点提示的地方，是羊皮纸左上角单独出现的几个图案。一片云滴着四条雨痕，地面有个盆接住雨水，盆底漏了个洞，水从洞中漏出，汇聚成河，蜿蜒流向红色的树。

图书馆二楼有五个房间可以住人，我们收拾出一间专门用来研究图画。李奉先买了一堆方便面、西凤酒，整整两天我们基本没有出屋，眼看三天时间就要到了，月饼瞪着布满血丝的眼睛，失望地往地上一躺，枕着胳膊望着天花板发呆。

连续两天没合眼，我的脑子轰轰作响，几乎要炸裂，神经却因为连续熬夜处于高度兴奋的状态。我整理思路把所有可能性重新捋了一遍，完全没有头绪。

“你说前辈们脑子是怎么长的？就一张破图，能找出这么多东西，这不是扯淡么？”我躁得心里冒火，抓着满桌子图纸往空中一扔，“眼瞅着三天时间就到了，出师未捷身先死，还没当异徒行者就要当导师选拔新秀了？这要是和前任一样，选个三十年，这辈子岂不是交待在这个酒吧了？难怪没人能完成62188的全部任务，完全是烧脑细胞！”

月饼腾地坐了起来，直勾勾看着我：“你刚才说什么？”

我一下愣住了：“随口说的话哪能记那么清楚？”

“我知道了！”月饼拿起手机，对着屏幕一阵乱摁，眼睛一亮，把手机向我一丢，“我确实很聪明。”

我接过手机，屏幕上显示着“百度搜索”，词条栏里标着“62188木”，下面是一条两天前的新闻：

四川省西山市三江交汇处，渔船捞出1.3吨重的阴沉木，同位素检测显示此木已有两千余年历史，更离奇的是，进行树心透视时发现木纹居然形成了类似于“62188”的繁体字样。据专家解释，阴沉木又称乌木，是楠木、红椿、麻柳等树木因自然灾害埋入淤泥中，在缺氧、高压状态下，经长达千万年的碳化过程形成的。树体内残留的水分在碳化过程中会形成各种图案，出现繁体字样在国内尚属首次，对于西山市地貌变迁、自然生态有着极高的科研价值。

“难道是找这块木头？”我打量着暗室大小，“且不说已经被发现运走做研究，就是好生生待在水里，咱们俩架着肩膀把两千多斤的木头从四川扛回来？再说这个屋子也放不下啊！”

“看第四条。”月饼兴奋地满屋走来走去，“我估计这才是要去的地方。”

第四条搜索栏里赫然写着四个字：

"大佛流泪！"

二

西山大佛位于西山市南岷江东岸凌云寺侧，濒大渡河、青衣江和岷江三江汇流处。自建成以来，大佛经常出现佛光，被视为祥瑞之兆。更离奇的是大佛曾经数次闭目流泪。据记载，每次"大佛流泪"都会有异事发生。阴沉木捞起前三天，曾经有游客拍到大佛流泪的照片。

关于西山大佛闭目流泪，有个更离奇的传说——

唐朝开元年间，川贵两地山路险恶，极为难走，商旅大多选择水路入川，以贵州草药换取四川大米。川贵河道船夫有一条老规矩，逢夏至前后绝不过凌云山。熟悉这条水路的商旅都知道，凌云山为三江汇流处，夏至前后水势凶猛，所过船只九死一生。

清莲的父亲刘博才本是个落第秀才，眼看家道败落，只得放弃考取功名的念头，东拼西凑了一笔钱，托熟人收了一批药材去四川换米，再回贵州卖钱维生。一个读书人哪晓得"夏至不过山"的规矩，他花了重金也没有船队愿意送他入川，眼瞅着药材就要废了，江港驶回一艘画着龙头标志的货船——这条江路最有名的虬帮驾船回来了。

刘博才抱着最后一丝希望找到船把式，苦苦哀求了半天，船把式抽着水烟根本不应腔，直到听说刘博才要靠这批货养活妻儿，这才答应。

一路风平浪静，第一次坐船的清莲天天缠着船把式捞江鱼熬汤喝。满脸水锈的船把式总是呵呵一笑，纵身跃进江里，不多时船板上就多了几条活蹦乱跳的江鱼。母亲秀儿一边责怪着清莲不懂事一边收拾鱼炖汤。到了晚饭时，刘博才和船把式喝着米酒吃着鱼，聊着江中的奇闻逸事，讲到"夏至不入川"这个规矩，刘家才明白凌云山三江汇流处水势极为凶猛，传说江底有一条虬龙，过往船只如果不献上活牲，必会船毁人亡。

船行了两个多月，眼看两岸山势越来越险，水流激荡，船把式双腿牢牢钉在船头，紧张地盯着江面。有好几次如果不是他指挥及时，船头就撞上了暗礁。刘博才自然感激不尽，指着船舱里的草药说换了米一定分船把式一半。

船把式盘着缆绳，看都不看一眼："旱有旱道，水有水法。命是天给的，不是财买的。"

船只驶到凌云山口，船把式停了船，嘱咐纤夫早早休息，明天过最凶险的三江汇流处。一路劳顿，刘博才夫妻早早入睡，清莲起夜，站在船头正往江里撒尿的时候，听见船后舱传来窃窃私语。

"老大，该杀了吧？"

"天亮再动手。"

"三个都杀掉？"

"大的杀掉，小的留活口明天祭江，剩下那个留着生崽儿。"

"老大，你说这日子什么时候是个头儿？"

"快了，明天过凌云山把这件事情做了，劫数也就尽了。"

清莲惊出一身冷汗，顺着船缝看去，吓得跌坐在甲板上：两个船夫装扮的骷髅正抽着水烟，下颌骨一张一合地聊天，烟雾顺着颅骨的几个窟窿向外冒，其中一个穿的正是船把式的衣服。清莲紧咬嘴唇强忍着不发出声，偷偷走回船舱。慌乱间，他瞥了一眼岸边，纤夫们睡觉的地方横七竖八地躺着一排骷髅。有个骷髅翻身的时候，手骨居然甩掉了。骷髅"喀啦喀啦"坐起身，伸着五根白森森的指骨，在地上摸索半天，才找到臂骨，捡起来对着关节使劲一卡，又接了回去。清莲忍不住"啊"了一声。骷髅往船上看了看，黑洞洞的眼眶根本看不见什么，又直挺挺地躺倒继续睡觉。

清莲连滚带爬地逃回舱里，喊醒父母。刘博才顺着窗棂向外一看，当场差点吓死。反倒是秀儿出奇地平静，从行囊里掏出一个小布包别在腰间，让丈夫、儿子安心睡觉，说天亮之后她自有办法。

刘博才哪里肯信，秀儿是贵州当地的苗女，精通土药治病，可是这满船的骷髅又不是瘟病，一个弱女子能有什么办法？他搂着清莲一晚上不知道念了多少遍"阿弥陀佛"，心惊胆战地挨到天亮。船把式一声吆喝，纤夫们吼着整齐的号子，船缓缓破浪行驶。

秀儿嘱咐父子两人不要出舱，也千万不要向外张望。刘博才早已吓得魂飞魄散，哪还顾得那么多。秀儿取了布包走上甲板，舱外好像突然下起冰雹，“噼噼啪啪”地响个不停。清莲年幼好奇，扒着门缝向外偷看，只见船把式和纤夫全都变成了活骷髅，甲板岸边全是殷红的鲜血，染红了大半江水。一群长着翅膀的蚂蚁在骷髅体内钻来飞去，蜇咬着连接骨架的韧带。直到最后一个骷髅骨骼崩裂，蚁群才飞回上身赤裸的秀儿的长发里面，无数半透明的血泡从头皮冒出，“啵啵”破裂，鲜血溅满秀儿的全身。

清莲惊叫着推开门，摔倒在甲板上。刘博才看到妻子这副模样，更是目瞪口呆。就在这时，一叶扁舟载着个和尚逆水赶来，看到满地残骨，和尚长叹一声：“劫报两难全，终于还是不得善终。”

秀儿甩着长发，飞蚂蚁尸体簌簌掉落，和尚高诵佛号，拉开后舱的门，里面捆绑着一大一小两只公猪，还有一只母猪。

“虬帮本是凌云山水贼，烧杀抢掠无恶不作，却在劫了一艘货船放火烧船时惊动了江里水怪，全都葬身江底。因前世罪孽太重，偏又死在天地阻隔的山江之中，不能转世投胎，滞留江中日夜哀号。老衲路过此地见此异象，念上天有好生之德，于此处建寺庙日夜祈祷，终使水贼凭借骷髅之身化成人形，往来接送商旅，做够九九八十一件善事，方得善终。”和尚褪下手腕上的佛珠丢进水中，只见水底穿梭着无数道灰色人影，平静的江面顿时惊涛骇浪，一个浪头又把佛珠打回船上，“你们本应是他们最后一件善事，却误听妄语，使得前功尽弃。善念消而恶念生，此处再也不得安宁了。”

又一个浪头扑上甲板，像绸带般拦腰绕住秀儿，将她拖进水中。刘博才跌跌撞撞爬上甲板，伸手探向江面，数条灰气凄厉哀号，缠上他的手腕也拽进江里，在水里几个沉浮没了踪影。

突然，秀儿钻出江面对着清莲喊道：“莲儿，我是苗族蛊女，爱慕你父亲文才，不顾族规逃出寨子嫁给了他。我早知道必有大劫，本以为应在活骷髅这里，没想到却做了错事，罪孽深重，死不足惜。我们死后，你要好好做人多做善事，消掉我犯下的孽债。”

“妈妈！”清莲疯了般要跳进江中，被和尚拦住揽入怀里。天空乌云密布，电闪雷鸣，瓢泼大雨倾盆而下。江水怒号，暴涨三尺，猛烈地拍击岸边岩石。远处山端树木纷纷折断，滚落一条混杂着泥石的巨流，如同黄色巨龙，向山脚的农田村庄扑去。

不知过了多久，雨停了。凌云山山脚的村庄淹没在一片泥沼中，和尚抚摸着清莲的小脑袋，眼含热泪，低声诵着佛号。

多年后，凌云山的海通和尚下山四处化斋，立志沿山开凿一尊大佛镇住水势。周边百姓、过往商旅纷纷慷慨解囊，经过数年努力，建佛的钱终于凑够。在开凿当天，西山官吏却趁机刁难，声称要收一半钱做建造税，否则不让开工。

海通和尚和百姓们百般哀求，官吏就是不答应。海通和尚说道："我用眼珠换取佛财。"

官吏面带嘲弄神色："你要真给我们眼珠，就免了你的佛财！"

海通和尚马上拿出尖刀，自剜其目，用盘接住，捧到官吏面前。官吏大吃一惊，吓得狼狈逃窜。海通和尚忍住剧痛，带领工匠立刻开凿大佛。

海通死后，徒弟领着工匠继续修造，经过九十多年的努力，西山大佛终于耸立在岷江、大渡河、青衣江汇流之处。大佛完工后，三江水势依然凶猛，但再未出现过船毁人亡，泥石流爆发的灾难。

相传西山大佛极为神圣，建成当天，工匠们看到大佛闭上眼睛，流下两行泪水，一圈佛光出现在佛头上。

这段传说看得我惊心动魄，手里的烟烧成了长长的烟灰都没察觉。

月饼在羊皮纸上写了"西山大佛"四个字，拿着瑞士军刀划破食指摁下手印，趁我还在愣神，顺手给了我一刀。

我疼得差点掉出眼泪，把食指放在嘴里吮着："你丫疯了，这是交叉感染知道不？"

"赶紧摁手印，"月饼头都没抬收拾着行李，"就这么点血别浪费了。"

我这才想起馆长曾经讲过，如果破解了书里的内容，异徒行者写出提示并摁下血印，书中内容消失就表示破解正确。我对着羊皮纸狠狠一摁。

构成图画的红线开始缩退，缓慢地融进两个殷红血印，渐渐消逝不见了。

看来我们猜对了！我有种绞尽脑汁破解了谜语的轻松感："你是怎么想到的？"

“其实我没猜出这个图是什么意思，你刚才说的62188提醒了我，就顺手搜索试了试，”月饼往行李里塞着烟，“我现在明白这个图是什么意思了，类似于《推背图》。”

《推背图》是唐太宗李世民为推算大唐国运，令当时两位著名的天相家李淳风和袁天罡编写的。李淳风用周易八卦进行推算，没想到一算起来就上了瘾，一发不可收拾，竟推算到唐以后两千多年的命运，直到袁天罡推他的背：“天机不可再泄露，还是回去休息吧。”李淳风才停止作画，这本预言奇书由此得名《推背图》。

《推背图》共有六十幅图像，每一幅图像下面附有谶语和“颂曰”律诗一首，预言了从唐开始一直到未来世界发生在中国历史上的主要事件。

月饼略微有些兴奋：“四条雨痕为四，地面有盆为盆地，河水为川，地下的树是阴沉木，合起来是‘四川盆地，阴沉木’。”

“月饼，这些事情太奇怪了，所有现象都无法解释……”

还没等我说完话，月饼就打断了我：“所以要在探索中寻找答案。”

月饼说得好像很有道理，我竟然无法反驳。说不得也只好去趟西山市。我正琢磨着要带些什么东西，月饼给李奉先打了电话。

李奉先来得倒快，手里还拿着一块抹布，估计是在酒吧打扫卫生。月饼交代了几句，顺手订了飞机票。

李奉先奇怪地问道：“你们真的是新一代异徒行者？”

三

我无聊地翻看着朋友圈。最早的朋友圈，大家写写心情、晒晒美食、拍拍旅行、秀秀恩爱、发发牢骚，相互点个赞、逗个乐、吐个槽什么的，挺有人情味儿的。可是仿佛一夜之间就变了味儿，先是各种心灵鸡汤的转发，看到最后无一例外有广告推广商的名号，还有个秒表计数，“您阅读这篇文章用了××秒，转发只需一秒……”。我就纳了闷儿了，怎么啥人啥事儿都和你有关，你一卖鞋的摘了几句励志格言也好意思腆着脸来个“莫言说、乔布斯认为”？

言归正传，馆长死得突然，有好多事情没有交代明白，比如“异徒行者执行任务必须行走于地面，否则必受天谴”。李奉先告诉我的时候，我还不太相信，接着想到在族谱里看到过民国最著名诗人的名字。他乘坐飞机由南京奔赴北京，途中遇到大雾，撞到了济南西南的北大山当场身亡。看来这事儿大差不差应该靠谱。

我坐过几次飞机过程都不是很美好。去泰国的时候在飞机上听到“人皮风筝”的故事，开始了这几年的诡异人生；从印度飞回来的时候更是和月饼直接跳进南印度洋，被洋流送到荒岛待了一年，如果不是被韩国游轮搭救，估计我们哥俩现在还在岛上演着真人版《迷失》。

月饼彰显土豪本色：“总不能天天长途大巴、高铁、出租车来回倒吧？要是赶上个鸟不生蛋的地方，拖拉机都没有，难不成骑驴？买车！”

李奉先说认识个改装车的朋友，拉着月饼一起去看。还没到中午，门外响起震耳的喇叭声，冒出一条月饼发的微信：“出门，看车。”我心说这是买碗面呢？来回不到两小时就搞定了？趿着人字拖下楼出了酒吧，我差点当场献上膝盖。

一辆通体银灰色的巨型房车停在路边，最酷的是车身上有一条弯刀形状的鹰翼标识。月饼靠着车门抽着烟，顺手自拍了几张照片。我顿觉口干舌燥全身发烫，小心翼翼地摸着车身，细腻的金属质感触手柔滑：“这是你刚买的？”

“福特E450，墨尔本，6.8L，直列十缸，5速自动变速器，9×2.5×3.1，双轮四驱。”月饼仰头四十五度角吐了个烟圈，“这就是咱们以后的座驾了。工欲善其事，必先利其器。”

李奉先喜气洋洋地从车舱里跃下：“运气真好！正好赶上一个做生意的人需要资金周转，刚买没几天，托朋友低价转让，才一百万。”

我正往车上爬着，听到“一百万”时，心情过于激动还被台阶绊了一把。进了休息舱，我就像刘姥姥进了大观园，东瞅瞅西摸摸，里外转了个遍，猛地往床上一扑：“这哪里是车，明明就是个房子！我今晚就睡这儿了！”

“明天奉先去挂牌，你今晚看车我也不反对。”月饼手掌交叉举过头顶抻着身体，“后天出发，今儿晚上好好撮一顿！奉先，哪条街的小吃最有名？”

“那肯定是回民街。没去过回民街就不算来过古城。”李奉先眯着小眼睛，搓着手讪笑，“今晚店里的生意总要有人照看吧？”

“歇业一天！”月饼气势磅礴地挥挥手，“吃饱喝好才有力气干活！”

四

我的口水攒下来都够浇花了才捱到傍晚，关了酒吧锁了车，三人打的直奔回民街。

李奉先一路讲着回民街的历史。

早在汉朝，古城作为丝绸之路的起点，迎来了回民的先辈，来自古阿拉伯、波斯等地的商人、使节、学生长期定居在回民街，一代代繁衍生息。至今仍有唐代含光门、明代西城门楼群、清真寺和道教城隍庙、佛教西五台、喇嘛教广仁寺这些古建筑。

李奉先口沫横飞地讲了半天，什么“回坊”“坊上”我也没认真听，满眼都是冒着油泡嗞嗞作响的羊肉串，通红的辣子撒上香菜、配着大块牛肉的饸饹面，当然更少不了肉夹馍！

堵了半个多小时的车，终于到了回民街。漫步街中，整条街被浓厚的市井气息笼罩，道路两旁遍布挂着电灯、汽灯的摊铺，卖着糕饼、干果、蜜饯、小吃。小摊后面是经营当地风味小吃的饭馆，店里早就满员，食客们挤在门口大快朵颐。

烤肉串、涮牛肚的烟火在不甚明亮的灯光下弥漫整条街，熙熙攘攘的人群边逛边吃，和摊主们讨价还价。在鼓楼广场座椅上歇脚的游客，饶有兴趣地看着卖风筝的小贩把数十米长的风筝一直放到马路对面的楼顶。真实热闹的生活热情洋溢在这条街的每一个角落。

“这才是生活，”我用力嗅着烤牛羊肉的香味，“我只想在这里做一个安静的美胖子。”

“是啊，生活本来就该平平淡淡的，”月饼慢悠悠地走着沿街拍照，“咱们能选择命运就好了。”

“我一直以为你生来就喜欢冒险。”

“没有什么是天生的，”月饼望着飘在空中的风筝，“飞得再高，始终被绳子拴着。”

昏黄的灯光里，月饼的背影模糊不清，落寞孤寂。这一刻，我好像才真正了解了月饼。

“谢谢你，”月饼自顾自向前走去，“一直都在。”

“我只是不习惯没人斗嘴的生活。”我摸了摸鼻子，朋友之间相处久了，许多习惯会慢慢变得一致。

“到了，咱们先吃牛羊肉泡馍。”李奉先指着一家不起眼的店铺说。

我们进屋要了三个馍，洗干净手，就见李奉先把大碗放在膝上，把馍分成几大块，再掐成小指甲盖大小的碎块：“掰好后一定用手揉上几下，落下附在碎块上的粉末，煮出的馍才汁浓味厚。明眼师傅看到这种掰法，就明白懂泡馍的老吃客来了，煮馍会更用心。这家最擅长‘水围城’，就是宽汤煮馍。碗周围是汤，馍在中间，汤多馍散，牛羊肉绵烂味醇，吃起来又滑又香。别忘了留肚子，贾三灌汤包子、酿皮子、黄桂柿子饼、炒粉鱼、酸汤水饺还没吃，再整点儿黄桂稠酒，保证舒服得分不清东南西北。杜甫写的‘李白斗酒诗百篇，长安市上酒家眠’，就是说这种酒。”

李奉先满脸油光地背着菜名，催得我口水又流了二两，正想开吃，李奉先舔着薄嘴唇神色黯然：“我哥在就好了，我们经常穿一样的衣服来这儿喝酒，能赚回头率。哥哥真的很想当异徒行者，可惜没这个命。不过也好，馆长把我们养大，身边总需要人照顾。我没哥哥那么大的理想，守着酒吧给你们打打下手，这样的生活挺好。哎，不知道他们去哪儿了，钱够不够花。”

我发现守住一个不能说的秘密是件很闹心的事情，李奉先和他哥完全是两种人。能力越大，责任越大；痛苦，也就越大。

月饼拍着李奉先肩膀推门而入：“兄弟，咱们吃个痛快，不醉不归！”

五

吃了小半条街，最后我们又来到烤串摊撸串喝啤酒，各怀心事，不知不觉也就喝多了，三个人挺着圆鼓鼓的肚子，几乎是滚回酒吧的。我上了酒劲，说啥也要在房车里睡。

月饼掏了好几次才把钥匙扔给我，踉踉跄跄地往酒吧里走："别吐车里。"

我头重脚轻地爬上车，灌了口雪碧，火烧火燎的肠胃才算是好受了点。打开音乐调大声音，喝多了下手不知轻重，强劲的重低音震得中控台上的人偶来回跳跃，液晶表显示着的数字好像也跟着跳了起来。我把座椅调到半躺状态，瞅着玻璃里面的自己傻笑。

初秋古城天气转凉，不多时玻璃上就蒙了一层雾气。我半眯着眼，困意袭来，全身轻飘飘的，如同坠在云里。

"嘿嘿……"耳边传来女人笑声。

我以为是自己喝多了幻听，迷迷糊糊没当回事。音乐到副歌部分，又传来了女人的笑声。我清醒了大半，起身向车厢看去，空无一人。再仔细听，哪里有什么女人的笑声？

"咚！"车顶传来坠物撞击的声音，我这一次听得真切，最后一点儿酒劲顿时化作冷汗。忽然，风挡玻璃上多了些雨点，车外已是一片黑暗，远处划过几道闪电，转眼间倾盆大雨落下，视线越来越模糊。

我抬头盯着车顶，密集的声音像是有人敲鼓。声音越来越响，从车头响到车尾又折了回来，明显有个什么东西在走动。我稳了稳心神，没有急着开门，拿出手机想联系月饼，居然没信号。我摁着门把手，准备探头看个究竟。

就在这时，一道白影贴着车玻璃落到车前，两道幽绿圆光在街上忽隐忽现。

又是一道闪电劈过，借着短暂光亮，我看清楚那东西，是只白猫。蓬松的皮毛被雨水浇透紧贴着身体，四只脚泡进浑浊的泥水，尾巴像剥了皮的肉抽搐着，它"喵呜"一声转身跑了。我松了口气，觉得手脚有些冷，正想开门冒雨跑回屋，眼角余光瞥到副驾驶，血液几乎凝固。

"你是谁？是来救我的么？"一个声音响起，虽然不大，但在我听来，却如同炸雷。

我不受控制地哆嗦着，根本不敢转过头去。挡风玻璃里映着驾驶室的景象，副驾驶坐着一个穿着白色连衣裙的女人。衣服紧贴着凹凸有致的身体，湿漉漉的头发遮挡着脸。她伸出苍白的手，摁着音量键："声音好大，都把我吵醒了。"

纤细的手指像一道淡淡的烟气，从中控台穿了过去。

"我怎么摁不到？又喝醉了。"女人抬手扶我的肩膀，手掌却轻飘飘地穿进我的身体。

我眼睁睁地看着半截胳膊从我的胸口落到肚子，又抽了回去，一股冰冷的凉气穿过五脏六腑，冻得我全身哆嗦。

我牙齿打着战，悄悄扳着门锁，怎么也打不开。

"你干吗要走啊，在这里陪我不好么？这个车好漂亮，今晚我就睡这里了。"女人嘟囔着侧头向我靠来，一道闪电劈过，短暂的光亮中，我看到了一张脸！

六

那个女人白皙修长的脖子上面，端端正正长了一个猫头。

"我好渴。"猫脸女人伸出长满肉刺的舌头，舔着嘴角的胡须，"有水么？"

我反而没那么害怕了。

在日本，我曾经亲眼目睹了一个叫雪奈的女孩变成猫。难道这个女人也是活了十几年的猫变的？又因为虐杀小动物变回了猫形？

"你不害怕么？"猫脸女人耳朵左右摆动，"很多男人喜欢猫，也喜欢漂亮女人，可是他们看到我的模样后，都会被吓死呢。"

我心说，九尾狐我都见过，何况是个猫脸女？我绷紧胳膊上的肌肉，一拳击向她的耳后。

这一拳就像击中空气，直接从猫脸女的脑袋贯穿过去。我暗叫"不好"，刚才一时疏忽，忘记她只有形没有体！

"干吗要打我？"猫脸女转过头，结果成了我的手伸进她的嘴直接穿过后脑，这种视觉感受实在是不舒服。我正愣着要不要缩回手，忽然觉得胳膊一紧，怎么也抽不出来！

“你的胳膊很好吃。”猫脸女张开嘴，两排尖锐的牙齿刺进肌肉，大口嚼动。

胳膊剧痛，我绷着劲儿用力回抽，身体突然失去重心，后脑撞到车门，眼前闪过一片金星。我怔怔地举起手，半条小臂没了，只剩一截骨头，往外冒着豆腐脑状的骨髓。

猫脸女举着我的半截胳膊，嚼胡萝卜一样“咯嘣咯嘣”地啃着，雪白的猫毛被血浆凝成一团。

“我好饿，好久没吃东西了，我会慢慢吃掉你。”猫脸女掰断一根手指，噘嘴用力吮着血浆，嗞嗞有声。

伤口疼得麻木，大量失血让我根本没有力气动弹，眼睁睁看着猫脸女啃我的胳膊。这个场景让我浑身发冷，脑子里面有根弦紧绷着疼痛，像根烧红的铁丝插进大脑皮层的刺痛感。

“吃完了手吃耳朵吧。我最喜欢吃耳朵了，又脆又有嚼劲儿。”

外面雨越来越大，几道闪电砸落，车外不知道什么时候聚集了一群猫，舔着嘴唇凄声厉叫。

在它们眼里，我就是一只老鼠！

七

耳朵撕裂般疼痛，我“啊”地惨叫，睁开眼睛，强烈的阳光刺得我直流眼泪。

月饼盘腿坐在床前，很无奈地摊着手：“喊了你半个多小时，死活不醒。还是揪耳朵管用。”

我摸摸手，硬硬的还在，又摸摸耳朵，软软的也在。

“这是哪儿？”

“车厢！昨儿你死活要睡车里，躺床上就开始打呼噜，拖都拖不走。”

因为宿醉，脑袋刀割般疼，我理着思路，昨晚发生的事情太真实了，绝对不是做梦。

“月饼，有点不对劲，昨晚车里有个女人，长得……”

“车震了？”月饼已经坐到驾驶室又蹿了回来，“要震去宾馆，别在车里整这个，招来不干净的东西，收拾起来很麻烦！”

“我穿得整整齐齐的，像是车震了么？”我火气也上来了，“你就不能让我把话说完？”

月饼这么恼火我也能理解。从风水来讲，车的构造金木水火土齐备，有些车没有木质内饰，会挂串佛珠或者摆放木饰品补上“木”。所以车饰店里木制饰品居多。五行全而万物活，才能一路平安。

至于车震，属于性之所至个人爱好，道德层面不谈。单从五行来说，车内本已构成封闭的五行循环，阴阳两气兼容协调。男女车震，阳脱阴虚，必然会造成五行颠倒，两气循环不畅。有些人车震喜欢选择夜间人烟稀少的环境，比如林中、湖边、小山，这些地方本身阴气就重，更容易导致邪祟趁机入车，滋生不干净的东西。轻则会事业不顺，财路不通；重则人财俱毁，危及生命。

如果在放着佛珠、佛像的车里车震，更是犯了“庙堂禁房事”的大忌。

还有一个来月大学毕业的时候，同学的女友找到月饼，支支吾吾半天才说明白怎么回事。情人节前一天，那同学打了一宿游戏，手机调静音睡得昏天暗地，把约会这茬儿睡了个干净。他女朋友怄气跑到酒吧酗酒，醉后被个男的开车带到湖边车震了，没曾想怀了孕。她手里也没多少钱，又不敢告诉男朋友，只好找月饼帮忙。

月饼表面高冷，其实老好人一个，硬着头皮陪她去医院来来回回好几天。一切弄利索后，他晚上拖着我去湖边来回溜达，碰见停车的男女就黑着脸赶跑。我心说，这是查到车牌号准备守株待兔收拾那个淫贼一顿？

捱到凌晨两点多钟，眼瞅着没什么车了，月饼才说了原因。医院做B超发现胎儿畸形，女同学当场就吓哭了。大夫说醉酒或者服用抗生素类药物，房事后会导致发育异变。

我明白了八九分，当下也没废话，围着湖边找了大半宿，在一棵老柳树的树洞里找到一个东西，放进艾草、糯米，点火烧个干净。至于是什么我就不说了，反正那玩意儿挺恶心，整得我起码半个月看见什么肉都反胃。

月饼说到车震倒是提醒了我。这么好的房车，前任车主也是个有钱人，搞不好是带着小三车震沾了脏东西才贱卖的。

我把昨晚的事情描述了一遍，月饼支着下巴反问道：“有很多猫？”

“会不会是撞死了猫没做后事招的？”

“昨晚有雷电，不应该有东西乱出。”

“要不今晚你在车里待一宿？”

“跟你说过睡觉不要把手搭在床外，容易招东西。”月饼从杂物柜里拎出工具箱，“拆床！”

床板背面有一道暗槽，塞着用保鲜膜包裹的半截剥皮猫尾，漾着一层新鲜血沫，看来刚放进去不久。

想到躺在这么个玩意儿上面睡了一宿，我就浑身不得劲：“猫尸蛊？”

“这是木匠的手艺，”月饼比量着暗槽长短，“厌胜术。”

“厌胜术”又称魇镇之术，意思为“以诅咒厌伏其人”。自古以来，无论是宫廷还是民间，都有人用厌胜术害人。如果哪一户人家被下了术，惹上官司、家人生病都算是小事，重则小孩夭折，家破人亡。

厌胜术虽然是恶诅，不过万事有吉有凶。古玩市场常见的桃板、木八卦牌、木兽牌就是祈福辟邪的厌胜牌。还有一种厌胜钱，又叫压胜钱，正面刻着“千秋万岁”“出入大吉”“宜室宜家”这些吉祥话，背面有星斗、双鱼、龟蛇、龙凤图案，也能保平安。摊主大多不懂，称之为“花牌”“花钱”，卖得很便宜。

厌胜术据说传自姜子牙，武王举兵伐纣，唯独丁侯不入伙。姜子牙也没废话，直接画张他的肖像射了三箭，丁侯没几天就生了重病。有人暗中告诉丁侯，他连忙派使臣向武王表忠心。姜子牙于甲乙日、丙丁日、庚辛日分别拔掉射在画像额头、眼睛、脚踝的箭，丁侯病就好了。“厌胜术”自此流传民间，后来成了木匠的独门手艺，发展成命、尸、物、符四大术，根据聘木匠的主家态度好坏，下术报答或者报复。

用生辰八字“扎小人”是“命”术，这截猫尾很有可能是“尸”术。

我还是有些不太相信：“咱又没招他，干吗要布厌胜术？何况这是一辆车，又不是房子。”

“车就是房。至于为什么，那就要问问卖车老板了。”月饼把猫尾巴卷成团揣进裤兜，“有些改装车行和二手车铺暗中联系，改装豪车布术，车主遭难卖车凑钱。二手车铺循环买卖，挣一本万利的钱。”

“咱能不那么重口味吗？好歹用个背包装尾巴，行不？”

“你醉傻了？厌胜尸物要靠阳气克制，只能贴身放。唉！我不入地狱，谁入地狱？”

八

月饼简单讲了买车过程。老板陈木利，三十出头，车卖得很痛快。我心说光听这名儿就能猜个“八九不离十”——老板多少会点儿木匠手艺。

我们大清早赶到车铺时，店伙计还没来，一个瘦高长脸的中年人正支着小桌吃饸饹面。老远看见月饼，他回屋搬了两个马扎，摆上碗筷，招呼得挺热情。

月饼撒上辣子添了醋一点没客气。我本来绷着脸准备和厌胜传人大战三百回合，陈木利这么一整，我倒不好意思了。瞅着通红的辣子裹着面条，泛着一层油膜，越看越像那截猫尾，说什么也吃不下了。

月饼和陈木利边吃边聊车辆维修保养的注意事项。我等得着急，这是下围棋呢，还讲究个循序渐进，又不好说啥，索性抽烟解闷儿打发时间。

“陈哥，有纸么？擦擦嘴。”

“我回屋给你拿。”陈木利起身进屋。

“我随身带着，刚才忘了。”月饼摸出猫尾巴往桌上一扔，随后又说，“不好意思，拿错了。”

陈木利僵着身体，嘴角轻微抽搐，用右手食指顶住鼻尖，左手食指横在鼻梁：“卡塞？”

五指中食指属木，五官中鼻子属木，这个动作应该是厌胜木匠见面暗号，“卡塞”是切口暗语。我正寻思着“卡塞”到底是啥意思，月饼倒是干脆：“我们不懂厌胜术。”

“我学艺不精，被你们破了术。不过也好，我也不想用这缺德玩意儿。”

陈木利进了店铺，“有啥话小声说，老婆孩子在楼上睡觉，别惊着她们。”

正对门悬挂着鲤鱼木牌，再没什么风水布置。陈木利这番话不像有恶意，看来这事儿有隐情。

我挺放心地跟着往屋里走，月饼拽住我指了指二楼。我抬头一看，一扇落地大窗，没什么异常。

“他没说实话，”月饼眯着眼睛冷笑，“娘儿俩在楼上睡觉，却没有拉窗帘。”

九

进屋落座，月饼摆弄着桃木钉敲山震虎，我挺着腰板狐假虎威。陈木利把盛着猫尾巴的碗摆在桌中央，交代一句：“不好意思，耽误几分钟。”他从工具箱里取出木锤、楔子，绕着碗沿钉了一圈，摆三个酒盅倒满酒，用画着红色符号的黄表纸点着白酒。

陈木利念了几个音节，火苗烧到半尺高，斜着落进碗里。猫尾巴冒出一股黄烟，没有被烧黑反而变白了。烧了五六分钟，火焰才慢慢灭了。

陈木利撕张报纸包着猫尾丢进垃圾桶：“这东西随便丢会害人，破了术才行。”

我问道：“厌胜术布在车里是为了来回买卖赚钱吧？”

“差不多这个意思。厌胜术只能下给别人，不能施给自己，要不然木匠早就发了。”陈木利表情挺遗憾，“你们那辆车是我的。家里用钱的地方太多，我也是没办法。昨晚是谁中了术？我先道个歉。”

“道歉要有诚意。”月饼甩出桃木钉，击碎酒盅，瓷茬子碎了满桌。

陈木利讶异不已：“今天遇到高人了。等我把事情说完，咋办你们随意。”

以下是陈木利的讲述——

陈木利出身木匠世家，家传一手好木工活。可如今的家具都是流水线成批生产，他的木匠活越来越难做，家境也走下坡路。陈木利劝父亲陈永泰开个装修公司，带几个徒弟搞装修。但陈永泰本着木匠老规矩，坚决不做装修活，只接家具生意。虽然靠着名声还有几个老主顾，也是没几个钱的小活。

陈木利谈了个女朋友叫燕子，眼瞅着要结婚没钱没房，便向朋友借钱开了个洗车店。每个月还完贷款还能剩个仨瓜俩枣，日常开销绰绰有余。

陈永泰嫌弃儿子不务正业扔了祖传手艺，鼻子不是鼻子，眼不是眼。陈木利索性带着燕子搬进车铺，眼不见心不烦。燕子倒是个明白人，两头说好话。偏偏爷俩儿都是犟脾气，谁也不服软，关系就这么僵住了。

这天陈木利正准备关门，陈永泰拎来两瓶茅台，几盅下肚，陈永泰说明来意。

一个大老板从南方进了批红木做家具，打听到陈永泰，上门付了五万定金，许诺手艺好结账时再加钱。陈永泰上了岁数，自己忙不周全，喊儿子去帮忙，进账一人一半。

陈木利心里明白，老爷子才五十出头身体没啥毛病，这点活儿往细致做也就是三个月的工夫，喊他是为了拉扯一把，二来向他显摆木匠活能赚大钱。

爷儿俩带着工具赶到老板的别墅里正式开工了。老板按照老规矩好酒好肉招待了好几顿。陈永泰见老板像个正经人，念叨好几次“完活时一定给主家送个吉祥”。陈木利以为是送个招财树、鱼缸啥的，就没当回事。

燕子负责送饭，晚上三个人还要轮流看门。忙活两个多月，活干了一大半，一家人也累得不轻。老板经常来转悠，多少都会留点钱，陈永泰也不客气就收着了。

做完主卧的大床，活算是正经干完了，老板当场点了二十来万结款。陈永泰拍着龙凤床说：“这床有讲究，龙凤双喜。主家和太太肯定生个儿子。”

老板哈哈一乐：“五十多岁了，哪里还能生。”

陈永泰拍着胸脯说了不少吉祥话，老板听得高兴，当晚请一家人好吃好喝。

陈永泰说活干不漂亮对不起主家，要留下再收拾收拾边角。

陈木利喝多了，回去倒头就睡。第二天去别墅里接父亲时，发现别墅门大开，陈永泰胸口插着一把凿子，手里攥着木鱼死在主卧。

小区刚投产，监控设备还没铺架，警方没调查出结果，就这么成了悬案。

人死在别墅，老板主动揽下责任，又给了陈木利十万块钱。陈木利越想越窝囊，做个木工活把老爷子的命搭进去了，一怒之下砸了工具卖了老房。收拾东西的时候，他发现衣柜里有个暗格，放着本有字有图的老书，里面记着十八种厌胜术。

陈木利是个老实人，看完便明白这东西损天理。况且父亲死的时候手里攥着木鱼，分明是“鱼子术”。更觉得“厌胜术”太邪门，不敢乱碰。

忙完父亲的丧事，他开了个汽车改装店，好歹也当了小老板。过了三个多月，燕子怀孕了，算日子正好是做家具那段时间。燕子不想要这个孩子，担心装修有污染影响胎儿发育。

陈木利花钱找人做了B超，是个健康的男孩，那就说啥也要生下来了。

几个月后，孩子出生，母子平安。日子虽然苦点，可也是天大的好事……

十

陈木利讲到这里，喝了口水红着眼圈说道：“娘儿俩出院，回家好几天了，孩子软得像坨面，不能动弹。抱回医院一看，胆黄素偏高引发胆红素脑病，瘫了。

“这一年多，能去的医院都去了，能用的方子都用了。有家医院说把孩子留下让我们回，我明白是啥意思。可那是燕子身上的一块肉，哪能说不要就不要？听说孩子多晒太阳管用，每天只要太阳出来，我们就拉开窗帘。孩子一岁多了，也能说几句话，就是不能动……”

陈木利抹了把眼泪：“孩子出生黄疸偏高，需要进育婴房照紫外线。我心疼那点钱，结果糟蹋了孩子。南方老板是个好人，前几天找我做木匠活，知道了这事儿，说这两年红木炒得很火，那套家具手艺好，赚了几百万，把房车送我算是心意。我一时鬼迷心窍，抓只猫布了厌胜术，这样不管谁买了车，都会以为车里闹鬼，还得低价卖回来，想着这样就有钱给孩子看病了。”

月饼说道：“陈哥，缺钱我们可以帮你，下厌这事儿，可不给孩子积德。”

我没想到事情居然会是这样，心里堵得慌。三个人再没说话，闷着头抽烟，月饼张了几次嘴要说什么，犹豫着没有说出来。

忽然，我想起在图书馆看到的一本古医书，有一章专门讲治这种病，急忙问道：“陈哥，要是方便，我们上楼看看孩子。”

“你们有办法？”陈木利眼睛一亮，“对！能破厌胜术的肯定不是常人！”

上楼的时候，月饼压着声音：“有把握么？”

我摇摇头没吭气。

十一

进了卧室，燕子模样很好看，眉宇间透着疲惫。孩子靠着被子耷拉着脑袋半坐着晒太阳，像个没有知觉的人偶。陈木利兴奋地搓着手：“娃儿，叫大大！”

孩子咿呀了两声，很费力地想抬起头，却始终抬不起来。

我无法详细描述这个场景，实在是太让人心酸。

月饼用力拍着我肩膀：“陈哥，我朋友医术很高明，一定能治好孩子！”

“谢谢你们。”燕子压抑地啼哭。

我从未像今天这么有压力，深深吸口气，手指搭在孩子手腕上，粉嘟嘟的小拳头就那么软绵绵地垂着。我凝神静气给孩子把脉，心里越来越惊——脉象平稳圆润，只在血脉通过关节时略有滞涩，孩子根本没有病！

我托起孩子脑袋翻开眼皮，左眼的上眼白有一条淡淡的黑线。

我对月饼使了个眼色：“来帮个忙。”

月饼看到那条黑线，也是满脸讶异。我们俩对视一眼，孩子不是脑瘫，而是阴气入体阻了阳脉，只需要用银针刺穴把阴气导出。

在此之前，我需要再确定一件事。

“陈哥，我们想单独问嫂子几件事，你在场可能不太方便。你放心，孩子有救！”

“真……真的？”陈木利晃了晃差点摔倒，扶着墙向楼下跑去，“燕子，孩子能治好！”

我不忍听到陈木利狂喜的喊声，觉得很对不起这个倔强老实的西北汉子。

“医者父母心。”月饼摸出烟，看看孩子又放了回去。

燕子低头绞着手指头，神色有些慌乱。我几次张口，都没有问出那句话。

“嫂子，孩子到底是谁的？”月饼问了出来。

燕子如同被抽了筋，软塌塌地坐到地上，捂着脸低声哭着：“我不知道。”

十二

燕子哭了半天，带我们到另外一个房间避开孩子，讲了一段这辈子都不想再回忆起来的事情：三个人在别墅里轮流看家具的时候，老板骚扰她好几次。爷俩通过这个活儿感情越来越好，这笔钱又不是个小数目，她忍着没敢说，也没让老板得手。完活前两天，老板私下找她，为了要个儿子就和她做一次，不管怀不怀上，事后给十万块钱。

十万块钱对她来说不是小数目，这趟活做完不知道什么时候能再遇到这种好事，房价涨得又快，还欠着一大笔贷款，干什么都要花钱。她心思一乱，咬牙答应了。

完工当晚老板把爷俩灌得大醉，燕子扶着陈木利回家，背着醉得不省人事的丈夫，偷偷打通老板电话。老板开着房车把她接到别墅区后山，在车里做完送回家。燕子觉得对不起老公，早晨就缠着陈木利来了一次。

哪曾想当天晚上公公遇害，她觉得这都是报应，更是提心吊胆。公公送进火葬炉焚化，送出来时只剩下几根残骨。焚化工拿着杵子捣骨灰时，半块头骨迸落，黑洞洞的眼眶就像在恶狠狠地盯着她，燕子吓得当场晕了过去。

她回家休养了一段时间，吃什么都恶心，验孕纸一测，居然怀孕了！

燕子拿不准到底是谁的孩子，死活不想要又不敢说出来。拗不过陈木利，却生了个瘫子，燕子如遭遇晴天霹雳，要不是为了照顾孩子赎罪，她早就不活了。眼看家里钱花干净了，她只好找到老板，如果不拿钱就告他，老板这才找个借口把车送给陈木利。

我们答应燕子保守秘密，跟陈木利打个招呼说回去查查方子配药，事实上是按照燕子给的地址去山上的别墅区了。

打老板一顿出出气倒是小事，主要还是为了去后山两人车震的地方查查到底是什么东西带来的阴气。而且月饼始终觉得陈永泰死得太过蹊跷，他几次想问细节，却没好意思开口。有了燕子这个事儿，月饼推测陈永泰有可能是撞见儿媳妇的丑事，被老板杀了灭口。

沿着山路往别墅区走的路上，我恨得全身哆嗦："一会儿见到那个老板，我一定弄死他！你别拦着我！"

"你没机会，"月饼扬了扬眉毛，"我会先动手。"

"这个畜生！"我一脚踢了块石头，硌得脚尖生疼，"五十多岁的人，就这么想生个儿子！有钱就了不起？"

"钱不坏，坏的是人心。"月饼单手插兜，慢悠悠地走着，"南少侠，这座山的走向聚阴么？"

我也懒得多看："刚下车我就看了，不好不坏，就是个普通山头。也不知道那些富人怎么都喜欢把别墅建在山上，有些山势明看是好风水，谁知道房基下面有没有埋着增煞转气的东西。"

月饼扬了扬眉毛："比如那个招摇撞骗的气功大师的豪宅？"

想起曾经的女神和那个气功大师亲切合影，我气不打一处来："单看他给豪宅起的名儿，普通人命格根本压不住，太大了。建宅最多十二年，必遭大灾！"

"冷静点，"月饼一本正经地说道，"吃不到葡萄也不能当狐狸啊。"

十三

在别墅区门口登记时，月饼顺手扔了盒中华，门卫看我们一身行头都是牌子货，又是大白天，没多问就放行了。

按照地址找到老板住的别墅，从外观看倒是没什么风水布置。按门铃没人开，月饼试着推门，居然虚掩着，我们索性大摇大摆进了院子。满院的多肉植物刚浇过不久，还沾着水珠。正门大开，客厅空荡荡的，地板上落了一层灰，残留着杂乱的脚印和家具拖动的印痕，倒有些出乎意料。

“你左我右。”月饼进屋往右边走去。

我绕着左边三间屋子转了一圈，什么都没有，墙壁上钉着几枚钉子，墙痕方方正正略微发白，像是挂过油画之类的东西。

摸着窗台上的一层薄灰，最少有三四天无人打扫。算算燕子联系老板的时间，难道是怕燕子缠上他，匆忙跑了？细想一下，有钱老板肯定不在乎这点事儿，况且花园刚刚有人浇过，怎么会凭空消失？

我想到一件事：难道这里曾经是阳世阴宅？

新楼盘开盘售房，经常有人不问价钱直接入手一套，可能不是因为多有钱，而是看中了这个地方。很多讲究老规矩的人，长辈死后要入土为安。现在不允许土葬，只好请风水先生在新开发的楼盘寻找宝地，把选中的房子作为吉穴布置，安葬长辈福泽后辈。

这种房子虽然选在阳间，却是整个楼盘的“楼眼”，通俗点讲相当于龙卷风的“风眼”，能够吸纳楼区的吉气，旺运助势。装修时会请老木匠用名贵木材制作家具，应“吉穴须配上好棺木”的葬俗。阴宅布置好，长辈安葬在东南室，屋子常年无人居住，只在逢年过节才会入住祭祖。平时会请人打扫庭院灌溉花草，如果是高楼层，会在阳台、窗户摆放各种植物，以多肉植物为主。多肉植物在五行里属于水木相生，吸阴纳阳，既可防止外来阴气入屋，又可固住屋内吉气，用来增阴宅吉气。

阳世阴宅有个弊端，吸纳吉气的同时也会聚敛煞气。如果楼区出现命案、火灾导致流浪猫狗夜间被阴气吸引增多，或者是毒、淫、罪三种人聚集小区，凶淫二气滋生，吉煞两气互转，房主需要立刻迁房，防止煞气入穴，祸及后人。所以很多有钱人喜欢四处购置房产，并不仅仅是为了增值。

这种小区经常出现雾霾，常人进入会感觉胸闷不舒服，浑身发冷。夜间偶尔会听见天花板传来弹珠声，卫生间有滴水声，如果睡觉时手搭在床外，总感觉有东西在触碰手背……

联想到陈木利夫妻所说，这个老板买别墅造了阴宅，把陈永泰杀死做人殉（古代建造陵墓的工匠大多在完工后被封在墓中殉葬）。至于为什么要和燕子发生关系，这里面还有一层说法。

把人体比作是个容器，男丹田为火入阳气，女子宫为水纳阴气。老板为了去掉阴宅入体的煞气，转注进燕子体内，导致孩子被阴气阻住阳脉瘫痪。

我越想越觉得有可能，正准备刮掉书房西北角墙皮看看有没有画着镇墓兽，月饼在厨房喊道："南瓜，快来！"

十四

厨房里，水壶在煤气炉上"咕嘟咕嘟"地冒着热气，桌台上摆着一杯刚冲好的茶叶，闻着味儿像是普洱。

月饼试了试茶杯温度："不超过五分钟。"

就在这时，我的眼角扫到一抹黄光，楼梯上响起急促的脚步声。月饼几步冲过走廊，蹿上楼梯。我绷着劲跟上去，心说月无华这身体素质不参加奥运会都可惜了。

转过楼梯，月饼站在主卧门口，背对着我一动不动。

"月饼？"我警惕地放慢了脚步。

"我不明白，"月饼转身很茫然地皱着眉，"这里怎么也会有？"

跑到门口，我也愣住了！

主卧极大，横七竖八摆放着红木书柜，堆着各式书籍，整个布局就是一间缩小的图书馆。唯一不同的是，书架"62188"字样的书都是近现代作品。地板上零散地堆着铅笔手稿，画着同样一幅画，密密麻麻地写着各种推测方式，画中央打着一个大大的问号。和第一本书出现的"西山大佛"画提示完全相同！

这间阴宅居然出现了图书馆？我没来由地浑身发冷，感觉到仿佛有无数只隐形眼睛，自始至终飘在身边，看不到，却能清晰地感觉到。

"有点意思了，"月饼捡起一张画冷笑着，"看来有人在做同样的事。"

“这是间阳世阴宅，”我越想越觉得冷，“他们不一定是‘人’。”

“你忘了？自古以来，就有人在寻找图书馆。”月饼把图纸叠成纸飞机轻轻一扔，轻飘飘地飞着，划出一道弧线，缓慢地撞到书架，跌落。

月饼翻着架子上的书，翻到《中国通史》，掉出一张泛黄的黑白照片。

两个穿着深色西式棉服的男子并排站在沙漠里，远处是几顶帐篷，印着极为模糊的几个字。左边男子戴着深色眼镜，手里拿顶帽子，三七分头，一副似笑非笑的表情。

右边男子，正是年轻时的老馆长！

“他们到底死没死？”

“不可能有人会在这么短的时间离开，除非是……”月饼话音未落，最里排书架响起轻微的挪动声。

绕过去一看，靠墙的书架斜挪出只能一人侧身通过的缝隙，露出寒气森森的暗洞，隐约能听见脚步声。

月饼刚要进去，被我一把拉住：“你丫用用脑子，里面连光都没有，要是有啥东西都不知道是不是人。起码先找个东西照明吧？”

“难道你想现场做个火把？”月饼举着手机进了洞，“手机有种功能，叫作手电筒。”

十五

进了暗洞，居然是一间隐藏的封闭房间，月饼按下灯座开关，房顶亮起一盏莲花状的吊灯。

水泥地板上铺着一层黄土，两排脚印延伸至墙角一米见方的圆洞。我看不明白这到底是什么东西的脚印，形状类似圆形，印痕边缘的黄土混着某种液体，像是一个被砍了前半段脚掌，伤口淌着脓液的人踩出的痕迹。

月饼捏起沾着黏液的黄土闻了闻，眯着眼疑惑地瞅着圆洞。

“尸液？”

“如果是尸液，我至于这么个表情么？”月饼从包里掏出桃木钉沿着腰带插了一排，“房主把上下两层隔断出半层屋子，难怪我进来就觉得别墅里少些什么。”

我捏了点黄土捻成末子，淡淡的檀香夹杂着少许腥气，一时间也拿不准是什么：“月饼，难道那个‘人’为了掩饰身上的味道喷了香水？”

“这是脚印，谁吃饱了撑得没事儿干用香水洗脚？”月饼走到洞口，俯身往里面看着。

我嘴硬地回道：“欧洲顶级的香水还用尸油作原料，我这么想也不是没可能。”

月饼没搭理我，扒拉着洞口的黄土，捡起一片巴掌大小、白得几乎透明的鳞片。我正要凑过去看，一条手腕粗的白绳从洞里飞出，拦腰缠住月饼，拖进洞里！

这一切发生得太突然，我甚至没有反应过来，只听见地洞里“嘶嘶”作响，翻滚碰撞声震得整间屋子轻微颤动。

“南瓜，别下……”月饼喊了半句戛然而止。

我哪还顾得上月饼的话，心里着急着就跳进洞里。眼前突然一亮，白光刺眼根本看不清楚洞里有什么。没等落地，一条冰冷黏腻的软绳缠住双脚，我被生生悬在空中，绳子拽着我一甩，撞到墙上，后背疼得发麻。我嗓子一甜，呕出口鲜血，像一摊糊在墙壁上面的烂泥，慢慢滑到地上。

“跟你说了别下来。”月饼的声音像是捏着脖子的公鸡，尖细着嗓子吼道，“快躲开！”

“啪！”肋部被一条鞭子抽中，火辣的疼痛让我喘不过气，肺都要缩成一团。

眼前又是白影一闪，对着脑袋劈落。我急忙侧身闪开，墙皮被砸得稀烂。我躲在墙角大口喘气，视线越来越清晰，终于看清那个东西的模样！

一条水桶粗的白色巨蟒！

月饼被白蟒一圈圈缠住，只露着脑袋和右手，正在用军刀扎着白蟒的肚子，油汪汪的鳞片异常坚硬，刀尖顶着鳞片就是刺不进去。巨蟒似乎吃痛，昂着脑袋狠命地撞击着墙壁，血盆大口吐着腰带粗细的芯子，涎水四处乱飞。

月饼用力往外挣，白蟒“嘶嘶”叫着，蟒身如同缓缓转动的齿轮，越勒越紧。月饼被勒得骨头“咯咯”作响，脸色如同白纸，口中咳出鲜血。

白蟒鸡蛋大小的绿眼透着冷森森的寒气，鳞片忽开忽合，尾巴“啪啪”拍动地面，檀香混着腥臭味儿，闻起来说不出的反胃。蟒身一圈圈缠绕，顺着月饼肩膀没过脑袋，包裹得严严实实。

“脑袋。”

月饼闷在白蟒身体里说道。

十六

我蹿到白蟒身前，扯着蟒身向外拉：“坚持一下！”

白蟒扬起尾巴缠住我的肚子突然收紧，差点没把肠子挤到嗓子眼儿了。我挣了几把没挣动，被举到空中。白蟒张开嘴巴，四根尖锐的獠牙滴着涎水，喷着檀木的浓香，黏糊糊的芯子舔着我的脸。

我根本使不上力气，眼看着蟒嘴张到极限，蛇口的肉皮里面支棱起的骨头形状的凸起。想到即将被生生吞进蛇腹，挤压成一根肉条，泡在胃液里面消融成肉酱，我打了个哆嗦，什么办法也想不出来。

“脑袋！”

月饼连续两次说“脑袋”，我这才明白是啥意思。白蟒张着嘴挣着脑袋前探，脖子绷得笔直，就是不能把我吞进去。

它身体七寸的位置箍着一圈铁环，深深陷进肉里。白蟒原来是被钉在墙上，大半部分身体缠着月饼，尾巴举着我离它的嘴巴还有一尺左右，死活送不进去。

我们这么大眼瞪小眼耗了几秒钟，白蟒看来还有点智商，蟒身略微松了松，这样一来我离它的嘴巴还有半尺。这次看得更清楚，白蟒嘴巴里有好多根小骨头乱动，扩张着鳃裂，我突然想起哪部探险片里的镜头。

我心说成不成就这一下了！左手把白蟒的下巴压到极限，白蟒吃痛闭合嘴巴。我撑不住这股猛劲，干脆把胳膊竖着顶进蛇嘴当撑杆，右手探了进去，顺着喉咙摸到软骨位置，指头抠进肉里，“叽里咕噜”的黏滑，我总算摸到软骨，使出吃奶的力气拽了出来。

“扑哧”，一溜血箭喷出灌了我一嘴，白蟒剧痛仰头，血如喷泉涌冒。

突然，缠着肚子的蛇尾没了力气，白蟒像一根钉在墙上的面条耷拉着。包着月饼的蟒身一圈圈散开，肚子豁了一条极长的裂口。

“还好身材保持得不错。”月饼摸了摸鼻子长叹口气，“要是你这坨肉，早被挤死了。”

我心脏兀自跳得厉害：“你丫能有点紧张感么？”

月饼眯着眼睛笑道：“还没来得及紧张就被你救出来了。”

我的手里还攥着那截软骨，连忙扔掉：“哪个王八蛋养这么大条蟒蛇当宠物，还来了个暗室禁锢！喂蛇时被活吞了都有可能。”

白蟒已经死透，下颌滴着血珠，顺着鳞片流淌，被月饼划烂的肚子更是惨不忍睹，烂肉翻转，半坨胃囊连着几根囊管耷拉在外面。月饼扒拉着白蟒肚子看了看，“咦”了一声，探进胳膊摸了半天，拽出一个血淋淋的侏儒。

我心说这玩笑开大了，难道真被蛇吞了？

月饼倒拎着侏儒甩了甩：“檀木做的木人。”

也许是甩动触发机关，小木人扭着脖子，关节“嘎嗒嘎嗒”地响个不停，腰胯的木轴开始转动，双腿虚空踩着步点踢蹬，异常滑稽。

十七

月饼把木人放在地上，它直挺挺地走上楼梯。月饼做个噤声的手势，几步跟了上去。

木人穿过暗室下楼到了别墅庭院，浇花、锄草、扫地，家务活干得还挺起劲。忙活完院落走进主卧，收拾着满地图纸，整整齐齐地摞在桌上才回到暗洞躺进蛇腹，木头小手扳动耳朵，一动不动了。

我和月饼面面相觑，整不明白到底是怎么回事。

“家务机器人？”我脑子乱了。

月饼扯块布包起木人：“应该和木牛流马一个原理。”

三国时期，诸葛亮举兵北伐魏国，为了保证粮草供应及时，节省兵力，设计了木牛流马，启动机关就能自动运输粮草。

难道木人也是按照机关原理设计，维护阴宅日常生活？这么一想倒有可能。

可是为什么会在白蟒肚子里面？难不成房主走的时间太久，白蟒饿得慌，顺口把木人吃了？进别墅的时候，花圃刚浇过水，还有木人脚印，分明是刚整理家务不久。

我没理出思路："这玩意儿总不能是把蟒蛇肚子当家了吧？"

月饼居然吟了一首诗："冬虫夏草名符实，变化生成一气通。一物竟能兼动植，世间物理信难穷。"

我琢磨出点儿味道："木人类似于冬虫夏草，寄生在白蟒体内靠精血而活，再配合机关术？"

"前任馆长靠血木活着，行动不方便，需要有个守口如瓶的仆人。"

冲洗干净木人身上的污血残垢，容貌雕刻得栩栩如生，显然工匠手艺极好，檀香味儿更加浓郁。俗话说"十檀九空"，檀木生长又异常缓慢，这么大个木人需要多少年的老檀原木才能做出来？

月饼摸着木人背部的木鱼凹槽："陈永泰死时手里拿着木鱼。"

我有了简单的猜测："如果房主是照片里的其中一个，也就是老一代的异徒行者，陈永泰会不会是组织成员？造了木人收拾阴宅，又被杀死灭口？"

"什么都有可能，哪怕木人现在变成活人，我也不会觉得意外。"月饼在暗槽里摸到个卡扣，木人"咯噔咯噔"一阵乱响，啪地四分五裂了！

我急得直跺脚："你丫能不能稳当点，这可是上好的檀木啊！"

"你就这点出息。"月饼从木片里翻出一张泛黄的纸条，看了几眼塞给我。

"我们错了，不应该相信他们。你们记住，不要相信任何人。"

黑色的文字略有些模糊，没有落款和日期。

短短两句话，运用了"我们""你们""他们"。"我们"如果是老馆长和他的搭档，那么"你们"是谁？难道是我和月饼？"他们"又是谁？

我有些混乱，明显觉得智商不太够用了。

“走吧，回家。”月饼点了根烟下了楼。

心真大。

十八

按照燕子的描述，我们在她曾经车震的后山小林子没找到什么“东西”，回到铺子时天色已经半黑。

我用银针刺穴，导出滞阻在孩子手臂三条阳脉的阴气，腿脚三条阳脉得一个月后再下针，免得阳气反冲过猛损伤经脉留下后遗症。

孩子手指微微动了几下，吃力地抬起胳膊，夫妻俩又哭又笑。我和月饼心里一堆事儿，急着要告辞，陈木利扑通跪下：“我的命，以后就是你们的！”

我扶起陈木利，想到他父亲、老婆和房主之间的秘密，也不知道该说什么好。

“嫂子，照顾好你和我哥的孩子。”月饼笑得很干净。

燕子听明白这句话的意思，憋着眼泪使劲点头。

“吃口饭再走！”陈木利脸涨得通红，“就这么走了我以后怎么做人？”

“既然这么说，嫂子露露手艺，喝两盅！”月饼往沙发上一坐，“今儿喝不好不走了！”

“赶紧把孩子抱上去，我们抽口烟。”陈木利眼一瞪，“婆姨不懂礼数。”

燕子欢天喜地地抱着孩子上了楼，我心里很舒服。

电话不合时宜地响了，隔着话筒都能看见李奉先气急败坏的表情：“南爷，好好一个车怎么招呼都不打就拆了床？酒吧就要开门了，回来招呼生意。”

“奉先，今儿歇业。”

“又歇业？这酒吧还干不干了？”

“来陈木利家喝酒。”

“啊？这事儿你们知道了？木利早几天就托我张罗着卖车，他家的情况挺困难，我真没拿提成。”

“别废话，赶紧来吧。”

一顿酒又喝到凌晨，回到图书馆，我往床上一躺，发誓“再也不喝酒了”。

“每次喝多都是这句话，”月饼玩了会儿手机，“确定了一件事，奉先确实没问题。”

“能一起喝醉的兄弟根本不用怀疑。”我迷迷糊糊快睡着了。

“你太容易相信人。”月饼把手机扔了过来。

我接住一看，写着几行字：

一、制作的红木家具，大多是书架；

二、陈木利看了照片，确定前任馆长就是别墅主人；

三、房车床板暗槽，不是陈木利凿的，而是原来就有。

“明天，出发去西山大佛。”月饼翻身打了个哈欠，“记住，不要把手搭在床外睡，免得招了床下不干净的东西。”

我含含糊糊应着，翻了个身，半截胳膊耷拉在床外。

西部古城别墅空屋之谜

2014年年初，西部某著名古城山间别墅区曾经发生过一起骇人听闻的离奇事件。某位神秘富豪用假名购买了别墅，突然又人去楼空，仅剩厨房一个水壶、泡着普洱的茶杯、主卧堆满书籍的书架，满地稀奇古怪的图纸，其余东西全部消失了。此事引来各方媒体的大肆报道，甚至有人称这一神秘事件与外星文明有关。

北京某家媒体花重金从门卫口中得知了一些蛛丝马迹。当天曾有两名二十出头的年轻人进过别墅。遗憾的是，事发后门卫害怕受到牵连，把那段监控影像删除了。

门卫对两人的印象也比较模糊。两个年轻人都瘦瘦高高的，一米八五左右。其中一个极为英俊，碎斜发半遮着右眼，冷冰冰的不好接近；另一个圆脸，笑起来完全没有心机，智商和年龄似乎严重不符。

异闻：

无论购买新车还是二手车，提车前一天上午9点至11点在左后轮胎和主驾座位底下各塞一枚五毛钱硬币，花纹朝上。提车时检查硬币是否还在，如果不在，切勿购买此车！

第四章　石骨佛心

拜佛禁忌：

一、朝拜西山大佛前后三天忌食用荤菜和葱、姜、蒜；

二、拍照留念时切勿拍下大佛全景；

三、不得佩戴和数字“九”有关的饰品；

四、切勿在大佛左脚前方的亭子里喝水抽烟；

五、拜佛的时候要先拜庙里最大的佛再拜其他佛；

六、站在大佛头部右侧的景点区不要长时间盯着大佛耳朵；

七、不要从观景台爬上佛头，更不要长时间注视石制发髻！

一

沙漠，无边无际。

几座古建筑残破不堪，“呜呜”的风声宛如鬼泣。骆驼头骨半掩着，眼洞里爬出一只土灰色蜥蜴，好奇地望着两个飞在空中的东西。

两架直升机始终保持着三十米的距离，倒影如同沙鼠在沙漠里追逐嬉戏。飞行员进行着常规通话，后舱乘客们经不住长途劳顿，早已熟睡。我翻着乘客资料，十几个人身份各异，水果贩子、饭店老板、宾馆服务员……最不能理解的是居然还有一个道士！

我接通联络器：“月饼，情况怎么样？”

“睡得昏天暗地，连个聊天的人都没有。”

“话说你丫最近是不是《三国演义》看多了？用布包当锦囊妙计也就罢了，缝得那么严实，真有危险都来不及打开啊！”

“希望用不上，”月饼懒洋洋地回道，“没想到终极任务居然在这里。我休息一会儿，困了。”

这片被称为“死亡之海”的沙漠，从古至今流传着许多神秘的传说和震惊世界的未解之谜。西域三十六国宝藏到底被黄沙掩埋在何处？狐脸人的照片是真是假？能够瞬间吞没城市的鬼山到底存在么？每隔十年出现的巨人脚印真的是自然现象？楼兰美女还原后的相貌居然是……

最离奇的传说发生在二十多年前，巨型沙暴改变了沙丘位置，一座古城遗址重见天日。几个本地人商量着进古城淘些古物，一个月后却死在沙漠边缘，腿部只剩两截磨烂的腿骨，背包里放着几块残碎的古玉。无法解释的是，干尸表情惊恐，身体对着沙漠深处。似乎不是要走出沙漠，而是遇到了恐怖的事情要逃回沙漠。

再看这份名单，我心里叹了口气。就凭他们想进入“死亡之海”，和送死没什么区别。尤其是那个穿着红衣服的女人，一路上只做了三件事：吃饭、喝水、睡觉，连厕所都不上。

“十一点位置，一切正常。咦？奇怪……啊……这不可能！”联络器传来前面直升机驾驶员惊恐的喊声！

我心里一惊，抢过联络器：“月饼，月饼！”

耳机里只有“劈里啪啦”的电波杂音断断续续响着。十一点位置没有任何异样。突然间，月饼乘坐的直升机像是被一只无形的大手抓着机尾猛烈摇晃，失去了控制。

“靠近！”我对驾驶员吼着。

驾驶员松开操纵杆，摘了飞行盔，脖子没有扭动，脑袋直接反转过来：“目的地，到了。”

他的瞳孔像团晕开的墨汁，覆盖了眼白。

我的身体不能动了。

螺旋桨“突突”几声之后停止了运转，斜插向地面！沙丘鼓起篮球场大小的圆包，陷出几个深坑，居然变成一张巨大的人脸。一道道刺眼光芒从巨脸的眼中喷出，相互勾连，形成闪电状蓝色光网。飓风大作，沙尘漫天，直升机触到光网，机身传导着光线，斜斜扎进巨脸嘴里。

“我们，终于回来了。”

红衣女人的声音！

二

我的身体突然下坠，又重重弹起。我顿时惊醒，大口喘着气，抹着满脑袋冷汗。

房车颠簸得厉害，月饼满脸怒气：“你上辈子一定是困死的！说好了轮着开，你倒睡得踏实！”

梦境太过真实，回忆起来仍然心有余悸，我坐到副驾驶：“刚才做了个梦。”

“春梦？”

我被噎得一口气上不来，索性不说话，扭头看着窗外。

这几天李奉先负责购买装备，陈木利重新做了床板。我们趁这个时间猫在图书馆收集关于“西山大佛”的各种资料做前期准备。

从古城到西山九百多公里，房车最高时速一百一十公里。一切就绪后，月饼决定上午出发，赶到西山大佛正好是晚上，既能节省时间，又能避开游客。

“还有五十多公里就到了。按照计划，车停在景区，咱们从后山上去。”

我这才明白，居然睡了这么长时间，多少有些不好意思：“过成都了？”

“嗯，哪儿都是火锅味儿，”月饼喝着饮料说道，“等忙活完去成都吃火锅看美女。”

“那必须去春熙路啊！”我来了精神，“我开会儿，你歇口气。”

“不差这一点。再说全是山路，我刚开顺溜，你检查检查装备。”

山路崎岖，几个绕弯要不是月饼技术好，真有可能一脑袋扎沟里去。

向窗外望去，茂密的树林遮挡着远山，江水流动声由远及近，群山连绵起伏，隐约看到一尊凿山而刻的巨型佛像鸟瞰江水，形态庄严肃穆，应该就是西山大佛。

“南瓜，别拖我后腿，第一个任务不能失败，要不以后没脸见人。”

我想起那个梦，总觉得哪里不对劲，心里很不踏实。而且这个任务只有“大佛流泪”这一条线索，至于具体要做什么，完全是未知数。

我对这种无目的的行动非常排斥，远没有月饼探索未知事物的旺盛精力。这段时间接二连三发生的事情匪夷所思，我心里就算是“一万只草泥马”奔腾，也要陪着月饼来一趟。

三

在停车区安顿好房车，我们按照搜索到的路线顺着栈道上山。

爬上佛头旁边的观景台后，我震惊了：“这么大！”

佛头起码十五六米高，耳朵足有佛头一半长，巨型耳廓起码能站进三个人，总而言之就是一个字：大！

月饼整理着爬山索：“佛脚能停好几辆大巴，脚趾甲盖都能支桌麻将，能小么。”

我们根据收集到的资料理出了几处重点：

其一，大佛胸部有一个封闭的藏脏洞，封门石是宋代重建天宁阁的纪事残碑，后来连年战乱，无人维护而被毁掉。

其二，大佛还有一套设计巧妙、隐而不见的排水系统。佛头共十八层螺髻，第4、9、18层各有一条横向排水沟，正胸左侧也有水沟与右臂后侧水沟相连。两耳背后靠山崖处有洞穴左右相通，胸部背侧两端各一洞，组成了大佛排水、防湿、通风系统。

其三，佛像右耳的耳垂根部内侧，有一处深约二十五厘米的窟窿，维修工人从中掏出许多腐朽木泥。南宋范成大在《吴船录》中写过“极天下佛像之大，两耳犹以木为之”的句子。由此可知，佛耳是木制的，表层敷灰。

第一次执行这种扯淡任务，完全没有经验。我们暂且把第一个任务当作是探寻“大佛流泪”的奇异现象。

“古城别墅大战白蟒”里的暗室和机关术给了我们一些灵感，月饼认为“凡事要深挖内部原因”，第一计划是爬上佛头，看看那几个洞穴有没有暗室。

装备准备妥当，我们用糯米水浇湿鞋底。夜晚山间阴气重，这么做能阻阴气缠腿，也就是俗称的“鬼打脚”。我们还往左眼里滴了牛眼泪，确保能看见不干净的东西，虽说是佛教圣地，小心点儿总没坏处，《西游记》里的妖怪还有神仙做后台呢。

站在佛头后面的观景台上，月饼扳着栏杆很利索地跳了上去。我在一棵老树上捆好保护绳，也跟着跳了上去。没曾想晚上露水重，脚底一滑，我急忙抱着石髻，总算是没有“跳崖未捷身先死，长使月饼泪满襟”。

月饼站在佛头上就像没看见。我卡在两个石髻中间心里有气，说道：“你丫就不能搭把手，拉我一把？”

“敢不敢快点！磨磨唧唧干吗呢？”

“我卡这儿了你丫看不见？”

“绑个绳子这么费劲，”月饼对着观景台说道，“把绳子扔给我，拽你上来。”

我突然觉得不对劲，月饼好像在和观景台上的“我”说话。难道上山的时候遇到了能模仿人形的“傀”？

有个老说法，“孤坟不入山，槐树不入坟”。指的是孤坟不要建在深山和长槐树的地方。尸体沾到不干净的东西，会产生“僵”“血”“干”“湿”四种尸变。槐树为“木中之鬼”，本身就是阴物。如果附近有棺材或者动物尸体，树根会顺着尸体残存的一丝阳气寻到，根须扎进尸体吸取阳气和尸液，长出的槐花也格外雪白，特别清凉爽口。这种尸液槐花酿的蜜，格外黏稠糯口，是“祛虚火，降阳旺”的好药材。

至于“傀”，则是常年吃尸液槐花的动物所变。人尸的阴怨两气在动物体内聚结不散，遇到登山之人，会以为是同类，化成人形跟随其后，模仿其声音举止形态。

有些登山爱好者在山林中听到自己的声音，或者看到身后有人影出现，以为是幻觉，其实是“傀”在作祟。

我望着观景台，什么都没有。

“你要不敢跳过来就在这儿等着我。”月饼动了怒气。

我喊着“月饼”，他一点儿反应都没有。我意识到一件可怕的事情，刚才滴了牛眼泪。

四

民间有“猫耳狗鼻牛眼泪”的说法，这三种东西能感应到奇怪东西的存在，牛眼泪的感应能力最强。有句俗语“做牛做马劳累命”，凡是在六道轮回投畜生道来世做牛的，都是前世犯了极大的罪孽，一生劳苦赎罪的。牛死之前，赎尽罪孽，会看到前生往事，轮回原因。在那一刹那，牛悟透因果报应生命轮回，流下眼泪。

这种眼泪滴在眼睛上，会看见不干净的东西。

我和月饼都滴了牛眼泪，我看不到观景台上有东西，月饼却能看见我，那只能说明一件事。

我死了，观景台上的“我”是一股怨气。

横死之人体内一股怨气不散，不断重复生前做的最后一件事情，告诉阳世的人它是如何死的。

独身人士夜间回家，开了灯被窃贼杀死，再有人住进这间屋子后，明明记得出门关了灯，晚归却发现灯自动亮了；都市生活压力大，经常会出现“白领跳楼自杀”事件，很多人早晨来到公司，总感觉杯子被人动过，许多小东西并不是放在原来的位置。

这些现象都是怨气所致。

出现这种情况，可在室内摆放桃木饰品，三天后放到窗台上暴晒就可破解。

想到这里，我觉得双腿发飘，身子阴冷。难道我没有抓住石髻，坠崖摔死了？月饼看到的是我的怨气在重复生前的事情？

我向观景台望去，大佛脚下，江水潺潺流动，水雾上升，透过树林弥漫山崖，缓慢地笼罩了佛像。

月饼消失在水雾之中，重复着一句话：“你要不敢跳过来，就在这儿等着我。”

我用力咬着舌尖，脑子稍微清醒，哑着嗓子说不出话。月饼在不断重复那句话，难道是我活着，月饼死了？！

“咚！”

山崖内部传来闷响，石佛微微晃动，碎石断木坠落不止。我抱着石髻控制平衡，身体却像惊涛骇浪中的小船，被风暴甩来甩去。

石髻根部裂出一道缝隙，迅速断裂，我没来得及抓别的东西，急速坠落。

气压堵住耳膜，只听见“嗡嗡”风声，我双手胡乱挥舞，砸在石佛肩膀上，脊椎断了，骨茬穿透内脏，血液如同沸水在体内窜动。短暂的剧痛过后，身体没了知觉，顺着略微倾斜的石面滑落，再次坠入空中。

意识渐渐模糊，水雾被山体晃动的气流震散，视线里一切景物都在飞速上升，眼皮沉重得再也睁不开。

那一刹那，我看到石佛半眯的眼睛缓慢闭合，眼角淌出两行泪水……

大佛，流泪了！

五

我脑子一晕，清醒过来，发现自己仍在观景台上，月饼撑着栏杆正要跳过去。

刚发生的一切都是幻觉？

“月饼，别着急！”我抓着月饼的肩膀向后拖，一把没拽动，我这才觉得不对劲。月饼像被点了穴，一动不动，额头上一层细细密密的汗珠，瞳孔忽大忽小，紧抿的嘴唇泛着青白色。

突然，他向后退两步喘了口气，下意识摸摸胳膊，茫然地看着四周。

“我出现了幻觉，咱们俩掉下悬崖摔死了。”月饼吸了口气，看到我的表情，他立刻明白了，“死得太惨了，都不敢回想。大佛好像阻止咱们进去。”

我们说着各自的幻觉，大体差不多，死的时候都看到了大佛流泪。我顺着观景台转了一圈，古亭、草木、山石、道路并没有根据风水布下阵法。月饼搬开几块松动的山石，没发现埋着惑魂的东西，就连几棵老树都爬上去看了，也没有反八卦牌、鬼脸铜镜之类能迷惑心智的玩意儿。

我拧开水壶灌了口糯米汤，在观景台的“震”“艮”位用石子摆出梅花形状，折两根树枝南北方向放在梅花中间，布了个简陋的“聚神阵”。

月饼扬扬眉毛：“这次你先上，我殿后。”

一个小时过去了，我们俩盘腿坐着闷头抽烟，望着大佛的后脑勺发呆。

为跳上佛头，试了十五次，用尽各种办法。每次都会出现各种幻觉，摔死的过程更是五花八门。最惨的一次俩人叠在一块儿，被悬崖横突的树干贯穿。

“月饼，再这么稀里糊涂地出现几次幻觉，我就崩溃了。”我狠吸一口烟。月饼在地上画着大佛素描，居然有模有样，连一排排螺旋状的石髻都惟妙惟肖。

石髻密密麻麻，我有轻微的密集恐惧症，看得起了一身鸡皮疙瘩：“换谁能想到这一千多个石髻是单独的石头雕刻嵌进去的？古人是真不嫌麻烦。”

月饼愣了一下，仰头望着大佛：“南瓜，这些石髻像什么？”

黑色石髻是标准圆形，一圈螺纹由外至内延伸至中心攒成小揪尖，乍一看倒很像……

我嘿嘿一笑没好意思说出口，月饼板着脸说道：“脑子能不能纯净点儿？”

“这里面不是蒸馏水，纯净不起来。”我本来就因为爬不上佛头闹心，指着脑门说道，“你纯净一个让我学习学习？”

月饼画了一个单独石髻：“你再看看像啥？”

“这明明就是一坨……”我硬生生憋着没说出口，图一时口舌之快对大佛不敬可不是个小事。

“果然心里想到什么眼里就看到什么。”月饼围着石髻写下“唵嘛呢叭咪吽”六个字，“联系上山看到的‘回头是岸’崖刻再看看像什么？”

我默念了几遍“苦海无边，回头是岸”，石髻图就像旋转的圆盘，既无起点也无终点，如同生命轮回，生死无休。

“这些石髻是轮回牌？”我脱口问道，不过又觉得不对。轮回牌是一种苦修法门，应该对照一甲子的数目制作成牌。修行的人把牌放在眼前，在幻觉中无限循环生死，受尽各种死亡苦楚，才能悟出轮回之理。

“大佛石髻有多少个？”月饼问道。

我按照查来的资料答道：“1021个。”

月饼写了一个除法算式：62188÷1021=60.9089128…

“资料记载一九六二年大佛维修时统计石髻为1021个，一九九一年在右腿凹部发现了三个，也就是说大佛建成时石髻数目肯定不是1021。”月饼一边说着一边又写下“62188÷60=1036.4666666…”。

“一甲子是60，是万物周期轮回之数。10在佛教中代表十法界，众生分为十类，以法为界。每类众生都是无量无边不可算数，‘世界无边，众生无尽，佛法亦无边无尽’，也就是佛法无界。佛门共有36佛，应和佛无处不在的寓意。4是四大皆空，无限循环的6则是六字真言。最初的石髻数应该是1036颗！”月饼兴奋地搓着手，“佛教法器以金、木为主，前几天打捞的阴沉木有62188的数字纹理绝不是偶然。南瓜，你不觉得这很神奇么？两组数字居然能衍生出这么奇妙的佛理！”

“月饼，咱们是科研还是探险？”我对数学的概念停留在超市买东西看小票都费劲的阶段，自然听得一头雾水，“难不成阴沉木是大佛敲木鱼的木槌，被捞走了心疼得掉眼泪？”

月饼一副“敢情我忙活半天是对牛弹琴”的表情：“你还不明白？”

“你直接说每个石髻是小轮回牌，整个佛头是大轮回牌不就得了？每一个石髻都代表着一次生死轮回的幻念，要想跳上佛头，就要经历所有幻念才可以。”我越说越心寒，“这才经历了十五次，还有一千多次等着呢！这要到猴年马月才能完？估计还没完成就被各种幻觉吓死了。”

月饼倒出糯米水，搅拌山泥：“海通和尚为保住佛像真正的秘密，布下轮回牌。破解方法就是找到主牌，咱们顺时针数到第六十个，看看是不是主牌。”

说话的工夫月饼已经把稀泥和好，捧起一把糊在脸上。

“你这也太糊弄事儿了。封五感的土符需要昆仑山的万年冻土。”

“到哪儿找那些玩意儿？简单封一下问题不大。”月饼涂得像个泥猴跳上佛头。

我抹了满脸稀泥，对准一处空当跳上去。膝盖撞到石头，疼得直吸凉气。

好在这次总算没出现幻觉。

月饼正举着手电默数石髻，光柱停在其中一颗：“找到了！”

那颗石髻看似没什么区别，仔细看才发现螺旋圆纹和别的石髻相反。月饼抱着石髻逆时针一转，佛头轻微震动，石髻群如同波浪起伏，延伸至耳朵的两排陷进佛头，左右各出现一条小路，佛耳里响起巨石摩擦的吱嘎声。

月饼抢着走左边小路：“生死阴阳，各走一边。”

左为阳，男走阳路，两股阳气互煞为凶路；我走的右边阴路，阴阳交融为吉路。月饼抢着走了凶路，给我留了条吉路。

我挪着步子喊道：“你丫妥当点别出事儿。”

“佛像里见！”

六

脚下是七十多米高的悬崖，看着就头晕。我一步一挪，快赶上走钢丝了，总算爬到佛像耳朵边，耳洞里卷出一阵风，尘土飞扬，弄得我直想打喷嚏。

对面照过一道光柱，月饼喊道：“南瓜，能听到我说话么？”

回了句“我不聋”，我从背包里摸出速燃棒扔进洞里，火势旺盛，看来氧气充足。闻闻没有什么异味，火焰颜色正常说明没有毒气，我才半猫着腰钻进大佛耳洞里。

耳朵里是一条左右贯穿的石洞。岩壁上长着绿藓，几张横空的大蜘蛛网上粘着数不清的蚊虫，拳头大的褐色蜘蛛蜷腿趴在洞顶。我默念两声“罪过”，拾起速燃棒烧断蛛网以方便行走。

月饼咬着手电筒，蹲在对面不知道在抠什么。

我几步赶过去，只觉得鼻子一酸，像是门玻璃擦得太干净，没留神撞了上去的感觉。我疼得眼泪直流，伸手一摸，触手处光滑坚硬，再照着手电细看，居然是堵完全透明的水晶墙，把耳洞一分为二。

“造得真仿生，”我揉着鼻子说，“还装了耳膜。”

“密封这么严，声音都不受影响。”月饼敲着水晶墙，“起码有半尺厚，应该还有暗道左右贯通。”

我在洞里来回找暗道，没寻出什么端倪：“可能是洞顶有通风口相连，或者是佛头的排水系统相通。”

月饼敲着岩壁听动静：“暗洞应该就在这里，海通和尚布置轮回牌不可能只为藏水晶墙。”

我跺着地面，从回声判断是否有暗洞，想起刚才月饼在抠东西，随口问道：“你丫刚才蹲地上干吗呢？”

“没干吗。”月饼语气有些不自然。

我好奇心强，只恨不会茅山道士的“穿墙术”，急得干瞪眼：“藏着掖着有意思不？”

月饼举起手，把东西拿了出来：“在咱们之前，有人来过。”

居然是一部手机！

机身是不对称的树叶形状，我对这个型号太熟悉了。二〇〇四年，我起早贪黑地端盘子送牛奶，总算攒够钱买了这款手机，一时间成了风云人物，直到后来班里转来个高大帅气的学生，随手拿出的就是三星滑盖。这个让我退幕的人，就是月无华。

“赶紧打开看看。”

“不知道还能不能用。”月饼摁着开机键，音乐响起，屏幕居然亮了！

我一时激动：“不愧是诺基亚！”

月饼扬了扬眉毛：“居然是空的，什么都没有。”

“空的？”我有点不太相信，“短信，电话号码，什么都没有？”

“嗯，莫名其妙。”月饼正要把手机塞进包里，山洞里响起一阵音乐。

“你是火，你是风，你是织网的恶魔。破碎的燕尾蝶，还做最后的美梦……”

手机屏幕亮了，居然有人打过来一个电话。

我全身发麻，心脏猛地一缩。二〇〇四年，这首歌发行时，我下载下来做了来电、短信提示铃声。后来手机莫名其妙丢了，我难过了好一阵子。

月饼声音冷得像冰：“这是你那台手机，有人发了一条短信。”

隔着水晶墙，我看到手机屏幕，头都要炸了。

屏幕墙纸，是我和月饼在篮球场的合影。

丢失的手机，出现在西山大佛的耳洞。

月饼点开短信，只有五个字！

脑浆像一壶沸水翻腾不止，视线里的一切都在急速旋转，唯独我静止不动。

几只蜘蛛喷着丝，修补着被我破坏的蛛网。蛛网越织越大，仿佛要把我层层包裹。蜘蛛慢慢爬过来，探出螯牙，咬开我的脑壳，注入毒素麻醉神经。

我无法抵抗，任由蜘蛛摆布。

短信内容：“织网的恶魔。”

七

“你没来过这里？”月饼眼中有一丝怀疑。

水晶墙只有半尺厚，但我从来没感觉距离月饼这么远：“月饼，这几年，我从来没有怀疑过你！”

月饼讪讪笑着：“对不起。”

朋友的不信任让我很愤怒：“你以为馆长那几句漏洞百出的鬼话我真的相信？你知道的肯定比我多。你不说，我不会问，但是你不该怀疑我！”

月饼摆弄着手机，没有言语。我不能忍受这种若无其事的态度，收拾东西就准备走人。

“如果我告诉你所有的事情都是你的安排，你会相信么？”

“操！”我懒得再说什么了。

“两个月前，你出现了很奇怪的行为。”月饼的声音很陌生，从背包里取出一台iPad，“看完你就明白了。”

第一段视频：

我坐在电脑桌前，手指飞快地敲击键盘，一排排文字出现在空白的Word文档里。镜头拉近，画面虚了几秒再次清晰，我直勾勾地盯着屏幕，文档里不断重复着“陆贰壹捌捌”这五个字，左下角的页数显示是13/13。

突然，我好像察觉到有人偷拍，删除了文档清空回收站，仰头看着摄像头位置，镜头定格在表情呆滞的脸上。

一股寒意从背脊直冲到脑门，我胸口堵得喘不过气。

月饼叹口气：“看下一段吧。”

第二段视频：

昏暗的客厅，屏幕上有许多噪点。大概有七八分钟，画面都没有改变，只是偶尔响起摄像头运作的机械声。随后，客厅门“吱呀”推开了。我走进客厅，双手垂落，低着头晃动肩膀围着客厅不停转圈，低声说着：“般古不哉，奇哇索易，缩多罗婆，布蛤机。”

如果我当时没有说话，就是一具僵尸。

“我在梦游？”

“梦游怎么可能说出那段话？”

真正的恐惧源于未知，连看两段视频，我反而不害怕了，有了一个想法。

多数看鬼片、恐怖小说的人会出现噩梦、恍惚、幻觉等精神状态，医学解释为“脑神经过度紧张，海马体功能紊乱”，民间解释是“常走夜路遭鬼打”。

夜间看恐怖电影、小说，不干净的东西会“物以类聚”，被吸引过来。如果这个人体内阳气弱，阴气就会由泥丸宫入体，进入丹田。

这也是喜好恐怖电影、小说的人在午夜观看的时候会头晕、心悸、腹痛的原因。一旦出现这些症状，在疼痛位置逆时针按压十八圈，血脉顺行，阳气回转，就可解除症状。

作为长期写悬疑灵异小说的人，这种情况会出现得更频繁，有些作家甚至因此产生轻度精神分裂。

可是我在写作前后都会“消障”，不可能出现这种情况。我隐隐猜到月饼之所以很执着地要担任“异徒行者”的原因了。

“你第一次出现异常是在两个月前，我偷装了摄像头。在印度‘食人族’部落，我跟着族长卓卡学过古梵文，你说的那段话是最古老的梵文62188。”

“视频还有么？”

“有，就是因为这第三段，我才去古城寻找图书馆，”月饼很无奈地摇着头，“天天守着精神病人，闹心得很。”

我气不打一处来：“你才精神病，偷拍我！居然不告诉我，还有没有最基本的信任？”

月饼板着脸：“你看完就知道了。”

第三段视频：

书房光线很暗，电脑没有关机，只能照到书桌前一小块范围，被子卷成一坨堆在床角，床上映着窗户倒影，一个人影蹲在窗沿上，缓慢地爬动。

窗帘挡着看不到那个人的模样，姿势十分怪异，好像手脚被捆着，身体左右扭动。我看得寒气直冒，也就是月饼心理素质好，换我估计早被吓死了。转念一想，窗沿上这个人肯定是我，又惊出了一身白毛汗。

那人停了几秒钟，仰着脖子四处张望又缩了回去。窗帘中央鼓起个圆包，慢慢向两边分开，一丛乱蓬蓬的头发顶开窗帘。

“南瓜，你最好有些心理准备。”

我正看得紧张，被月饼这句话吓了一跳，怒瞪一眼表示愤怒！月饼吹着口哨点了根烟。

视频里，我摆动着脑袋，身体向前倾斜，“啪”地摔在地上，继续扭动身体在地板上爬行。真不知道月饼当时出于什么心态，居然把镜头拉近，结果好大一张脸出现在屏幕里。我紧闭双眼，脸色苍白，舌头舔着嘴唇，就像一条即将冻僵的蛇。爬到电脑旁，我直挺挺地撑着地爬起，打开新的word文档，写下一行文字，删除又重新写，反复十多次。由于拍摄角度，我看不到自己的表情，也不知道是否睁着眼。

“注意看！”月饼话音刚落，镜头正对屏幕，那行字正是古城图书馆的地址。

屏幕上映出我的模样，很模糊，唯一能看清的是我闭着眼睛，舌头像蛇芯子，吞吐不止。

视频到这儿结束，我觉得毛骨悚然，下意识摸着脸，生怕长出鳞片：“我被下了蛇蛊？”

八

月饼吐了个烟圈：“我装摄像头的时候，发现浴室镜子里面早就有一个了。我以为有人偷窥，IP地址查到古城图书馆。后面的事你都知道了。”

“我是不是中蛊了？”这是我最关心的问题。

“没有，”月饼很肯定地说，“我接触到‘异徒行者’后，有了个想法。每个人几乎都经历过‘这个地方我好像来过’‘这件事似乎发生过’的错觉，突然冒出不属于自己的记忆。”

天地之间皆以阴阳二气循环不息，人体的气与外界产生的气相合。有些人一见如故或相互讨厌，在陌生环境里很舒服或者别扭，都是受到气的影响。词语“受气”就是老话传下来的人与气之间的关联，并不单指被欺负受到委屈。

月饼的话启发了我，既然没有中蛊，那么应该是“受气”。我受到外气的影响，做出了奇怪的举动。转念一想，这个解释说不通，我在玄学方面虽说不是特别精通，可是“受气”还是能察觉到。

这几年的经历，让我早从“无神论者”变成“宿命论者”。有些事情，只能发生在某些人身上，用科学很难解释得通。西方有个著名的“一秒理论”，指的是做任何事情，早一秒晚一秒，会产生完全不同的结果，有可能影响一生。试想一下，发生车祸就出现在一秒钟里面，生命的形成也存在于精子卵子结合的那一秒。

决定生与死，只需要一秒钟。

这个理论用科学完全无法解释，玄学的说法是“宿命”。

我心里有些沮丧，上辈子造了什么孽，这辈子不能消停地活一回。

“月饼，你丫也出现异常了？”

“‘异徒行者’是拆开的两个词，”月饼很无奈地说道，“出现异常的是异徒，行者的任务是保护异徒，老馆长告诉我的。”

“没想到啊没想到，你月无华这浓眉大眼的家伙是配角啊。”我心里总算亮堂了，“悟空，你怎么不早说？”

“凭你的天蓬猪脑，我要直接说了你能信么？”

“我再问你……”

月饼抢着说道：“你的手机真和我没关系，发过来的短信没有显示号码。赶紧找暗道。”

一切合理的事情都存在着不合理；一切不合理的事情都存在着合理。把所有事情解决之后，真相自然大白。

我心里踏实了，专心寻找暗洞，想到异徒和行者就觉得好玩。月饼在对面上蹿下跳又像个猴子，我忍不住说道：“悟空，为师饿了，化点斋给为师压压惊。”

“滚犊子！”

我讨了个没趣：“咱能换个新词儿不？”

“奔跑吧，兄弟！”

话音刚落，“嘭嘭”两声巨响传来，我回身一看，巨石挡住洞口，“嘶嘶啦啦”地摩擦着石壁，缓缓朝我推进。

九

巨石挤压着空气推进到石洞中央，我往巨石底部塞石块延缓速度，“噔噔”几声，碎石被碾压成粉末。

我冷汗如雨，冲着月饼喊道：“你丫吓傻了？过不了几分钟就被挤死了！”

月饼倒像是老僧入定，望着他那边的巨石发呆。

巨石越来越近，我紧贴水晶墙，想不出一点办法。

“越急越乱，还不是死路一条，”月饼举着手电照着洞顶，“看看你那边。”

洞顶长满苔藓，颜色有深有浅。月饼顺着苔藓痕迹照着：“洞顶刻着字，苔藓长出时间不同，颜色会有差异。”

苔痕果然像一行汉字，只是边缘模糊，极难辨认，我心里描着字痕，是“如是我闻”四个字。

巨石推到三分之二，月饼居然还慢悠悠地不着急：“我这边是‘一时佛在室罗筏城’。”

“如是我闻，一时佛在室罗筏城。”这是《楞严经》卷一的启文。

氧气消耗得很快，我脑子有些晕：“很多佛像暗刻经文，难不成机关是声控的？”

月饼真的大声念了出来，没有一点反应。

眼看就要被挤死，我急火攻心，胡乱说道：“佛经是唱的！你唱一遍试试？”

“我要是会唱早就唱了。”月饼这时也慌了。

我踹着水晶墙：“这句佛经肯定是关键，他妈的提示到底是什么？”

月饼眨了眨眼：“短信会不会是提示？织网的恶魔？”

我也顾不上多想，唱着“织网的恶魔”，月饼配合着念佛经。也就是死到临头才能做出这种奇葩事儿。

巨石又推进了半米，我感觉到胸口憋闷，再过不了多久，估计没挤死先憋死了。月饼倒是恢复了冷静：“会不会是佛头石髻与62188之间的那种数字联系？”

我数着“如是我闻一时佛在室罗筏城”“织网的恶魔”的字数和笔画，和62188配合着加减乘除都用上了，完全没有关联。

我烦躁地吼道：“这就是个陷阱！”

月饼眉头紧皱：“‘织网的恶魔’除了字数和笔画，还有什么隐藏数字？”

我突然想到：“简谱。”

月饼急道：“乐符是什么？”

我哼着音阶：“哆西拉嗦拉。”

“我不识谱，说数字！”

“17656！”

月饼扳着指头算了片刻：“62188相加等于25，17656相加也等于25。《楞严经》的‘二十五圆通大法表里’第25是耳根，也就是这个石洞。难道大佛右耳耳垂根部内侧有一深25厘米的窟窿？应该是机关暗扣，在你那里。”

刚有了点希望，我立刻意识到这个结论完全没有用：“巨石堵着，我出不去。”

“大佛建于唐代，”月饼指着我这边的岩壁，“唐代的机关是子母扣，内外相连。你顺着岩壁25寸位置摸摸看。”

我哪还顾得上摸，算着大体位置一拳拳地捶着，在距离水晶墙一尺的位置敲出个暗洞。

手伸进洞里，碰到几条黏糊糊的东西，估计是蚯蚓、蚂蟥之类的玩意儿。我也顾不上恶心，继续往里摸着，碰到一个铁环。握着铁环向外一拽，齿轮咬合声响起，水晶墙上升，被水晶墙压盖的地面露出一条狭窄的台阶。

我们急忙钻进去，走了没几步，两块巨石合并碰撞，台阶晃动几下，碎石、灰尘簌簌落了我们满身。

狭窄的台阶直通而下，隐没在黑暗中，潮湿的空气扑面而来，隐隐有流水声。

劫后余生，我长舒口气："差点被夹成奥利奥。"

"别说话，"月饼侧头靠在岩壁上听着，"声音很奇怪。"

我怔了怔神，好像有人在断断续续地嘶吼。

"嗬……嗬……"

十

暗道实在狭窄，我们只能侧身向下慢慢挪，借着手电亮光看去，台阶由红色的椭圆形石头铺成，金属光泽的表面长着肌肉纤维形状的纹理，闻着有股怪味儿。

月饼抠了块石渣捻碎一闻："赭石，产生的气体吸多了会造成肌无力，肺不能动，活活憋死。"

我心说，这么多机关这不是把人往死路上逼么？手里没闲着，掰断两根烟，把过滤嘴塞进鼻孔当净化器。

月饼照着台阶两旁的雕刻，左边刻满同一种花，右边却是茂盛的叶子，是佛教壁画里经常出现的曼珠沙华，又称"彼岸花"。

"红色赭石台阶是忘川河，左边曼珠，右边沙华，象征生长在忘川河畔永世不能相见的彼岸花。"月饼扬了扬眉毛，"也就是说这条台阶通往地狱。"

"也有可能是……"我话音未落，觉得旁边蓝光一闪。扭头看去，岩壁冒出一团蓝火，正好罩在我的脸上。

我眼一闭，心说，完了，脸烧没了！

微热的灼烧似乎没那么疼，我试着睁开眼睛，又一团蓝火飘起，像被绳子吊在空中，晃晃悠悠飞向月饼。

"磷火，燃点很低。"月饼一把抓灭火焰，"只有大量尸骨才能产生磷火。"

我细看岩壁，一条条暗黄色的人形轮廓阴在里面，如同被禁锢的冤魂，随时会挣脱出来。

月饼描着人形轮廓，说道：“我有个想法。佛像其实是一座坟，工匠封在岩壁里陪葬。冥河居中，彼岸花居两旁，台阶尽头是主墓。”

我脑补着这一幕：几十个干瘦的工匠被钉子固定在岩壁上。士兵用石粉把工匠糊住，木模扣进石粉，再摘下来时，一朵朵彼岸花出现了。工匠们的尸体在岩壁里慢慢腐烂，化成一具具枯骨。

我打了个寒战：“西山大佛是海通和尚为了镇压水妖建造的，怎么可能是坟墓？一个和尚不可能这么歹毒。”

“你所知道的就一定是真实的？”月饼冷笑着，“只要是人做的事情，就没有什么不可能。”

话音刚落，无数团磷火从岩壁冒出，把台阶映成幽绿色，温度升高，汗水涌出来，又瞬间蒸发。

我被磷火包围，火焰扑到身上却不燃烧，灼痛感越来越强烈。由于急速缺氧胸口憋得生疼，赭石毒气吸入体内，身体渐渐不受控制。

“快滚下去！”月饼吼了一声，护着脑袋滚了下去。

我跟着滚下台阶，骨头差点被台阶硌断，终于落到一处平地，急忙爬起来。暗道里的磷火熄灭，周围黑洞洞的什么也看不见。

手电筒不知道掉到哪里，我压低声音：“月饼？”

“嗯。”左前方站着个黑影。

我向月饼摸去：“你没事儿吧？”

月饼问道：“没事儿吧？”

“我没事。”我忽然闻到一股腥膻的腐臭味。

月饼碰了我一下：“我没事。”

湿漉漉的肉扫过胳膊，像被小狗舔了一舌头，这个“人”不是月饼。

我心里直打鼓强装镇定，偷偷摸出刀子：“我叫什么？”

“叫什么？”

我挥刀刺出，“刺啦”一声脆响。它“吱吱”叫着，一阵强风从左侧袭来，我急忙后退，脸被几道尖利的东西划破。我狠劲上来，正要冲过去，两团影子飘起来，消失了。

我顺着向上看去，很远的距离上亮着两团拳头大小的绿光，或明或灭，它在眨眼。

我喊道：“月饼！”

“啪！”斜前方亮起一团火苗，月饼靠着岩壁点起打火机。在他右侧，有一个石盆形状的容器。

十一

月饼举着火机细看，石盆里突然蹿起腾腾火焰，一条火线沿着洞壁螺旋上升，无数团火焰依次亮起，黑暗空间瞬间透亮，弥漫着松油燃烧的味道。

岩洞足有半个足球场大小。一根巨大的阴沉木由洞顶贯穿至洞中央的水池，木头三米左右的位置凿出一个洞，水流涌出注入水池。两条手腕粗细的铁链钉在木头上面，另一头沉在水池里。

月饼身上，一道闪电状的伤口由肩膀划至胸口，他把衣服扯成布条扎住伤口：“滚下来就被什么东西抓了一道，脑袋撞到石头晕过去了。”

洞顶早已没有那个东西的踪影，有可能躲在水池里。我往池里看去，铁链延伸至池水深处，根本看不到底。

月饼扔块石头试试深浅，池水深处突然冒出许多水泡，那块石头晃晃悠悠又浮了上来！

一团团巨大的气泡从池底升起爆裂，水面跳跃着细小的水珠，喷出一道道水柱。连接铁索的阴沉木“咯咯”作响，牛叫似的嘶吼声从池底传出。

嘶吼声越来越响，洞顶也跟着传出刺耳的“吱吱”声。

我循声向上望去，一只蝙蝠倒挂在洞顶，通体草绿，和苔藓颜色几乎一样，难怪刚才没有发现。

蝙蝠猴子模样的脑袋长满绿毛，堆着一层层皮褶子，龇牙咧嘴地叫着。

图书馆的《异兽录》里记载过这种蝙蝠。学名“猴脸蝠”，属于巨型食肉动物，异常凶狠。喜欢从背后攻击猎物，咬住脖子不吸干血绝不罢休。能够像人一样直立行走，更奇特的是还能简单模仿人声，又被称为“人蝠”，也是罗马尼亚吸血鬼的原型。

盛唐时期，猴脸蝠由西域马戏团当作观赏动物带入长安，却成了王侯贵族豢养的斗兽，还建有“蝠场”，找专人饲养。一日天降大雨，雷电劈裂蝠场房顶，逃出人蝠十多只，攻击长安百姓，造成了“长安夜鬼横行”的异闻。

人蝠繁殖极快，飞行迅速，导致陕西、河南、山西、宁夏几个区域大批民众受害。朝廷为此专门训练了一支部队，四处猎捕人蝠，用了十多年时间，损失了上千士兵才铲除殆尽。

没想到这里居然还有一只！

人蝠展开双翼，左边翅膀还有一个窟窿（估计是我刚才捅的那一刀），显得巨大无比，仿佛把整个洞顶遮盖了，双足一蹬，飞扑而下。

月饼甩出几枚桃木钉，人蝠盘旋躲开，一挥翅膀扫中我肩膀。我挡不住这股巨力，就势一滚，还没来得及爬起来，人蝠刺棱着爪子又扑了过来。

我急忙伸手格挡，曲膝顶中人蝠肚子。人蝠喷着鼻涕“嗷”一声嚎叫，爪尖也插进我胳膊，疼得我一张嘴，被灌了满嘴鼻涕。

人蝠压在我身上，张嘴咬向脖子。我伸手顶着它的嘴，被口水落了满脸。我吃奶的劲儿都使了出来，结果这玩意儿力气太大，眼看着獠牙离脖子越来越近，口水鼻涕哗哗直流，我恶心得死的心都有了。

月饼赶紧加入战斗，抓着人蝠翅膀向后扯。“刺啦”，翅膀肉膜撕裂，人蝠吃痛，也顾不上咬我，挥着爪子把月饼推翻，扑了上去。

月饼手脚倒是利索，对着人蝠肚子就是一阵猛踹。人蝠估计长这么大没遇到什么硬茬，肉搏经验不是很丰富，让月饼踹得直喷血。我也没闲着，手脚并用爬过去对着猴脸一通猛揍。

我们俩玩儿命打了两三分钟，人蝠没了动静。我喘着粗气，才想起嘴里还有人蝠鼻涕，又是一阵干呕。

月饼盘腿歇着：“二打一，胜之不武。”

我咬牙切齿地又补了两脚：“都什么时候了，你还讲究单挑？”

人蝠嘴里冒着血浆，让我这么一踹，喷出一堆肉沫。我看得恶心：“谁这么缺德，养了这么个绿毛畜生！”

月饼抹着满脸血：“很多墓穴养异兽，防盗墓贼。”

“这都一千多年了，这玩意儿靠啥活下来？看这膘肥体壮的架势像是没饿过。”我刚想再踹两脚解恨，水池里又涌起一股水柱，有个东西顶着水花钻出池子。

十二

水花落尽，一个满身白毛，一米半高的人形怪物爬上阴沉木，两根铁钩钉进锁骨，脖颈的四个血窟窿还没愈合。怪物一声嘶吼，却被铁索扣着冲不过来，一时间倒也没什么危险。

怪物的脸既像猴子又像小孩，布满芝麻大小的脓疙瘩，眼睛包着白色肉膜，脑袋上凹陷着巴掌大小的坑。手臂垂过膝盖，手指之间连着肉蹼，两条腿极短，脚掌长着一层蓝色鳞片，大得像个蒲扇。

“外星人？”我失声说道。

月饼扬了扬眉毛：“还记得我问过你的‘小明女友落水’那个问题么？”

上大三的时候，系里选修游泳课，我撺掇着月饼一块儿报名，当然不是为了练成游泳冠军，主要目的不便多说。

月饼抱着本心理测试书看得起劲，对游泳没什么兴趣。我做了半天思想工作，月饼有些烦，挑出一道题问我：

“小明女友落水淹死，第二年小明到湖边缅怀，听到两个钓鱼老人聊天。其中一个说，水清则无鱼。另一个说，是啊，湖里水草都没有，哪里来的鱼？小明听完老人对话，失声痛哭，跳湖自杀了。这是为什么？”

我想破脑袋也没答对。月饼说了答案：当时小明跳进湖中救女友，以为脚被水草缠住，拼命地蹬才摆脱。但老人说湖里根本没有水草，小明这才明白那从缠住脚的是女友的头发，是他间接杀死了女友……

这道题是“FBI变态犯罪心理测试”25道题其中一道，每道题的答案都出乎意料。月饼却说这些题根本不靠谱，完全不符合逻辑，顺手又拿“小明自杀”分析：

其一，湖水不同于河水、海水，属于相对静止状态，一个人溺水时会在五分钟左右失去意识，在两米范围内死亡垂落；

其二，任何一个人掉进水里都会挣扎，小明救人有明确范围；

其三，头发在水中属于发散状态，缠住脚踝的可能性极小。小明入水救人，按照前两点推断，他会看到女友，不可能发生脚踝被缠；

其四，这个问题最大的逻辑错误是，小明会游泳，水性还不错，那么女友会不会游泳？如果不会，怎么会落水？如果会，小明为什么要在岸边而不是陪着一起游泳，完全不符合常识。如果陪着一起游，又和问题矛盾。

其五，小明因此而自杀的行为太牵强。

我听得头大，还在小明女友会不会游泳这个问题里绕不出来。月饼说了他的结论：女友被某种东西拖进湖里，小明看到那个东西，根本不敢救。第二年，小明良心谴责，回到湖边，听老人说湖中无水草。而他跟警方编造的谎言是“下湖救人，被水草缠足，情急之下自保”。他一是担心谎言暴露；二是想到那个东西实在太可怕；三是良心越来越不安。在这三条作用下，精神失常跳湖自杀。

我觉得月饼的分析不是特别靠谱，走的完全是灵异路线，写本小说还可以，做案件结论太想当然。

月饼也没争论，说了“水猴子”三个字，就出门买烟去了。我想了半天终于琢磨出味道。

水猴子在民间俗称“水鬼”，也有叫“水狮鬼”，日本称为“河童”。传说午时阳气最强时溺死的小孩，怨气憋在体内出不来，就会变成“水猴子”。水猴子常年潜伏在岸边或者水里害人，专门拖小孩、年轻人入水。有池塘、河水、湖泊的地方，每个人在孩童时代几乎都被家长告诫过有关水猴子的故事。

后来月饼出门旅游，在河南一个依山傍水的小县城玩了几天，碰上了“淹死小孩”的事情。月饼发现尸体的脚踝有一圈黑印，明白这是水猴子作祟，在湖边等了三四天，把水猴子收拾了。为这事儿他胳膊还挂了彩，回来跟我简单讲了讲。

十三

既然这玩意儿是水猴子，我倒放心了。月饼有对付水猴子的经验，何况水猴子还被铁链子绑着，拿石头砸也砸死了，没多大危险。

这截阴沉木我也明白用途了。

自古以来，阴沉木被视为辟邪、镇妖之物，有句俗话说：“家有乌木半方，胜过财宝一箱”，这根阴沉木正是为了镇住水猴子立在水池里面的。

我第一次看见水猴子，拿手机拍了几张照留作纪念。水猴子估计是自尊心受到侮辱，“扑通”跳进池里游到岸边，被铁链拴着上不来，勒着的锁骨直冒血。

月饼甩出桃木钉，正中水猴子手掌。水猴子一声哀嚎，目露凶光，探着脑袋往前挣身体。铁钩深陷进锁骨，钩尖从后背刺出，眼看肩膀就要扯裂。

月饼说道：“脖颈的血口应该是人蝠咬的，知道人蝠这一千多年靠什么活着了吧。”

水猴子似乎听懂了月饼的话，怨毒地瞪着人蝠尸体，挣扎得更加厉害。

我心说如果真的是个墓穴，那么构思也太巧妙了。就算有盗墓贼通过重重机关到达这里，也会被人蝠杀死。为了保证人蝠不被饿死，又养了只水猴子当食物，一猴一蝠形成单线食物链。

月饼指着水猴子的脑袋：“那是什么？”

水猴子凹陷的头顶，镶着两颗亮闪闪的红色圆珠。仔细一看，圆珠中间是黑色，像一双红色的眼睛。

“这不是坟墓！”月饼哈哈一笑，“传说中，海通和尚为镇压水妖建了西山大佛，开工时挖出双眼吓退勒索的州官。你相互联系一下，明白没？”

我把洞里所有出现的东西在脑子里穿成一条线：阴沉木（木）、磷火（火）、水池（水）、铁索（金）、石洞（土）、人蝠（鬼），结合西山大佛的传说，终于想通了。

石洞，暗藏着一种阵法！

封门驭鬼阵。

十四

“封门驭鬼阵”以五行封门，恶鬼执法，使妖物（水猴子）历经一百零一次轮回劫数，受尽恶鬼折磨，消除戾气，妖物所害之人的煞气才能得到超度，重入“六道轮回”。

从时间上推算，大佛建成于公元803年，距今一千二百一十二年，十二年为一轮回，正好经历一百零一次轮回。

水猴子遭遇的劫数自然是人蝠每隔十二年一次的吸血。

想到这里，我心里一沉：“月饼，咱们是不是做错事了？”

月饼懊恼道：“戾气没除干净，要不然它也不能这么欢实。”

我说的“做错事了”是指人蝠被我干掉了，水猴子没有历完所有劫数，受害人的煞气不能被超度。

水猴子“呜呜”吼着，好像比刚才大了两圈。

月饼急忙甩出两枚桃木钉，分别钉进水猴子的左右手掌，像两根烙红的铁棍，烫出一阵焦烟。水猴子吃痛惨嚎，又长了一圈。

“它的戾气在恢复，一旦完全成形，咱们制不住！”

我一时没了主意：“咱总不能抱着它脖子啃两口凑全劫数吧？”

“它头顶的珠子，应该是佛眼舍利。”月饼在背包里一通乱翻，“舍利置于妖物头顶，佛光护住煞气不被妖物化成戾气。取下舍利，放出煞气，这才应了‘封门驭鬼阵’百劫一生的道理。”

我恼了，都这时候了月饼还有心思找东西，说道：“你丫找什么呢？赶紧做了它！”

月饼说道：“这只水猴子成形太久，我打不过。”

背包被翻了个底朝天，月饼焦躁道：“没带红色的东西。”忽然，他瞥了一眼人蝠，用刀豁开人蝠肚子。

我瞬间就吐了。

月饼把全身涂上血浆，见我还愣着，急道：“赶紧照着我做。”

此时，我吐得翻肠倒胃。

月饼见状，主动帮我涂血，一边涂一边嘿嘿地笑道：“水猴子怕红色，何况是克星的血？脸上再来点？”

我怒目而视！

说也奇怪，水猴子没了动静，畏畏缩缩地往水里钻。

月饼跳到水猴子背上，摁住脑袋砸了几拳：“快点！”

我从它满脑袋的白毛里摸到那两颗舍利，没想到镶得挺紧，一把没抠出来。水猴子知道死到临头，动了邪火，双脚倒踹着月饼。

月饼生生挨了几脚，闷哼着没动弹。我心里着急，直接抠进头皮，使了全身的力气往外拔。

“噗”的一声，舍利拔出，我仰面摔倒。无数道灰气从水猴子头顶冒出，水猴子身体越来越瘪，化成一具黑枯的干尸。

月饼瘫坐着喘气：“差点把我踹死。”

“这是咱们要找的东西？”我摊开手掌，两颗舍利晶莹剔透。

“不知道。”月饼扬了扬眉毛，“就算不是也无所谓。做了件好事，海通老人家也该安心了。”

连番激战，我累得够呛，不想再说话。

“异徒行者族谱里有一个明朝小说家的名字。我当时就在想他哪来的那么多素材。”

听月饼这么一说，我愣住了。

那本书讲的是唐朝时期的故事。书里有一只猴子，被天兵天将抓住绑在降妖柱上，铁索穿过锁骨，这不正是水猴子被扣住锁骨绑在阴沉木上么？

“被佛祖压在五行山下”这一段，和西山大佛、利用五行布置的“封门驭鬼阵”吻合。

猴子被师父救出，起名“行者”，与“异徒行者”对上了号。

师父的父亲被船夫杀死，母亲为了救他，把他绑在木板上放进江里，漂流到寺院，和海通和尚的身世传说极为相似。

我把所有相似点捋了一遍，有种“原来这才是历史”的微妙感觉。

“月饼，那本书写的都是真的？”

“不用纠结。你的经历写出来，也有人问是真是假，”月饼放好舍利，“我还有一个问题，很重要。”

"什么问题？"

"咱们怎么出去？"

我傻眼了！

十五

我点了根烟，却没心思抽："封门驭鬼阵，只进不出。这次真是没活路了。"

"我说你听，理理思路。"月饼画出目前已知的内部图，进行分析：

其一，佛像排水系统实际是采水系统，机关动力来源于大佛脚下的江水循环。

其二，水池和阴沉木相当于油箱和油枪。阴沉木不停注水相当于加油，水池始终保持着某种质量，确保机关运行。当蓄水量超出水池容积，多余的水从佛眼流出，形成"大佛流泪"。

其三，古代的大型机关设计，都是"由外而内建造，由内而外引动"。那么启动机关的人是怎么出去的?

我们根据分析假设了一个结论：池底也许有条暗道，通往外面。

月饼往背包里塞着石头："你在水里能憋多长时间？"

我算了算："最多两分钟。"

"默数到七十五找不到暗道，立刻甩掉背包浮上来。"月饼掂掂背包的重量又添了几块石头。

我最害怕的就是深水，天上地下哪怕是山洞密林，好歹脑子里有个概念，而在水里，一切事物都是未知状态，这种感觉很不舒服。

我犹豫着没动："这只是咱们的假设。就算有个暗室也被水灌满了。万一再出现个水怪……"

月饼摸了摸鼻子，突然跃进水里："等我找到暗道从外面救你出去。"

"你丫疯了！"

两三米深的水里，月饼抬头看着我，挥手笑了。

两分钟，月饼没有浮上来；五分钟，还没有要上来的迹象。

我的心越来越凉，什么也不想了，背着塞满石头的包，跳进水里。

完全隔绝的水底世界，光线越来越暗，漂浮的白丝形的絮状物越来越多，阴沉木直插池底，深不可测。

不知道下沉了多少米，我吐出最后一口气，脑子阵阵晕眩，胸口滚烫，水压挤榨着身体，内脏几乎要爆炸。

我快坚持不住了。

我没有甩掉背包，因为要找到月饼！没有光线的深水里什么也看不见的，我的想法很愚蠢，可是还有别的选择么？

就在我感觉眼球即将被压力顶出眼眶时，突然感受到一股强大的吸力，双腿像被人套了绳子，把我拖了过去。

我仿佛掉进巨大的抽水马桶，强猛的吸力撕扯着身体，旋转着四处碰撞，全身剧痛。忽然，所有感觉消失了，我睁开眼睛，视线模糊了好久才恢复。

月饼躺在水道旁边。半截身子泡在水里，脸色煞白，额角有一块撞击的瘀青。我急忙过去，探鼻息呼吸均匀，这才松了口气，摁压着他的“风池穴”，月饼眼皮颤动着，始终没睁开。

我觉得不对劲，难道是脑部受到重创或者脊椎断了？正想脱了他的衣服查个究竟，月饼吁了口气：“再摁一会儿，正舒服着呢。”

我差点背过气去。

“洞那头你看见没？”

我被水道冲过来就心急火燎地照顾月饼，还真没注意身后岩洞的构造。

我扭头一看，全身发麻。

十六

洞壁凿出金字塔式的多层台阶，摆满油灯和灵牌。三个人跪在台阶对面，中间的人身披袈裟应该是个和尚，筷子粗细的锁链从脖子缠到双脚。左右两边的人古装打扮，身体佝偻着缩成一团。

这个场景和湘西赶尸人的“拜鬼术”有几分相像，我们没敢乱动。僵持几分钟后，三个人没有任何反应，看来不是活物，我们这才分左右走过去。

走到近前，我落脚重了几分，谁曾想还没看清模样，和尚身旁两人噗地垮掉了，两颗人头骨碌碌滚向灵台。

月饼瞪了我一眼："你就不能轻点！"

毁了遗体，我心生罪过，对着骷髅头拜了几拜，才走到和尚身前。居然是一尊镀金坐佛，法相庄严，唯独眼窝是两个窟窿。

"这是海通的真身佛像？"

月饼把人头摆回原位："石头刻的代首。"

"代首"就是假头，古人入葬如果肢体不全，家人会重金请手艺人用石头雕刻残缺肢体，称为"代"。

我的注意力全在坐佛身上，工艺实在是太精致了，就像活人抹了层金粉。我心中一动，伸手想摸摸，犹豫了一会儿还是收回了。再看那两颗石制人头，容貌分明是一男一女。

我大概明白这三个人是谁了。

月饼走到灵台前念着："船夫刘二祭位，生年不详，卒于开元十二年。"

"灵牌是海通母亲用蛊术误害的渡劫船夫？父母子三人跪拜千年赎罪？"

月饼看着佛像想了一会儿，取出舍利安进佛像眼眶。只见佛像全身金光璀璨，两道红光从舍利中射出，红点映在灵台旁边的石壁上面。

月饼顺着石壁摸索，掏出刀子插进一条不明显的石缝，用力一别，石块脱落，露出一方石槽，里面放着一个扁木盒。

木盒两侧各有一个椭圆形的凹槽，月饼比量着凹槽大小，对着金佛拜了拜，才取出舍利塞进去。

木盒颤动几下，"劈里啪啦"地展开，露出一册薄薄的帛书。

我们看完帛书，终于明白了"西山大佛"的由来。

十七

由于是文言文记载，我便做了文字整理，以下是内容——

唐朝开元二十四年，凌云山下的三江交汇处，过往船客流传着一个恐怖传说：每天午夜，一个白色的人形怪物从江里爬到岸边，嘴里叼着人骨头消失在密林里。老人说，这是水怪躲在江底吃人，收集骨头带回山洞，凑成一整副骨头架子，就能用皮包住骨架化成人形。

有个胆大的猎户王卓想抓住水怪除害，在江边、林子里布下陷阱。半个月后，王卓横死在江边，脖子上还有四个血窟窿。自此，山里猎户经常失踪，找到尸体时都脖子上有咬痕，血早被吸干了。

传言水怪已经化成人形，吸够精血就能变成活人。一时间人心惶惶，凌云山附近人越来越少。

就在此时，在凌云山修行的海通和尚四处化缘，要造一尊世间最大的弥勒佛像镇住水怪。周边百姓、过往船客听说此事，慷慨解囊，佛资很快凑全，还有很多身强力壮的小伙子不要工钱赶来帮忙，在凌云山安营扎寨，等着开工。

这天夜里，江边工匠营里突然传出惨叫，众人操着工具赶到，几个全身是血的僵尸在营地里见人就咬，被咬的人很快也变成僵尸。凌云山民风剽悍，工匠们一拥而上，把僵尸砸得稀烂，放火烧了尸堆，分头搜寻营里还有没有活人。

有人在营帐里找到一个昏迷的年轻人，救醒之后，年轻人结结巴巴地说：“海通和尚……是水怪……吃人！”说完又昏了过去。

愤怒的工匠们冲进寺庙，不由分说把海通和尚五花大绑，在僧房床下找到一间堆满人骨的地下暗室！

证据确凿，原来海通就是吃人水怪，建造大佛是个幌子，其实是把人重新聚回凌云山，方便修炼！

海通被打得奄奄一息，始终闭目低诵“我不入地狱谁入地狱，劫数因我而起，由我而灭”，不作任何分辩。

“把他的皮剥了挫骨扬灰！”那个曾昏迷的年轻人吼道。

工匠们扬起工具，眼看就要把海通打成肉泥。海通眼睛一闭：“我死后，你们一定要把大佛建起，保凌云山三江百姓平安。”

“你就是水怪变的，把你打死我们就能过上好日子，还建什么大佛！佛资咱们分了买房买地娶媳妇！”年轻人抢过一把石锤，对着海通脑袋砸去。

“嗖！”空中飞过一道灰影，击中年轻人的手腕，石锤落地。寺庙门口有人说道：“王越，你个浑蛋还挺会演戏的！你哥王卓也是被你骗到江边才喂了人蝠的吧？”

那个年轻人全身一颤，就见两个浑身湿漉漉的老人走进寺庙。圆脸老人手握铁链，拖着一只半死的巨大蝙蝠。黄衫老人解开麻袋，滚出一只半人半猴的怪物，肩膀被生生扯掉一块肉，露出森森白骨。

王越看到人蝠，“啊”的一声惊呼：“这两个人是怪物化成的人形，用本体迷惑咱们，和秃驴海通是一伙的，大家不要上当，打死他们！”

工匠们吓得哪敢乱动。圆脸老人骂道：“你他妈的骗鬼呢？”

黄衫老人几步走进人群，对着王越面门就是一拳。王越鼻血长流，仰天摔倒，黄衫老人又一脚踢中他的下巴，两颗门牙飞出。王越喷着血沫子，嘴里兀自嘟囔不停。

黄衫老人冷笑道：“你再敢说一句话，我就把你喂人蝠。”

王越眼中闪过一丝惊恐，再不敢言语。黄衫老人退到庙墙前，懒洋洋地坐着再不言语。

圆脸老人对工匠们摆了摆手，开始讲述事情的真相。

王越的父亲王闪是专为王公贵族饲养西域进贡人蝠的驯兽师。生性善良的王闪深知用活人喂养太伤天理，趁着看守不严带着人蝠逃至凌云山。本想杀掉它，可是人蝠极通灵性，又能学话，知道自己将死，竟然抱着王闪的腿呜呜直哭。王闪于心不忍，便用铁链把人蝠锁在山洞里，在凌云山当了猎户，时常扔些动物喂养人蝠。

王闪临死前，把两个儿子叫到身边，给了他们一本驯兽书，讲了人蝠的事情。大儿子王卓是个老实人，本分地打猎养家糊口，按照父亲遗训喂养人蝠。王越动了歪心思，知道人蝠要是带到长安能卖个好价钱，撺掇着王卓驯蝠卖钱。王卓训了弟弟几次，这事儿也就不了了之了。

王越见哥哥死脑筋，偷偷训练人蝠等待时机。直到出现水怪，王卓按照父亲传下的驯兽书布下几个陷阱，准备击杀水怪。王越见时机成熟，放出人蝠咬死哥哥，伪造成被水怪杀死。人蝠常年吸食兽血，失去了灵性，需要靠人血恢复，王越为了卖个好价钱，带着人蝠在凌云山捕杀猎户。

这天晚上，王越发现了一件令他震惊的事情。他看到传说中的水怪嘴里叼着根腿骨爬上岸，在密林里脱下白色的皮子，换上袈裟进了寺庙。

水怪居然是海通和尚假扮的！他琢磨不出其中的道理，扒着墙头记下僧房，第二天趁着海通入江捞骨，潜进去发现满满一暗室人骨。

直到海通化缘修建大佛，他才恍然大悟，原来这一切都是海通为了贪图佛资设的局！

他本想混进工匠队伍，抓住海通把柄讹一笔钱财，顺便趁着人多喂养人蝠。没想到人蝠当天晚上异常暴躁，失去控制袭击工匠营，吸饱人血逃走了，被咬的人居然都变成僵尸四处吃人。眼看蝠财两空，他情急之下说出海通的秘密，指望着能分些佛资。

圆脸老人讲完，工匠们听得目瞪口呆，王越早已抖成筛子。圆脸老人狠踹了王越一脚："人蝠都比你有人性，还知道叼块水猴子肉送到你爹坟前祭拜，要不然还真不好抓住它！"

圆脸老人转头又骂着海通："你就是个驴脑子！虽然你母亲当年坏了水贼渡劫，你入江收骨的做法也有悖佛意，即使你是为了帮水贼们渡劫以救赎你母亲的孽缘，但至于像个闷头葫芦似的一言不发么？真正的水妖已经捉住了，就是这只水猴子，你也不用因为被认作水妖吓跑百姓内疚。把西山大佛建好，我们会告诉你怎么做。"

人蝠扑棱着翅膀站起，可怜巴巴地望着王越哀鸣。王越忽然疯了一样冲向人蝠，掐着它的脖子："要不是你不听话，我也不会落到这个地步！"

人蝠很不解地歪着脑袋，伸出舌头舔着王越的手背，眼中透出孩子看到父亲般的目光，眼睛上翻，眼看就要窒息。

黄衫老人一扬手，又是一道灰影飞出，贯入王越胸口。人蝠扑在王越身上，哭得像个婴儿。

"水猴子潜伏在江边，等工匠起夜时，好拖下水吃掉。人蝠闻到它的味儿，就攻击水猴子，扯掉肩膀一块肉送到王闪坟前报喜。那几个僵尸，是被逃到水里再次上岸的水猴子咬中的。"黄衫老人对着人蝠后脑一敲，人蝠昏了过去，"都回去睡吧，今晚的事情希望你们不要外传。西山大佛建成之时，自然会保得凌云山千年平安。”

工匠们哪敢不听，默不作声地散去。

“海通，这是大佛内部的设计图，还有几段文字，”黄衫老人解开海通身上的绳索，塞给他一张纸，“要想完全化解孽缘，需要你的眼睛镇住水猴子，你看了就知道该怎么做，将来自然会有人前来渡缘。”

海通问道：“你们是谁？”

圆脸老人：“我们……”

黄衫老人：“也在寻找。”

十八

帛书最后有一张机关图，我们按照路线指示，在岩洞里寻到一处暗门，走出来的时候天色微亮。至于出口位置，我不方便写出来，洞口左上方有两个大字，洞前有一尊石兽。

晨风习习，低拂水面，瞬间即逝的狭长银色波纹映着金红色阳光，如同金丝玉带缠绕着凌云山。薄雾冉冉升起，蒸腾着郁郁苍苍的山林，漫山漫岭的野花簇簇盛开，璀璨夺目，像一团熊熊燃烧的火焰。树枝交错，翠绿的叶子泼染着山间的红，鸟儿叫了，小兽醒了，如此生机盎然。

谁能想到我们在西山大佛里经历了这么多的事情，短短一夜仿佛穿越千年人生，很疲倦。

“我后悔杀死了那只人蝠。”

“选择无关对错，更不要去后悔，做了就是做了。只是有的时候，人真的还不如动物！”月饼双手合十拜着西山大佛，“海通肉身成佛，镀金塑体千年祭拜，可敬！”

晨曦中，西山大佛高耸入云，法相庄严，双目低垂，鸟瞰着寂静的河水。几艘渔船驶过，渔夫们虔诚地跪拜大佛，吆喝着号子撒网入江，收获最新鲜的食材。

一山三江，几千年来无私地养育着她的子民，正如西山大佛，正如海通和尚，默默付出对生命的虔诚。

月饼拿出塑料纸包裹的诺基亚手机，我接过来随手翻着，用惯触摸屏，再用键盘手机很不习惯。那条神秘短信没有显示来电号码，回拨过去是空号。手机里曾经的短信、照片、电话号码，勾起那些年的许多回忆。

“解开‘大佛流泪’之谜，又出现更多谜团。”月饼捧着江水洗了把脸，“这条路不得不走下去啊！”

“走就走，人活着不能倒退是不？”我把手机放妥当，“你丫明明会很多蛊术，为什么不用了？不是忘了吧？”

月饼瘦削的脸庞沾着水珠：“其一，炼蛊需要时间；其二，蛊术的真正奥义是治病，不是打打杀杀；其三，蛊虫也是生命，如果把一个人封在坛子里经历各种折磨，变成被控制的行尸走肉，换谁也接受不了，虫子也一样；四、不借助外物，不断提高自己，突破身体极限才能成为真正的强者。”

“这算是‘月公公四大奥义’吧？”我哈哈一乐，“准备领悟圣斗士第七感爆炸小宇宙去冥界找哈迪斯决一死战？”

“南少侠只会打字，还不是一样‘斗罢艰险再出发’这么多年？”月饼很遗憾地摇头，“百无一用是书生啊。”

“月无华，你信不信我在书里把你写死！”我生吞了月饼的心都有。

“就怕读者不答应，在网上我的人气比你高不少啊，”月饼向停车场方向走去，“不服气酒桌上见，没吃过西坝豆腐和岷江河鱼就等于没来过西山。”

十九

房车太过显眼，我们回到停车场的时候，聚集了不少游客指指点点，还有拿着手机自拍的丫头。看到我们俩蓬头垢面地进车，洗了澡板板正正地下车买东西，路人一副“原来如此，可惜可惜”的表情。

我心里暗自回了句“少见多怪”，驾车直奔西山市。按照我的意思中午吃完就走，月饼说不差这一会儿，看看景儿吃美食喝口小酒，也不枉难得来一趟。

我和月饼一路讨论着黄衫、圆脸两个老人究竟是何方神圣，对照唐朝开元年间异徒行者的族谱，这两人相貌服饰对不上。月饼分析可能是暗中寻找图书馆的那批人，至于那台失而复得的手机和神秘短信，更像是科幻片里才有的剧情。

虱子多了不怕咬，我们索性啥也不想。

进西山市寻地儿停了车。月饼迎着漂亮丫头打听哪个店的“西坝豆腐”最有名，小丫头脆生生地说：“随便哪拐店子都好次的巴适。”

我望着丫头娇小婀娜的背影啧啧赞叹：“四川出美女，果然名不虚传！肤白貌美长发及腰，有前有后晶莹剔透，难怪自古就是兵家必争之地。”

“她刚才说的那句话是什么意思？巴适是个地名？”月饼满脸茫然。

我差点笑喷：“她说随便哪个店都很好吃。”

“你居然听得懂四川话？”月饼看我的眼神像看外星人。

我一本正经地说道：“打游戏认识了很多幺妹儿。”

月饼一针见血：“‘幺妹儿’是重庆话吧？”

我理屈词不穷：“我在暗示我懂很多方言。”

俗话说“吃在四川，味在西山”，可见西山美食在吃货心中的地位。下面问题来了——“西山美食哪家强”？

自然非张公桥莫属。

此桥建于康熙年间，由张能鳞主持修建，后人为了纪念他，故名“张公桥”。桥长四十米，雅石为料，是西山古城最大的三联卷石拱桥。

张公桥地处西山新旧城交汇处，连接城市最具特色的滨江路，周围开着上百家大小餐馆，好吃的自然少不了。

我们一路打听着到了张公桥，才知道小吃街下午五点才开始营业。还有三四个小时，干脆四处溜达权当旅游，月饼拍风景，我偷拍美女，各忙各的，自得其乐。

初秋的西山温度煦暖，空气潮湿，人们慢悠悠的一点儿不着急，就连午后的阳光都特别慵懒。走在街上，心情也很放松，别有一番滋味。古城老街，美女如云，绿树碧水，如果不是有任务在身，真应该多住几天好好玩玩。

到了四点来钟，人突然多了起来，游客、市民结伴而行，就差在脸上写上“吃货”二字。

几乎一瞬间，各种美食的味道扑鼻而来，餐店老板招揽生意的吆喝声塞满整条街道。食客们蚂蚁般一拥而上，眼看着店里店外就要坐满人，我们扎进一家“飘香麻辣烫”，顿时被香辣味勾得口水直流。

菜品种类更是让人眼花缭乱，天上飞的、地下跑的、水中游的、枝头挂的、土里生的，琳琅满目。也顾不上挑三拣四了，分头下手抢串串提高效率。

滚热的麻辣烫蘸着放了豆瓣酱的油碟，一口下去，鲜辣香味从牙缝里渗了出来，喝口凉爽的啤酒，立刻有种难以言表的通透感。

吃得正起劲，月饼本着“既然吃就要用最短时间用最大食量塞最多美食”的原则，生拖硬拽把我从饭桌边扯进步行街。

事实证明，月饼果然有经验！

油花花的桥头烧烤、薄饼蘸添醋的钵钵鸡、软糯脆口的甜皮鸭、含在嘴里肉嘟嘟的西坝豆腐，还有西山最有名的豆腐脑，饱满多汁的豆腐脑醇浓烫鲜，嚼着有肉感，又不油腻，就着夹饼（“夹”要读“卡”），且弹且香，都能咬出“咯吱”声。

胡吃海喝到大半夜，我挺着肚子走得很艰难。月饼点根烟：“千万别吐出来。糟蹋美食，罪该万死。”

我打了个酒嗝，使劲咽着吐沫：“你放心，到我肚子里的东西还能给土地爷么？”

月饼仰天吐个烟圈，弹指敲破：“上车睡觉，明天回家！”

大佛流泪之谜

西山大佛开凿于唐玄宗开元初年（公元713年），岷江、青衣江和大渡河的三江汇流处经常发生沉船事故，传说江中有水妖，海通和尚带领当地百姓修建了一尊弥勒大佛。大佛建成后，再未发生过一起沉船事故。

根据相关记载，西山大佛曾经数次闭眼流泪显灵，每一次都和当时著名的事件有关。最近一次据说发生在2014年，之所以是“据说”，因为当天有人看到，有人没看到，双方各执一词，争论得不可开交，甚至新闻报道也出现两极分化的情况。遗憾的是，至今没有影像资料证明大佛闭眼流泪。

异闻一：

其一，2002年5月7日上午9时43分，西山大佛再现难得一见的“神秘光环”——佛光。乌云还未褪去的西山大佛上空，突然出现日晕现象，刚刚升起的太阳四周闪现出一个直径约三百米、内红外紫的五彩光环，色彩时明时暗。

其二，西山大佛高七十一米，而西山市最高的建筑物才六十八米，原因是：矮佛三分，近佛三分。

其三，前往西山大佛的半山腰有只困龙雕像，据传不能和困龙合影，否则好运就会被困在那里。

其四，西山有个说法，涨洪水的时候只要大佛“不洗脚”，就淹不了西山城。

其五，在岷江桥观望大佛，看到的是一尊睡佛！

异闻二：

据英国《每日邮报》2015年2月22日报道，近日，科学家发现一座千年佛像内竟端坐着一位打坐和尚，其内脏已被掏空。

据悉，该和尚的历史可以追溯到公元11至12世纪，距今已有近千年。对其做完CT扫描及内镜检查后，科学家们发现这具和尚木乃伊的内脏已被掏空。随后，该具木乃伊被护送至匈牙利自然博物馆，展出至2015年5月。

据专家推测，该具木乃伊极有可能是耶律大石的老师，其真实身份还在调查中。

第五章　夜店羊人

夜店禁忌：

一、玩骰子斗酒，连续出现三次平局，离开夜店，回家用热水洗澡，冷水洗脸。睡前在枕头底下压一支笔，第二天醒来看看有无字痕。如果没有，尽可安心；如果有，把有字痕的枕套、床单用拖地水浸泡，天黑以前丢进阴沟。

二、不要和头发遮住左眼的男女搭讪。

三、发现酒的颜色略微变深，注意观察一丈范围内是否有人点了和你同样的酒。如果有，立刻离开，在店门口丢一枚硬币。

四、尽量不要被陌生人碰触身体，如果碰触的同时闻到很奇怪的香味，狠掐左手无名指，默念“如道亦如且妄勿念”七遍！

一

我一路把“大佛流泪”事件写完，回到古城已是晚上七点来钟，正赶上堵车，月饼抽着烟、听着音乐，跟着车流慢悠悠地挪。我闲得没事儿边刷朋友圈，边跟月饼斗嘴，也不觉得堵车是件很无聊的事。

好不容易开回酒吧，虽然只离开三天两夜，我竟然有种久违的感觉。刚下车，李奉先急赤白脸地冲了出来：“两位爷你们可回来了！出……出大事了！”

我想到一直寻找图书馆的神秘组织，心里面一沉。月饼抢着问道：“你怎么样？”

“我没事，有人来踢场！”李奉先恨恨地啐了口吐沫，“小兔崽子长成那个德行，还他妈的挺招小娘们儿。”

我们去西山那天晚上，酒吧来了个其貌不扬的小伙子，点瓶啤酒四处搭讪。这种事儿李奉先见得多了，也没当回事，没曾想小伙子挺有手段，几句话把两个丫头糊弄得五迷三道，结了酒钱，一左一右搂着胳膊走了。

昨晚更狠，那小子领着女孩出了酒吧，两个多小时后又折回来，聊没几句又带走一个！

酒吧夜店，男欢女爱，说到底也就是两相情愿的事儿，总不能打听到他的名字，门口写一牌子——“××不得入内”吧？

看我们俩没啥反应，李奉先急得都快上墙了：“你们琢磨琢磨，如果小兔崽子是托儿，三天两头撬墙脚，带着女娃儿去别家酒吧，咱们生意还做不做了？”

“又不差这几个钱。”月饼蹲在车胎旁边挑着花纹里的石头。

“跟钱没关系，”李奉先脸涨得像块猪肝，“酒吧是家，小兔崽子来勾引姑娘，和跑到咱家勾引婆姨有什么区别？”

“这都哪儿跟哪儿啊！”我哭笑不得，“奉先你这都什么逻辑？”

“反正我看了不爽，”李奉先的猪肝脸都快滴出血了，“南爷，月爷，你们这模样都没对象，就他那个德行凭啥一搭一个准儿，还一次搭俩？这还有天理么！”他说完，先愣了片刻，怀疑地看着我们俩，欲言又止。

我琢磨过味儿来了，为证清白：“我进去弄死这个小兔崽子。”

月饼拍了拍土走进酒吧：“唉！都消停点，还是靠我这张好脸吧。”

我和李奉先兴高采烈地准备看热闹，我想起个事："奉先，这家酒吧原来是什么？"

"这一带原来是民房，掩人耳目建了个公共厕所，九十年代发展得快，为跟上潮流改建成面馆，十多年前又换成酒吧。"李奉先挤着小眼睛，"馆长说这叫'大隐隐于朝，中隐隐于市，小隐隐于野'。"

公共厕所？！面馆？！我如被兜头浇了一盆冷水，有种被人窥视的感觉。转身望去，只看到空荡荡的街角。

二

酒吧人多的时候，舞池用来跳舞助兴，人少的时候摆放各种乐器，请一些小乐队唱歌。这里面的道道儿我不是很明白，全交给李奉先打理。没曾想李奉先还是个经营型人才，定期整个活动，倒也把酒吧弄得有声有色。

月饼自从在领舞这个神圣而又赚钱的行当金盆洗手之后，李奉先办了"古城民谣歌手季"，吸引了不少文青，一时间文化氛围颇浓。

进了酒吧，没看见月饼在哪儿，李奉先指着舞池里的小伙子，眼睛开始冒火："就是他！"

小伙子低着头正在自弹自唱《关于郑州的记忆》，别说唱得还有点儿那个意思，一群女孩桃花眼做"只有我懂他"状。一曲唱毕，小伙子走下舞台，满脸暗红色油光的青春痘，鼻梁塌得双眼之间几乎没有障碍，宽下巴坠着两层肥肉，唯一扎眼的是左手背纹了个金文大篆体的"羊"字。

我差点献上膝盖给跪了："长得这么写意，也能混夜店？"

小伙子落座，几个小丫头围过去有说有笑地喝酒玩骰子，没玩几轮一个丫头就跟着他往外走。

我特地等在门口观察他的眼睛。相学里称眼睛为人之神所蕴，气和运都能通过眼睛看出来。最典型的就是三白眼、四白眼、桃花眼。

三白眼是瞳孔周围三处眼白，一生烂桃花，财气旺盛。香港某著名女影星年少成名，吸金无数，追求者多如牛毛，婚后闹出一桩轰动全国的绯闻事件。

四白眼又称为"聚精眼"，瞳孔周围都是能看见的眼白，可以吸气助运，一生大富大贵，遇事皆顺，这种人万里无一。国内著名体育女将，退役后嫁入豪门，最初豪门家族并不看好这桩婚事，请相学大师看相，大师惊呼“四白眼，必旺家势”，才把婚事定了下来，婚后果然家族运势顺风顺水，势不可挡。

桃花眼不助财运，却助桃花，无论男女丑俊，只要长着一双桃花眼，都会对异性产生致命的吸引力。

这个人油腻腻的头发遮着左眼，右边水泡眼几乎看不出眼珠子，可是绝对没什么特别，我心说难道是长了一副“紫骨”？

骨生气，气成色。中国有个词叫“骨气”，形容人的品格和操守。其实“骨气”一词最早起源于相术，指“骨中带气”。气由骨生，骨用来储气，每个人面相、命格不同，骨、气自然不同，形成特有的“气色”。随着年龄、居住地的五行、风水变动，骨受影响，气也会产生颜色的变化。比如“一个人气色很好，过了段时间气色却变得很差”就是这个原因，佩戴相应的饰品或者在家中摆放特殊的物品就会好转。

气分七种，最为凶吉的是黑紫两气。黑气中略带灰色的人，阴气盛极，丁财两败，疾病缠绕，久治不愈，多在阴体之人应验；紫色为吉气，简单讲就是“万事皆春”，做什么事情都顺风顺水。

就在这时，他带着女伴走到门口，撞到我的肩膀。我忽然有种很奇怪的感觉，说不出哪里不对劲，就是觉得小伙子很亲切，好感倍增。小伙子歉意地对我笑着点了点头，我几乎忍不住想和他聊几句喝两杯。

“就这么让他走了？”李奉先跺着脚满脸绝望，“完了，又少了一个顾客。”

我随口回句：“天要下雨，娘要嫁人，由他去吧。”正遗憾没有交个朋友，吧台后面的小门推开一条缝，月饼冲我招着手。

我进了小院：“说好去拼脸，你丫怎么跑了？”

月饼捧着本书有些激动：“我把从西山大佛带回来的阴沉木盒和红眼舍利放到暗室，打开第二本书，出现了线索！说明咱们第一个任务完成了！”

我也顾不上刚才那茬儿，抢过书一看，有些不敢相信自己的眼睛，吸口凉气：“这么巧？”

书封上面，赫然出现了一个金文大篆的“羊”字。

月饼皱眉抽着鼻子：“你身上什么味儿？”

我使劲闻了闻，被小伙子撞到的肩膀散发着在烧烤摊吃羊肉串时才会沾染的腥膻味儿。

三

追到门口，文身小伙子早已不见踪影，我回忆起细节，和月饼简单一说，月饼一言不发地回到图书馆，从书柜里抽出清代异徒行者根据自身经历写的一本关于妖精魔怪的奇闻逸事，暗藏三十多种克妖的民俗方术，月饼翻了几页说道：“男羊女狐。”

通过图书馆这些典藏古书和异徒行者的手札记录，我们知道了许多不为人知的秘密。世间妖物百种，唯有公羊精、母狐妖会散发出奇特的味道，与人身体碰触，气味散出，闻到之人神志不清，不由自主被引诱。狐妖媚惑凡人，为的是培固元气渡劫；至于羊精，说来好笑又可气，羊性至淫，羊精常出没于女性多的地方，诱惑女子单纯为了生理需求。众多古籍中对此都有隐晦的讲解，许多相关的词语统一把“羊”换成“阳”，在另一个异徒行者写的医书里，更是直接把羊在草原吃的一种草称为“淫羊霍”。

“那个畜生是只羊精？看形象是只猪妖还差不多！妈的刚才还撞了我一下，难怪觉得心里面不对劲，”我使劲搓着肩膀急得直跺脚，“这么大的古城，到哪儿去找？”

月饼眼神怪怪地看着我，慢悠悠地点了根烟：“这事儿需要你牺牲一下。”

我起了一身鸡皮疙瘩：“小爷只卖艺不卖身！牺牲色相，男扮女装引羊出洞的事情门儿都没有！”

“你这脑袋里装的都是豆腐脑么？”月饼摇着头往卧室走，“人家就算是羊精，和你一样也是只公的。”

我好半天才回过味儿追了过去：“你说谁是公的？畜生才用‘公’，小爷是男的！”

“别废话了，赶紧过来，就算它和任务没关系，也不能眼瞅着姑娘被祸害。”月饼从床底拖出一个两尺见方的藤箱，我凑过去一看，箱里摆满大大小小的瓶罐，有几个瓶子微微晃动，似乎装着什么活物。

“你以为我经常出门真是旅游？”月饼拿出一个竹筒，“以前养的蛊虫舍不得扔，到处搜集喂蛊材料，累死个人的。”

我脑补着床下一堆虫子爬来爬去，整个人都不好了：“月……月饼，敢情你不在的时候我天天和蛊虫睡在一个屋子？”

“你就算不相信自己，也要相信我。”月饼拔开塞子，一股喝多酒的呕吐物味儿熏得我直反胃。月饼咬破食指把血抹在筒口，筒里爬出一只碧绿色的小蜈蚣探头探脑舔舐血渍，不多时舔个干净，探着触须四处搜寻。

“这是‘寻味蛊’。”月饼趁我愣神的工夫把血抹到我的食指。

我心说不好，天知道月饼要出什么幺蛾子！只见蜈蚣像弹簧般跳到我手掌上，张开螯牙对着指尖一口咬下。十指连心，我疼得心脏直哆嗦，正要把蜈蚣扯掉，月饼一把摁住我：“咬咬牙，一会儿就好，最多二两血。”

“这又不是喝酒，还用‘两’计算。”我吸着气，太阳穴突突跳个不停，满脑门儿瀑布汗。蜈蚣吸饱了血，干瘪的身体涨得滚圆，往伤口吐着碧绿色液体。我是彻底忍不住了，挣脱着月饼的手说啥也要把蜈蚣弄下来。

月饼急着说道：“想不想把姑娘救出来，顺手做了那只流氓羊精？”

这句话戳中我的软肋，索性心一横，任由蜈蚣折腾。一道绿线从食指顺着胳膊延伸到脖子，脸腮麻酥酥的痒得难受，鼻子像是感冒许久终于通畅，呼吸格外舒坦。

蜈蚣密密麻麻的须足颤巍巍地摆动着，身体突然一僵，掉在地上死了。月饼倒出竹筒里糨糊状的黏液，把蜈蚣塞回去：“留着泡酒，治风湿。”

我发现嗅觉突然变得特别灵敏，闻到许多平时察觉不到的味道。

月饼抓了几袋石灰粉塞进背包：“蛊效最多一个小时，你一定要把它的藏身地闻出来！”

那一刻，我有种是警犬乱入的感觉。

四

我凑着鼻子边走边闻，实在是苦不堪言。除了那股子羊膻味儿，平时根本闻不到的怪味儿也嗅得通透，尤其是垃圾箱、下水道的味道，简直就是异味大杂烩，要多恶心有多恶心。更可恨的是和一个爷们儿擦肩而过时，强烈的狐臭味塞了满满一肺，偏偏还喷劣质香水掩盖，那腥酸味儿，我这辈子都忘不了。

“要是羊精撞的是我，你就不用遭这个罪了。”月饼摸了摸鼻子憋着笑，“一会儿你歇着，我收拾它！”

我没心思搭话，忽然间羊膻味异常浓烈，我循味望去，一个浓妆艳抹的短裙女人刚刚走进宾馆。

月饼推了我一把：“别光顾着闻姑娘，办正事要紧。”

我指着那家全国著名的连锁宾馆说道：“它在这里。”

月饼正要进去，我急忙说道：“等一下，好几种羊膻味混在一起，小心点！”

月饼板着脸不动声色，指指左后方。沿街烧烤店，伙计正往羊肉串上面撒着孜然，嘴里还吆喝道：“烤羊肉串！”

“羊精最喜欢在烧烤店附近藏身，掩饰自身气味。”月饼冷笑着进了宾馆，掏出两张百元大钞往柜台上一拍。

长得有几分姿色的女服务员正梳着马尾辫，见我们两个大老爷们儿进宾馆估计是会错意，满脸嫌弃地问道：“大床房还是双人房？押金三百。”

我臊得满脸通红，月饼把钞票往柜台里推了推：“请问是不是有个满脸青春痘，二十出头的年轻人带着姑娘上了楼？能说一下门牌号么？”

女服务员警惕道：“不知道，没看见。”

月饼又添了两张钞票，很好看地笑着：“是我们的朋友，约我们斗地主。”

我心说，连撒谎都不会，约咱来斗地主能不知道房间号？

果不其然，女服务员脸色大变，拿起电话手指摁在“1”上面：“这是全国连锁正规宾馆，再不走我就报警了。”

我急忙伸手拦着：“您别误会，我们没别的意思。”

女服务员直勾勾地看着我手腕上的金珀手珠，愣了足有两三分钟才回过神，塞给我一张房卡：“421号，开房人叫杨泽，来了三天。”

我们来不及多问冲进电梯。我有轻微的幽闭恐惧症，坐电梯总会莫名其妙地烦躁。眼巴巴等着数字跳到四，电梯门缓缓开启正准备出去，月饼摸出石灰粉说道：“磨刀不误砍柴工。”

我低声回道：“这会儿磨刀黄花菜都凉了。”

月饼用石灰粉洒着“之”字形：“那本书里写着‘羊精性淫且阴’，石灰至阳，自古就是封阴的物件，家宅楼房用石灰也是这个道理。”

我哪还有心思听月饼讲这些，出来得急没有带称手的兵器（其实也没有什么兵器），一脚踹断个拖把柄，拎在手里。月饼洒完石灰，拿着房卡扳着门把手说道：“如果那几个女孩遇害，什么都别管，直接做了它！”

我手心直冒汗，“嚓”一声电子锁响，月饼推门而入，把房卡插进卡槽，屋里顿时雪亮。当我看清整间屋子，真的很后悔开了灯！

五

屋子中央的大床上面铺着一尺多厚的皮屑，每片都有指甲盖大小，泛着恶心的油光，层层叠叠摞在一起。这种密集的视觉效果让我头皮发麻，感觉皮屑像是在床上缓缓蠕动。

突然，床中央隆起圆包，一丛黑发从皮屑里慢慢探出，皮屑纷纷滑落，露出一张苍白的脸，正是酒吧里的那个女孩。

女孩赤裸着上身缓缓坐起，机械地转动脖子，眼神空洞地望着我们，沾在头发上的皮屑雪花一样掉落。女孩捧起一把送进嘴里，“咯吱咯吱”嚼着，又有四个女孩从皮屑堆里坐起，抓着皮屑大口咀嚼，吃得“嗞嗞”有声。

我实在是恶心得无法忍受，月饼显然也慌了手脚，站在床边一时间不知道该怎么办。

“嗬……嗬……”卫生间有人哑着嗓子发出喉音，隐约还能听到滴答滴答的水声。卫生间就在我左侧，我握着把手竟然有些犹豫，生怕打开门又看到什么恐怖的东西。

月饼夹了几枚桃木钉立在门侧，一只手放在开关上面，示意我推门的瞬间他打开灯，可以暂时影响屋里人的视力。

我轻轻扳着把手，猛地把门推开，灯光亮起，花洒稀稀拉拉滴着水，半透明的毛玻璃围成的简易淋浴房里，浴帘遮挡着看不见里面的情形，大股黏稠血水流进下水道。

“啪！”一只血手隔着浴帘摁在玻璃上面，浴帘扯裂，一个浑身是血的人贴着毛玻璃慢慢瘫倒，数条血柱蜿蜒而下。

月饼推开淋浴房门，我差点吓昏过去！血人右手紧握着一把钢丝刷，全身没有皮肤，红色的肌肉上残留着细细密密的刷痕，整张脸更像是一坨潮湿的红泥被狠狠踩了一脚，恐怖至极！他的左手背裸露着四条森森指骨，“羊”字文身却异常清晰，深深印在骨头上面。

血人没有鼻子嘴唇，牙缝里冒着血沫，“嗬……嗬……”地叫着，咳出几口浓血，身体剧烈地抽搐，再也不动了。

月饼用桃木钉挑起血人左手，观察着文身。几根手筋受力，扯动着手指弹动，迸起几滴血珠，我再也忍不住了，就着马桶吐了。

“你们真是新一代的异徒行者？”一个二十来岁、满脸傲气的男子站在门口问道。

月饼转身扬手正要甩出桃木钉，梳马尾的女服务员从男子身后闪出，对那男子说：“哥，你说话客气点儿。”

“哼……”男子环视房间，微微诧异随即恢复常态，“我以为异徒行者是多了不起的人，没想到是两个毛头小孩，居然吓得吐了。”

我从心里讨厌这个男子，要不是马尾女孩在场，又长得不错，拖把棍早就冲他脑袋招呼过去了。

月饼扬了扬眉毛冷笑着：“警察有什么了不起。”

“你怎么知道？”男子很吃惊地打量着月饼。

“不告诉你。”月饼收起桃木钉，“你没资格和我说话。”

“年轻人，话留三分，拳留一手。”一个五十多岁的清瘦老头进了屋子，“我是韩立，老馆长的生死之交。他变成了木人，奉先、隆基还小的时候，是我暗中照顾他们爷儿仨。直到兄弟俩长大成人，我才开了宾馆享清福。算辈分你应该喊我一声‘大大’。”

“即便是生死之交，也不过是组织成员而已。”月饼双手插兜，和韩立的儿子毫不相让地对视，目光在空气中差点撞出火星，一时间气氛变得很尴尬。

我心说就这么小的房间，床上五个女人吃皮屑，卫生间躺着个血人尸体，眨眼工夫连死带活塞了十一个人，凑够一个足球队了，居然还有心思斗嘴比辈分？

我打着圆场：“各……各位，咱们先把眼前的事情处理了再说？”

韩立呵呵一笑：“韩峰、韩艺，你们露两手。”

韩峰故意撞着月饼肩膀进了卫生间打开花洒，从兜里摸出小瓷瓶倒了些黄色粉末。血尸上鼓起大大小小的血泡，“嘶嘶”冒着黄烟，连肉带骨化成一团血泥，顺着水流进了排水道。

这是土夫子特有的销尸手法，我忽然想起在图书馆里看到的一本名叫《奇技淫巧录》的手札里记录的一个人！

据说他在十二岁的时候，就已经能够在古墓中来去自如，一生盗墓无数，除了盗墓别无所好。偏偏为人极是正派，把此当作艺术，从不带出明器卖钱，只为寻找墓穴破解机关。最擅长寻龙点穴，只看地势风水，就能准确判断出此处是否有墓，就连朝代、规模、机关布置都能丝毫不差。

我试探着问了句：“您是？”

“都是年轻时候的事情，不提也罢。”韩立话虽谦虚表情却很骄傲，“要不是异徒行者有规矩，真想问问你们老馆长在哪儿养老，找他唠唠嗑去。”

我点着头装傻充愣，月饼显然也猜出韩立的身份，神色多少客气了些。

“哥，帮我打开隔壁五个屋子的门。”那叫韩艺的女服务员丢过一摞卡，对我们说，“你们去帮忙。”

月饼这时候倒是不高冷，转头跟着韩氏父子往外走。韩艺解开马尾，散着头发念念有词，床上的五个女人停止吃皮屑，晃晃悠悠地从皮屑堆里往床下爬，露出白花花的身子……

我这才恍然大悟，连忙跑出去假装帮忙。月饼似笑非笑地问道：“怎么不多看几眼？”

“君子色而不淫！”

“你不觉得这些事太巧了么？”月饼开了房门闪身进屋，加快语速低声说道，“杨泽偏偏住进这家宾馆，连续三天带女人回来，没有女人出去，居然没有引起他们的怀疑。你难道没有发现，四层没有人居住？韩艺看到屋里的情景居然没有任何反应，这女孩怎么会有这么强的心理承受能力？韩峰处理尸体，连看都没看就倒了化骨粉，像是着急毁尸灭迹。韩立一直暗示和老馆长关系密切，我在图书馆待了一个多月，从没听那几个人提起过。他的真实身份是土夫子，我怀疑……”

“我承认不如你聪明，可是我比你会装傻。”我打断月饼的分析，“天天琢磨这些事情累不累？”

“可能是我想多了。”月饼再没多说，把军刀塞进袖子，又扣紧扣子。

“一会儿再套几句话，看看韩立有什么反应。”我明白月饼的怀疑不无道理，他只是不愿否认我的想法。亲人也好，朋友也罢，相互欣赏，闲着斗嘴，都无所谓，但是决不能彼此否定！

他的怀疑没有错。

我的脖颈像是被蚊虫叮了一口，身体酥麻，完全失去控制，意识也瞬间模糊，眼前最后的景象是月饼扬起手还未甩出桃木钉，就晃了晃扑倒在地。

隐约中，我好像听到了一种类似鬼泣的乐声。

六

我再次睁开眼睛，一阵天旋地转，看到月饼被绑在椅子上。

“三个问题，回答了就放你们走。”韩立拖了把椅子坐在月饼旁边，漫不经心地摆弄着掌心里白嘟嘟的虫子，“如果不配合，这只老棺尸虫会从你朋友的耳朵钻进去咬破耳膜，爬到脑子里一点点吃掉脑浆。哦，对了，不要指望他能醒来。我在杨泽身体里种了迷虫，近距离接触就会进入身体。”

我手脚被捆，心里又悔又怒！

韩峰在门外说道：“爸，这几个女人安置好了。”

“尽人事听天命，让女娃们长个教训，以后也能少出点事。”韩立笑眯眯地走到门口，“我和两个小友聊几句老馆长的事情，多年不见很挂念，你们把那个房间收拾干净。”

韩峰“唔”了一声，脚步渐远。韩立坐回椅子，阴森森地盯着我。

我没来由地恐惧，一个人居然可以瞬间转换这么快，就像是戴了无数张假脸随时变换。

韩立跷着二郎腿手指悠闲地敲着膝盖：“看看你的脚。”

我抻着脖子看去，脚背上爬着无数只虫子，拖着长满纤毛的尾巴拥挤蠕动。我心里大骇，却发现根本控制不了两只脚，更让我害怕的是脚上没有任何感觉！

韩立举着椭圆形的陶器，对着顶端吹孔吹了起来。尸虫群仿佛受到召唤排成两列，钻进我的裤腿，我几乎崩溃了！

“别人盗墓为了赚钱，我是为了找这个，”韩立随口聊天瓦解我的心理防线，“这玩意儿叫埙，能控制阴物。”

我脱口问道：“这是鬼埙？”

“小伙子有点眼光，没想到世上唯一的鬼埙在我手上吧？”

最早的埙由黄帝制成。神话传说中黄帝与蚩尤大战，两军胶着，战况惨烈。蚩尤张开大口，喷出滚滚浓雾，三日三夜不散，黄帝部落的士兵都迷失了方向。黄帝发明了指南车，使部队在浓雾之中仍能辨识道路。蚩尤向风神雨神求援，狂风暴雨肆虐。眼看黄帝部落就要全军覆灭，黄帝捏湿土制成鬼埙，吹奏曲调召唤女神旱魃助阵。

据说旱魃由僵尸化成，眼睛生在头顶，头发全是一条一条小蛇，遍体白毛。旱魃所到之处会大旱三年，赤地千里。旱魃一出，霎时间风停雨住，洪水消失。黄帝乘机反攻，蚩尤战死，部落残余民众向南逃窜到万山之中，成了苗族祖先（也有说是定居广西十万大山，成为壮族祖先）。

逐鹿大战之后，黄帝为避免旱魃出现荼毒生灵，再未用过鬼埙，作为陪葬品藏于墓中。由此联想，韩立居然找到了传说中的“千古第一墓”！

“既然知道鬼埙的厉害，就老实回答问题。其一，如何从酒吧进到图书馆；其二，如何确定异徒行者身份；其三，如何接受任务指示。”

酒吧柜台的暗门看似很简单地通向图书馆，其实里面大有玄机。小院的花草树木、桌椅乱石按照“五行迷魂阵”布置，不懂阵法的人打开暗门，看到的只是一间小仓库。老馆长选拔新一代“异徒行者”时解了阵法，后来由我重新立阵。韩立既然这么问，说明他和老馆长也就是萍水之交，或者根本没有什么关系，他的真实身份应该就是寻找图书馆的神秘组织。

我脑子里飞速运转想着对策，还好只有下半身没感觉，试着活动手腕挣脱锁扣，随口应付道：“我就算告诉你也逃不了被干掉，小爷一辈子就没做过傻事儿。”

“当然有所不同，”韩立似乎早料到我会这么说，呵呵一笑，“起码能死得痛快点。这些尸虫正在啃你的肉，说不定你的下半身现在只剩几根骨头。再给你一分钟，如果还没有我想要的答案，尸虫入了你朋友的脑，鬼埙也控制不了。”

我从无数部电影、电视剧里见过这种场景，每次都嗤之以鼻觉得太矫情，可是真发生在自己身上，才明白远不是那么回事儿。我可以不在乎自己，不能不在乎月饼。此刻除非奇迹出现，否则我们和死人没什么区别。而我的选择不能挽回什么，偏偏又需要这个选择决定死亡的方式。就像美剧《行尸走肉》，面对变成僵尸的亲人，大多数人最开始都下不了手，但最终还是对着僵尸脑门一刀，这种矛盾心理实在无法形容。

“时间到了。”韩立把尸虫放到月饼的耳郭里，“做选择吧。”

我和韩立做着心理博弈：“进图书馆需要破阵，不过必须由我们领路。”

“后两个问题才是重点。不要忘记，李奉先也懂得如何进入图书馆。”韩立阴恻恻地笑着，“第一个问题是为了证明你没说假话。”

这场博弈，韩立早已摆了个死局，等我们入局。难道李奉先和韩立是一伙儿的？布这个局引我们上钩，把异徒行者所有秘密全都弄明白？他们这么做到底为什么？我们不在的时候，李奉先完全可以把图书馆里所有东西搬空。我突然意识到，历代异徒行者穷尽一生追寻的终极真相，可怕程度能让一个人放弃富可敌国的诱惑！

我抱着最后一点希望：“放了他，我就告诉你……”

突然，毫无征兆地，月饼挣断绳索，挺身而起，一拳砸中韩立下巴，把尸虫塞进他的嘴巴。

“可惜你也什么都不知道，否则我会多听一会儿。”月饼摸了摸鼻子，

“这盘棋你下得很聪明。不过你没有完全了解对手的能力，居然对我下蛊？我早就发现了杨泽身体里的迷虫，故意装作不知道。如果不这样，又怎么能让你露出马脚？”

韩立惊恐地掐着喉咙干呕，月饼拿起鬼埙把玩：“尸虫入体，鬼埙一响，后果你比我要清楚吧。”

我的眼泪差点流出来：“你丫就装死，眼睁睁看着我被尸虫咬？敢不敢先把我腿上的虫子弄掉再甩台词？”

“我确实被迷虫弄昏了，要不是常年接触蛊虫抗蛊性强，哪能这么快醒过来，再说用军刀割绳子也需要时间。”月饼卷起我的裤腿，面色一沉，“完了。”

我被绑得结实看不到下身到底怎么了，月饼这么一说顿时慌了神：“我他妈的还没结婚啊！”

“我是说虫子都完了。”月饼弹击我双腿的曲池穴，“了不起啊！童子功练得不错，阳气竟然如此刚猛，能克制尸虫的阴气。”

我又痒又疼总算有了感觉，抬腿一看，满是僵死的白色虫子。我连鸡皮疙瘩都顾不上冒，心里腾腾窜火：“替我做了这个老盗墓贼！”

月饼帮我解着手腕的绳索：“他没有恶意，只是执念太强。”

韩立哆嗦着嘴唇问道：“你怎么知道的？”

“你演技再好，也无法在孩子面前伪装。你看孩子的眼神很干净。”月饼扬了扬眉毛，“蛊虫和饲主心意相通，我能感受到你只是为了得到答案。”

“呵呵，我们韩氏一族，果然没有资格当异徒行者。”韩立本就清瘦的身体显得愈发佝偻，一瞬间像是苍老了十多岁，“你们知道异徒行者的由来么？”

七

以下是韩立的讲述——

自古至今，一直存在着灵、幻、卜、医、文、蛊、武、魇八个神秘族派。幻、卜、医、文活跃在世间，为人所知；灵、蛊、武、魇隐藏在暗处，行踪隐秘。

随着时间推移，曾经关系密切的八族渐渐疏远，彼此之间再无联系。至于“八族”的由来，和“老子出关”的典故有关。

春秋时期，函谷关令尹喜夜观天象，见紫气横空，知道必有贵人来临，日夜在关口等候。三天后，一位白发老者骑青牛而来，自称“李耳”，要出关西行。尹喜苦苦哀求他休息几日，请他著书留存世间。老子见尹喜心诚，写下了五千言的《道德经》。尹喜通读之后，深深折服于老子博大的智慧，拜他为师，辞官随老子西行，并留下《道德经》被后人传诵。后人经过研究，渐渐形成独有的体系，创立了道教。可是这本书实在太过深奥，大家各持己见，道教由此分成好几个派别，坚称自己的观点才是正统。矛盾由此而生，甚至还引起两个小国之间的战争。

各派终于醒悟，不再争执正统偏门，潜心参悟《道德经》真正的含义。战国时期，八个门派脱颖而出，分别是“灵、幻、卜、魇、医、文、武、蛊”，又称为“八族”。

文族最杰出的人物提出一个想法，仅有五千多字的《道德经》能衍生八族，可见内容博大精深。如果各族能放弃门户之争相互交流，是否可以参透全书的意义？倡议一出，八族派出代表齐聚古城，讨论了三天三夜也没结果，但各族都有个观点，居然惊人地相似——流传世间的《道德经》其实只有半部！

当年尹喜读了《道德经》全文，深知如果让世人知晓，必然会颠覆千年认知，就把最重要的语句删减，携带原本随老子西去。在“老子出关”的传说中本来就有尹喜带走下半部的典故，各族经过推敲分析，更确定传言不虚。

听到这里我突然想起战国时期最著名的一次文化思想大交流，没想到真正的原因是这个！

韩立继续讲述——

通过此次讨论，各族彼此亲近了许多。当时诸侯割据，连年战乱，文族代表提议建立书馆保护各族资料，避免消失在战火中。各族犹豫不决，毕竟有些资料事关最高机密，一旦泄露将直接影响本族生死存亡。可是文族代表说得合情合理，各族所在国家如果毁灭，起码文化还能保存流传。

这就是最初的图书馆。

八族把本族书籍放入这间囊括了当时最玄奥的阵法、幻术、机关、风水、五行的书馆里，在建成封馆之日发生了一件奇怪的事情——多了两个人！

韩立讲到这里的时候，表情非常奇怪。月饼忽然问道：“是不是谁也不知道多了哪两个人，但确实多了两个人？”

我一时间没有理解这句话的含义，但韩立很讶异地点头肯定。

馆内只有八个人，可是却总觉得是十个人，这种感觉很奇怪。他们用了所有手段找多出来的那两个人，却一无所获。就在这时，更奇怪的事情发生了！

有一卷空白竹简上突然出现神秘图案。八族代表虽然智慧过人，掌握各种异术，却参不透其中含义。直到卜族通过先天演算，推出图案为神秘喻示，暗藏一样东西，地点正是传说中老子修道成仙的昆仑山！

他们认为结合各族之力建造的书馆融会贯通了《道德经》里的奥秘，想到多出来两个人，认为可能是与老子和尹喜建立了某种联系。竹简的喻示，是两人通过书馆传递的信息。

韩立讲得很复杂，换成现在的概念就是《道德经》是电脑设计图纸，按照图纸建造的图书馆相当于电脑，空白书本出现的各种任务是电子邮件，指引异徒行者的行动。

各族研究《道德经》，观点虽然不同，目的却相同——得道成仙。八族得出这个结论自然兴奋不已，召集各族精英奔赴昆仑山。一年后，只回来灵、蛊两族各一人。无人知晓他们在昆仑山发生了什么，经过这件事情，各族元气大伤流落民间，全部出动的魇族甚至因此灭亡。

灵、蛊两人成了最初的异徒行者，按照神秘喻示执行任务。

异徒行者的选定和接受任务的细节，韩立并不知道，这也是他执念的由来。历代异徒行者候选人的喻示，或多或少都和八族后人有关联，唯独没有出现过武族。

说来好笑，武族从未得到过其余各族的认可。武族最初称为“土族”，说白了就是以盗墓为职业的土夫子，历来不受待见，自然被另外七族鄙视。汉光武帝刘裕为扩充军费组建的盗墓军队“哑巴军”，带军首领就是土族传人，谐音改成“武族”。

一番话下来，信息量太大，我脑子嗡嗡地不停冒着“宿命”“轮回”这些玄之又玄的词，实在匪夷所思，不过联系到图书馆的种种谜团，倒也豁然开朗。

八

韩立讲到这里时神色异常激动，涨红了脸说：“三教九流，各有门道！凭什么看不起武族，不能当异徒行者！”

我心说，名分之争害死人，还有人抢着干这个九死一生的异徒行者？

月饼递过一根烟，韩立抽了几口才慢慢平复，接着讲三十多年前的一段往事——

那时韩立还是个二十出头的年轻人，靠着祖传的盗墓手艺，日子过得倒也不错。他有天在秦岭寻到一处明代古墓，寻穴定方位时发现两处盗洞，让别人抢了先手。

韩立决定还是下地看看能不能捡个零落儿。进了主墓点亮蜡烛，两个“人”直挺挺地从棺材中坐起：“终于等到你了。”

盗了这么多墓，诈尸还是头一次碰见。韩立吓得怪叫一声，撒腿就跑！结果脑后一阵风声，他眼前一黑什么都不知道了。

再次醒来时，他被五花大绑捆在墙角。墓里男女老少十多个人，围着两个男子争吵。他假装昏迷，偷听到“图书馆”“异徒行者”“八族”的事情。两个男子召集众人，是为了完成图书馆喻示的终极任务。有三五个人当场就要退出，一个身着奇装异服的女子脾气异常火爆，说了几句听不懂的土语，头发里飞出长着翅膀的怪虫咬向两个男子，却被其中的眼镜男抓起一把沙土击中死掉了。

杀鸡儆猴，反对者没了声音。眼镜男清清嗓子说，这次行动如果找到全卷《道德经》，就能揭开当年尹喜知晓的终极秘密，或许就是道家一直追求的“成仙”。众人再无异议，商谈行动计划。眼镜男说韩立是武族传人，完成终极任务用得上。哪曾想那些人哄堂大笑，有个老头啐口浓痰到韩立身上：“幻族绝对不和地老鼠行动，我嫌脏！”

眼镜男踹了韩立一脚：“别装死，该听的都听到了。既然大家都反对，那你就带着这个秘密留在坟墓里吧，倒也很符合地老鼠一族的身份。”

众人再没多看韩立一眼，陆续离开古墓。正当韩立绝望之时，突然发现袜子里有一枚刀片。他割断绳索逃出古墓，心慌意乱地摸出烟盒，却在烟盒锡纸上看到了歪歪扭扭的三个字——“活下去”。

有人暗中救了他，韩立怎么也想不通其中原因，又害怕被那群人找到灭口，四处躲藏了小半年，一天偶尔看报纸，才知道眼镜男居然是个有名的人物，在一次科考探险中失踪了。

韩立按偷听到的线索找到古城图书馆（当时是面馆做掩饰），天天坐着木椅的残疾老板正是两个男子之一（也就是老馆长）。他算好方位挖掘地道直通老馆长卧房，一是为了报仇，二是为了那个秘密。地道挖好，他躲在地下等老馆长入睡后动手。没想到老馆长早已守候多时，他刚钻出来就被逮个正着。

“地老鼠就是愚蠢，同样的错误能犯两次。”老馆长鼻孔里爬出一只血红色的蛐蛐，蹦进韩立嘴里，顺着食道钻进肚子。

韩立疼得肝肠寸断，只能任由其控制，这些年便四处下墓，寻找老馆长需要的东西，助他与血木融为一体。他暗中有计划，寻找鬼埙摆脱蛊控，逼迫老馆长说出异徒行者身份认证的秘密，让儿女成为新一代异徒行者，追寻终极真相。

就在几天前，他在一处古墓里找到鬼埙后，回古城的路上感觉体内的蛊虫死了！

蛊虫与饲主相依相生，人亡蛊死！他急忙赶回古城，发现我和月饼成了新一代异徒行者……

九

讲到这里，韩峰推门而入："爸，这些事情你为什么不早告诉我们。"韩艺更是双眼通红，两腮挂泪，显然在门外已经听了很久。

韩立讲这段往事的时候，我听到门口有脚步声，心里明白，故意没有点破。

"父亲不愿孩子承担仇恨和压力，又想让孩子完成自己未实现的事业。"月饼扬了扬眉毛，"韩老师，您借这个机会把藏在心里多年的秘密说给孩子听，有没有轻松些？"

"老师？"韩立苦笑着摆手，"我受不起。"

"你要是再敢讽刺我爸，我……我……"韩峰情急之下一时语塞。

"呵呵……"月饼冷冷一笑，推开窗户抽烟。

他蔑视的态度让韩峰更加恼火，拳头攥得咯咯作响。我明白月饼的性格，纯粹是"懂你的人不需要解释，不懂你的人解释也没用"的脾气。

眼看气氛越来越僵，我急忙打圆场："韩峰，月无华真心很尊重你爸，称呼'老师'确实不是讽刺。你不了解我们俩的身世，我们是……"

"南瓜，别说了！"月饼低吼一声，双肩微微颤动。

我心里很难受，没有再说下去。"父亲"这个词对于我们俩来说，陌生而遥远。两个身世不明的孤儿，有什么资格去评价别人的父亲！

"韩老师，你刚才有很多机会用更多的办法从南瓜那里得到答案，但是你没有这么做。他是我最好的朋友，谢谢你！"月饼仰头望着星空，"迷虫入体让我明白了你对蛊术了解得很粗浅，只会'下'不会'控'。鬼埙能控蛊，却无法让蛊虫和你真正心意相通，误伤了南瓜。"

韩立惊道："你真的是蛊族？"

"或许吧。"月饼沉默许久才又接着说道，"现在可以把杨泽变成血尸的事情告诉我们了么？"

"四天前，我收到一封信。"韩峰突然插口。

以下是韩峰的讲述——

我和月饼成了新一代异徒行者，韩立心里憋着一肚子火没处发，拉着儿女喝酒解闷。一瓶西凤酒下肚，韩立把“古墓里被众人嘲笑灭口，受控于老馆长蛊虫”的事隐过不提，含含糊糊说了“异徒行者”。

兄妹俩知道父亲是土夫子，从小学了些手段，不过从来没用过。至于“异徒行者”，俩人以为是老爷子喝醉了编的故事。韩立上了酒兴，拿刀架着脖子赌咒，他们这才相信老爷子说的是实话。

韩立和韩峰想法一致，怄不过“自古武族无异徒行者”的偏见。韩艺觉得“多一事不如少一事”，现在的生活没什么不好，当了异徒行者又能怎样？爷仨为这事儿吵了半天，不欢而散。

第二天上午，韩峰收到一封信，写着“韩峰转韩立收”。他知道这里面有蹊跷，擅自做主拆了信。起头第一句话“三十年前我救了你一命，三十年后你帮我做一件事”。

韩峰琢磨着这是老爷子当年盗墓时的旧事，往下继续看，越看越心惊。

信里写着当天中午会有一个叫杨泽的人住进他们开的宾馆，把四楼腾出来给杨泽使用，不要干涉任何事情，七天之后自有分晓。作为回报，韩氏兄妹将成为新一代“异徒行者”。

韩峰把这事儿告诉了韩立，老爷子看了信，心里明白寄信人就是当年“八族”里暗中救了他的那个人。老一代人想法传统，为了报恩，何况儿女能当上“异徒行者”这个诱惑实在太大。

韩立和儿子打定主意，两人瞒着韩艺等到中午，杨泽果然来了，父子俩客客气气地招待。韩艺打心眼里讨厌杨泽色迷迷的眼神，又不知道爷俩搞什么名堂。杨泽连着两天带回来三个女人，住进宾馆再没下楼，韩艺更是膈应得难受，嚷嚷着要把杨泽赶走。韩峰好说歹说劝住妹妹，直到今天杨泽又带回来一个姑娘，韩艺觉得再这么下去肯定会出大事，偷偷跟了上去。

隔着房间门，韩艺听到屋里的呻吟声，偷偷给哥哥打了电话。就在这时，房门突然打开，杨泽赤身裸体站在门口，摸了她胳膊一把，韩艺闻到一种奇异的香味，心头恍惚，乖乖地跟着杨泽进了屋……

韩峰这几天从“异徒行者”的狂热中渐渐冷静，杨泽的行为虽然谈不上违法，可是也知道这小子不是什么好人，他拉着老爷子在宾馆门口的烧烤摊喝酒保护妹妹，接到电话立刻冲回宾馆。

打开房门，五个赤身裸体的女人并排昏迷在床上，妹妹衣衫不整媚眼如丝地勾着杨泽的脖子。他心头火起，一拳砸中杨泽后脑，觉得不解气又狠狠地打。

韩立岁数大，腿脚不利索，赶到时杨泽已经被韩峰活活打死。韩艺此时清醒过来，差点吓昏。韩立到底是老江湖，让女儿回柜台装作什么事都没发生，交给他处理。

韩峰讲到这里时眼神很茫然，深吸了口气才说道："我从来不相信鬼鬼神神的东西，可是后来发生的事实在太恐怖。"

韩峰六神无主不知道该怎么办，韩立拿出一个小瓷瓶，说这是祖上传下来的化尸粉，点几滴就能把尸体化成水。爷俩正准备把尸体抬到卫生间处理，杨泽动了一下。韩峰以为是眼花，缓了缓神的工夫，杨泽突然直挺挺地坐了起来！韩峰反倒很高兴，杨泽没有被打死，这事儿就好解决了。韩立却哆嗦着说："诈尸！"

杨泽缓缓抬起眼皮，眼眶里只有白色眼仁，直着腿晃晃悠悠地站起，啪地蹦到床上，反扭身体，皮肤咯咯作响，裂出一道道口子，皮屑像雪花似的哗哗直落，把五个女人盖住，硬着膝盖走进卫生间，拿起马桶刷子使劲刷着身体。

韩立手头也没准备糯米、黑驴蹄子，再加上现场实在太诡异血腥，一时间也不知道该怎么办。韩峰重案接触过不少，这种灵异的事情还是头次见，更是吓得差点跪地上！

就在这时，我们追到了宾馆。韩艺心里有鬼，摸不准我们的来历，韩立喝醉那天，说了很多关于"异徒行者"的事情，由于不是很了解，很多事情跟兄妹俩讲得过于神化。她从金珀手串断定了我们的身份，就在我们坐电梯的时候给韩立打了电话。

以防万一，韩立在血尸里下了迷虫，和儿子从安全通道回到一楼，三个人商量片刻，韩立简单交代了几句，就和儿子折回来伺机而动。

韩峰看到我抱着马桶呕吐的怂样，觉得不过如此。韩立拿不准我们此行的目的，觉得初出茅庐的青瓜蛋子好对付，动了歪心思，想"先下手为强"。

十

韩立父子前前后后把整件事情讲完，我惊得彻底说不出话。老馆长隐瞒了无数个秘密，选择我们担任新一代“异徒行者”的原因是什么？三十年前“八族行动”到底遭遇了什么？救韩立的那个人是谁？派杨泽来古城的目的是什么？

还有一个最重要的问题：按照韩立所说，历代“异徒行者”选自于武族之外的七族，月饼自小被培养为用蛊高手，先把他归为“蛊族”，那么我是什么族？

结合之前种种谜团，我像喝醉酒了，脑子里乱腾腾地轰鸣，心里烦躁不已！

“韩老师，我相信这都是真的。”月饼捏碎鬼埙，眯着眼睛神色有些疲倦，“这东西留着是个祸害，您体内的尸虫天亮就会死，今天就当什么都没有发生过。如果您真想了解异徒行者的秘密，图书馆随时欢迎您。南瓜，走吧。”

韩艺睁大眼睛奇怪地问道：“你……你们就这么走了？”

“我们为什么要留在这里？”月饼嘴角上扬笑着，“哦，对了，那五个女孩被杨泽迷了神志，并不是她们的错。作为警察，韩峰肯定会把事情处理好。”

走在街上，我深深呼吸着这座城市被历史熏染千百年的空气，沧桑沉重却又在无声息中悄然延续。正如几千年前那几个人的护书之举，引发了如此扑朔迷离的谜团。

我突然有种孤独感，也明白了担任“异徒行者”就要抛弃现有身份的真正含义。当我们接触了最真实的世界，如同走上一条常人永远无法理解的不归路。

“你真信他们？”

“判断对方是否可信，首先要相信对方。再说多个朋友总比多个敌人要好，以后有事情更方便。”

月饼说得有道理，可是我仍然无法接受相信一个人是为了判断他是否值得信任。

如果真是那样，这个世界实在是太虚伪了。

“韩立没有说实话，”月饼双手插兜慢悠悠地走着，“韩峰、韩艺早就知道‘异徒行者’，而且会盗墓手艺。韩立没有摸清咱们底细，隐瞒不说而已，其实他们三个都是可怜人。你我都是孤儿，能体会‘从小被歧视，特别想证明自己’的心态。”

我心里很累，不想多说话：“还好咱们性格没有扭曲。”

“我扭曲过，偏执地学习一切蛊术，甚至不择手段。”月饼说到这里，叹了口气，“如果不是你把我拉了回来，我早就变成另外一个人了。”

“好几年前的事情还提什么？”我伸了个懒腰，“兄弟不是用嘴絮叨出来的。”

“所以我接受了‘异徒行者’这个身份。”月饼突然很狡猾地笑了。

“你不说我也明白，其实我对过去没有太多执念。你没必要为了寻找我的身世当什么‘异徒行者’，咱们不一定能做到最后一个任务，就算完成也不一定能找到身世。只要活着，就挺好！探索，又有什么意义呢？”

“生命的精彩在于未知，何况是咱们早被安排好的宿命，为什么不去探索？就像天上的星星，可能早就毁灭了，我们看到的只是它几亿年前发出的光。”

我突然顿住脚，怔怔地望着星空！古城夜空混浊，早已看不见星星。我眼前虚化出一座巨大的图书馆，散发着道道光线。

我突然觉得很恐怖！

图书馆，是活的！

如果把图书馆当作星星，那些喻示不就是一直在延伸的光线么？天文学家通过光线探索星球，我们通过喻示完成任务……

“自古至今，世界各地，出现过各种预言书、建筑性的喻示，《推背图》、诺查丹玛斯的预言诗、玛雅的世界末日大预言、金字塔、巨石阵、麦田怪圈……通过神秘信息传达着未来密码。集合八族智慧建造的图书馆，是个活的预言建筑。南瓜，有没有觉得很有趣！”

“谁家的房子是活的都不会觉得有趣。”

“房子本来就有活的，要不放在桌上的东西为什么会莫名其妙地消失，沙发底下有很多乱七八糟的小玩意儿？大老爷们就别幽怨了，今晚起码证明了一点，杨泽不是羊精。”

“这不是废话么？羊精能被韩峰赤手空拳打死？”

“应该和他左手背的‘羊’字文身有关。回头找韩峰问问，杨泽有没有带身份证，查到这个畜生的地址咱们去一趟，把事情彻底弄明白！”

这事儿不用说也要去调查，我想了想说道：“那个人会不会是文族？”

“也不知道这两年你是怎么写小说的？虽然文的是个‘羊’字，可是文身起源于图画，那个人应该是文族……”月饼打了个哈欠，突然僵住不动，眼睛直勾勾地盯着商场外不断变换的巨型广告屏幕。

我心说一个征婚网站广告有什么好看的？月饼点了根烟狠狠吸了两口：“我终于明白了！”

我心里一惊问道：“你想通图书馆的关键了？”

“说到图书馆，我又想起一件事。”月饼慢悠悠说道。

“赶紧的，到底明白了什么？”

“你有没有觉得‘异徒行者’很拗口，”月饼摸了摸鼻子，“我倒觉得咱们像图书管理员。”

“你丫想了半天就想到这个？”

“那还能想到什么？”

我气不打一处来，正想回几句话，手机响了。

“南晓楼，是你么？”电话里传来女人焦急的声音。

自从开始写小说，也不知道谁把我的电话泄漏出去，经常会接到一些陌生来电，一般都称呼“羊叔”或“老羊”，直呼名字倒还是头一遭碰上。

“您哪位？”

“我是小泽。”

我一时没想起小泽是谁，正愣着神儿，小泽说道：“大一同学，我去了日本。”

我的嘴巴足足能塞进一个拳头。小泽是我们大学同班，刚入校就被评为“校花”，身材相貌没得说，我对她印象一般。这丫头眼里只有钱，一心想出国，傍了个同校富二代，大二一起去日本留学了。几个追求者大为惋惜：小泽好好的校花不当，偏偏去日本当了小泽玛利亚。

没想到她居然会给我打电话，看号码是回国了。

“小泽啊，好几年没见，别来无恙？”我虚头巴脑地客套着。

“南晓楼，我看过你写的小说，你们在日本的经历到底是真的还是假的？”

“你就说找我什么事儿吧？”我不愿回答这个问题。

“我……我……”小泽犹豫片刻，“月无华在么？如果方便，你们可以来我家么？”

我心说看手机号码显示的城市，离着好几千里地，哪能说去就去？正想拒绝，小泽近乎哀求道：“求求你了，我从日本回来两个多月了，遇到一些事情。说出去没人相信，只好问了同学要了你的电话。我加你微信了，你通过一下，看到图片，就知道是怎么回事。”

古城少女夜店失踪事件

2014年，古城连续发生多起神秘事件，其中最离奇最恐怖的当属此事。11月中旬，微博、朋友圈、空间几乎同时出现五条“寻找少女求助”的帖子，发动网友寻找失踪女孩，引起轩然大波。这五个女孩有逛夜店的共同爱好，有些网友认为这是咎由自取，也有热心人提供线索，得出的结论惊人地一致：这些女孩是被同一个男子带走的！一时间众说纷纭，甚至有人把此事和“1888年8月7日到11月8日间，英国伦敦东区的白教堂（Whitechapel）一带以残忍手法连续杀害至少五名妓女的开膛手杰克”事件相联系，认为这是精神变态者刻意模仿。

三天后的午夜，天降大雨。一名出租车司机发现街上并排游荡着五名走路的女孩。他立刻报警，警方经过调查，确认这五人正是失踪的少女。女孩们的精神状态极度恍惚，完全不记得在此之前发生的事情。在医院康复过程中，一名刘姓少女家人熬了糯米汤，她喝下去之后，呕吐不止。更恶心的是，呕吐物里夹杂着大量还未消化的皮屑残渣。

“寻找少女求助”的帖子在刘姓少女呕吐当天全部消失，有网友记得最后的评论是：“古城，要出大事！”

异闻一：

“化尸水”——古人相信“人死灵在”，阳宅住人，阴穴养灵。大户人家在亲人死后，用银粉刷尸体，耳、鼻、喉、腹、肛门塞进金银珠宝，封“窍”护灵，确保死者不会魂飞魄散，变成孤魂野鬼。

这种尸体又被称为“封尸”。

土夫子遇到封尸，先是坐在尸体胯部，俯下身子和尸体面对面嘴对嘴，用红绸把脖子相连，然后猛地起身后仰。尸体腹内的一口浊气受到急速挤压涌出，塞在喉咙里的财宝被浊气顶出，土夫子张嘴接住。

这种缺德的方法既恶心又恐怖，沾了尸气的土夫子常年见不得阳光，否则全身起白色尸斑，就像得了白癜风。身体虚的干脆大病一场，一命呜呼，成了“有命挣钱，无福消受”。

直至明末，一个化身游方大夫的土夫子张友忠在河南盗墓，打开棺材的时候恰巧墓顶落下几滴液体，尸体冒着灰烟瞬间腐蚀。张友忠大为讶异，爬出墓穴寻找到滴水的地方，发现一株叶子绿中带黑的小树。这棵树是从一具驴骨架里长出来的，须根里包裹着一枚黑色驴蹄。张友忠多少会些医术，明白“万物相生相克”的道理。他把树移植回家栽培，取汁液掺和驴蹄骨磨成粉。那个墓穴为了加固，用糯米混土封墓，他又加进糯米浆，添了几种草药，配成“化尸水”，专门用来盗取“封尸”。

这也是“黑驴蹄子”“糯米”能克诈尸的由来。

异闻二：

老子骑青牛与尹喜沿秦岭终南山神仙路西行，路过将军山，只见此处祥云缭绕，景色优美。更有一块巨石形状像人，豹头环眼，铁面虬鬓，一手执剑，一手执扇，五蝠飞舞。老子指着巨石说道：“赐福镇宅，中榜得魁，真神也……”

千年后钟馗出世，他的故里也被称为“天下第一福地”。

第六章 画像

壁画禁忌：

一、家中悬挂壁画切勿与生肖相克。比如，寓意“三阳开泰”的“三羊图”，与牛、狗、鼠相克，家中有此三种属相之人不宜悬挂。

二、骏马装饰画不宜挂在南方。马的卦象属天，挂在南方位（南方位的五行属火），为“火烧天门”。家人易生虚火之病（头痛、咳嗽），且子女不孝，常与父母发生争执。

三、悬挂龙图。切勿挂在客厅右边。龙头向内不可向外，向内属朝拜，向外属心外之兆，即心向外跑。

四、有人说“猛虎下山图”威猛，实际为猛虎下山腹饿捕食，易患血光之灾，尤其虎头向内者大凶，切勿挂客厅、餐厅。上山虎则为起势奋进征兆。

五、人物肖像画最好只悬挂结婚照、全家福，不要挂人物画，更不要挂超过两幅以上的人物画。

六、结婚照片不要挂在床头上方。夫妻易猜忌争吵，过度执著是非曲直。

七、多幅装饰画挂在同一空间，最好参照以下数字：1和4（文昌）、8（正财）、9（喜事）；2（病痛）、3（劳碌）、5（病痛）、6（官非）、7（是非）。

八、不要长时间盯着人物肖像画……

九、切勿随便收取他人赠送的壁画！

一

下了飞机，我还在抱怨："月饼，你丫这么不近女色的人，居然被小泽迷得七荤八素，看了几张破图就直接订机票，至于么？"

月饼扬扬眉毛反问道："你不觉得奇怪么？"

"她在墙上挂着自己的照片，有什么好奇怪的？不知道你紧张什么？难道你们俩大学时……"

"南晓楼！"月饼显然动了气，"你能不能正经点儿？"

我火气也上来了："我怎么就不正经了？至少我不会因为校花的一通莫名其妙电话，飞过大半个中国去睡她！"

月饼点了根烟，狠狠吸了两口："小泽可能已经死了。"

"死了？"我被这句话逗乐了，"难道打电话拍照片发微信的人是鬼？"

"照片用镜框罩着，按照拍摄位置，小泽应该在镜框对面，从玻璃反影里面，根本看不到人。"

我点开微信翻出小泽发来的图片，放大了细看，果然没有人影。我打了个冷战，想起网上流传的一张恐怖照片以及那段毛骨悚然的文字："这是一张某大学校花在女生宿舍里的自拍照，当夜离奇死亡，舍友翻看她发在朋友圈的照片后立刻搬走，再没人敢住这个宿舍。"

这张照片发到网上，有人发现照片右上角有个模糊的人影，又有人根据这个线索把照片高度曝光，校花身后站着一个穿着白衣的长发女人。

校花在朋友圈的留言却是：周末自己在宿舍，好无聊哦。

我用美图秀秀把小泽的照片做了各种效果处理，一无所获。我觉得事情有些不对劲，月饼只看了一眼照片，就立刻订了飞机票，似乎早就想到这件事情。

难道仅仅因为小泽问了句"你们在日本的经历到底是真的还是假的"？

我们在泰国参观巴图旺寺时，曾经听过一起骇人听闻的异闻：每年到泰国旅游的人数达到了数千万，据官方统计，其中有大约0.6%的人在旅游时选择到寺院当僧侣。有记者采访，这些人都会指着寺庙的壁画说："这是前世的宿命，我感觉到了它对我的召唤。"

记者对此不以为然，直到发生了著名的“曼谷巴图旺寺自杀事件”。来自日本的游客藤雄敬一在参观时，看着壁画良久不动，突然间，他用随身刀具割断了脉搏，又刺了全身四十多刀，扑到壁画上，用鲜血涂抹着壁画。

这件事情之后，许多泰国寺庙里的壁画都被纱布遮挡，并且禁止参观。

细细一想，又觉得没有什么联系，我忍不住问道：“月饼，你的反应有些奇怪。”

月饼吐了个烟圈没有言语，站在路边拦着出租车，手指微微颤动，显然在极力掩饰内心的情绪。

我越想越觉得不踏实：“月饼……”

还没等我问出来，月饼打断了我的话：“南瓜，我经历过一件和画有关的事情，和这件事情有联系又没有联系，等我想通了一定告诉你。”

我没有再多问，距离小泽打电话已经过去了五个多小时，这期间我抽空就回拨电话，始终无人应答。

月饼向出租车司机说了地址，侧头望着窗外，脸色阴晴不定。古城的深秋已经非常寒冷，而这座被称为“春城”的城市却依然夏意盎然，我没有心思看风景，一遍遍看着小泽的照片。

日式和服，高高盘起的圆髻，脸上涂着厚厚的白粉，眉毛染成两个圆点，嘴唇涂的鲜红，蜷膝跪坐，典型的日本传统装扮。

恍惚间，我好像看到小泽的嘴角，淌出一行血丝。

二

大约三十多分钟后，我们到了小泽的居住地，这是一片SOHO式公寓住宅区。我习惯性地观察着楼房的位置，并没有按照五行风水做局。此时已经凌晨三点多，还有不少窗户亮着灯，小区里停着许多不错的轿车。我立刻恍然，今天是周末，单身男女夜店狂欢排除寂寞，喝多了发生个一夜情早已见怪不怪。有些男人专门去夜店一条街寻猎醉得不省人事的单身女子，或者去宾馆开房，或者带回公寓，吝啬的男子直接住进女子租的公寓。

这种行为在日本、台湾称为“捡尸”，近两年国内也越来越多。从道德角度说起来当然不是什么正事儿，然而你情我愿、男欢女爱倒是人性所需，不好多做评价。

月饼数着楼层，点开手机拍照功能，拉近距离对着小泽住的房间拍了张照片。

“干什么的！”一道笔直的光柱差点晃瞎眼睛。

我吓得打了个哆嗦，眯着眼看去，原来是小区巡逻保安。

月饼大着舌头装醉：“每个月交那么多物业费，拍个照片发朋友圈，怎……怎样？”

保安举着手电又扫了扫，满脸狐疑地盯着我们。我一看也别装没事儿人了，搭着月饼肩膀踉踉跄跄走着醉步：“管天管地管不着拍照回家。”

走了十来米，保安见我们确实像是喝醉刚回来，嘟囔一句“这世道，两个小伙子……”转身走了。

我一口老血差点喷出来，月饼也尴尬得浑身不自在。勾肩搭背、别别扭扭走进楼道，月饼摁了小泽所在的楼层“13”，翻出刚才拍的照片。

夜间远距离拍摄，噪点极多，拍得很不清晰。只能看到窗户挂着厚厚的窗帘，看不出什么异常。

我有轻微的幽闭恐惧症，听着电梯轻微的运转声，浑身不自在。灰色金属门映着我们的倒影极为模糊，倒像是里面有另外两个“人”，随时都会走出来。

月饼从背包里摸出几枚桃木钉别在腰间：“有件事，从来没和你说过。”

我正琢磨着这件莫名其妙的事情，月饼这么一说，我倒明白了七八分：“你们俩真有一腿？”

“我又不是蜈蚣，哪来的那么多腿，”月饼眯着眼盯着楼层数字灯，“正好是‘13’层，数字不吉利。”

“13”之所以被视为不祥的数字，据说源于宗教典故：出卖耶稣的犹大是耶稣的第十三个弟子；还有种说法，每月13日，12个巫婆（witch）都要举行狂欢夜会，第13个角色——魔鬼撒旦就会在夜会高潮时出现。

西方人许多国家的门牌、旅馆、楼层、宴会桌都会避开“13”。英国剧院中找不到13排13号的座位，美国的剧院即使有13号也以半价出售，许多用到13的地方多用M来代替。

这几年受到西方文化影响，亚洲各国包括国内好多电梯也没有13层，只有M层。

“月公公，您一身降妖除魔的土著本领，居然也信洋鬼子的玩意儿？”

“爱国也不耽误我喜欢LadyGaga。”月饼摸了摸鼻子。

“月饼，你可以没有个性，但不能没有品位。”

“我再没品位也比你没事就看海绵宝宝强那么一点点吧？”

我一口气噎在胸口，正要撂几句狠话扳回一城，电梯到了“13”层，电梯门缓缓开启。

我没来由地紧张起来，脑子里瞬间冒出无数恐怖电影的桥段，生怕门外突然伸出一只手，或者长头发的女人往电梯里爬着。

“就算是没发现画像不对劲，南少侠也要英雄救美吧？”月饼抢在前头出了电梯。

“你丫最大的缺点就是太聪明。”

虽然至今也不明白到底发生了什么，和小泽也没有什么交集，但是她既然找到我们，我们又怎么能视而不见？也不知道我们这种性格是热心肠还是好管闲事。

声控灯亮起，光线昏黄，走廊仿佛看不到尽头，几个房间隐隐传出男女呻吟。我假装没听见，其实听得真真切切，月饼咳了一声：“南瓜，看不出你的耳朵还有自动寻声转动的本事。”

我老脸一红：“这叫小心谨慎，侦听敌情。”

月饼摇头叹了口气，摸出一圈盘香，蹲在小泽门前点着。

“驱蚊？”我问道。

月饼观察着烟雾：“牛骨粉、艾草、桃木沫，能显示出不干净东西的形状。”

就在这时，门“吱呀”一声自动开了：“南晓楼，月无华，是你们么？”

屋里灯光大亮，但没有人！床头挂着小泽的画像，对面的电视墙上挂了许多照片，布置成“品”字形，有各种动物，其中最多的还是小泽和她男友刘洋的合影。

“真的是你们？”小泽又问道。

这种感觉非常奇怪，屋子里明明没有人，却能听到有人说话，我的汗毛一根根竖了起来。

“我在这里啊。”小泽声音急躁，“你们看不见我么？”

月饼指了指画像，我顺着看去，忍不住打了个哆嗦，一股寒意从脊梁爬到发根。

“帮帮我！”小泽的画像张嘴说道。

“日本，青森县，人头挂画。”月饼低声说道。

三

日本，流传着一个恐怖的“青森县人头挂画”传说。

青森县一间寺院内收藏了一幅武士画像，生前是江户时代的官差，被叛党暗杀斩首，家人依照先辈传下来的规矩，请画师用武士的血掺着颜料画了他的人头像，挂在家中缅怀。

没想到家中接二连三发生怪事，家人请来寺庙的僧侣，经过一番察看，僧侣说武士死时带着怨念，这幅人血画像会带来噩运，由僧侣带回寺院消怨。说来奇怪，画像摘走之后，家里再没发生奇怪的事情。

传说流传至今，日本一个猎奇节目去寺院拍摄诅咒挂画。没想到在现场直播过程中，原本闭着眼睛的武士突然睁开了一只眼睛。这个节目收视率颇高，无数人打电话到电视台投诉。

《读卖新闻》几天后也报道了这事，称为“显像管的怪谈”，被称为“日本有史以来最多人同时目睹灵异影像”的事件。

自古以来，中国关于“画妖”的传说也有很多，最恐怖的当属“皮画”。唐朝山西某狂生，痴迷美人画，花重金购得一幅皮革质地的绝世美人画像，日夜观摩，不闻世事，逐渐家道败落，只剩一间破屋和画像。乡邻嘲笑，狂生却毫不在意：“我一生有此画陪伴足矣。”

众人见他家徒四壁，已经没钱买食物，却不见消瘦，依然红光满面，都觉得很奇怪。有好事者深夜悄悄窗外偷窥，见狂生全身赤裸坐在画像前，披散头发，像个女人拿着血红色的梳子梳头。画像忽然从墙上飘落，包裹着狂生，变成了画中美人。

美人围着屋子绕了几圈，拿起桌上的香烛大口吃着，吃完又开始梳头。直到鸡鸣第一遍，美女幽幽长叹：“哎！又要回去了。”画像脱离狂生，飞回墙上。

好事者吓得魂飞魄散，踉踉跄跄逃走。第二天，乡邻盛着黑狗血踹开狂生家门，绑住狂生劈头盖脸浇了一身，把画像浇油点着。狂生像个女人般尖叫：“我与你们无冤无仇，为何毁我残生？”

画像烧尽，狂生更是凄声厉叫“你们一定会遭报应”，终于没了声息，变成一具干枯的尸体。自此挂有画像的人家，都莫名惨死。延续至今，山西那个地方仍然有不挂画像的传统。

短短一瞬间，我想了很多事情。小泽在日本的时候就已经死了？她的遗像成了怨画？看房间的布置，是单身女子居住的地方，地面和床上的灰尘显示已经很久没有人住过，谁把画像挂在这里的？

这种气氛实在太诡异，如果月饼不在，估计看到画像对着我说话，我会当场吓昏过去。

“小泽，刘洋呢？”月饼对着画像笑道。

我心说月饼神经确实大条，这时候还能有说有笑，并且一句话问到关键点了。

画像里的小泽冷冷哼道：“他？死了。”

我总算适应了发生的事情，察觉到小泽对刘洋很不屑。

“死了？”月饼转头看着墙上两人合影，“什么时候？”

“回国没多久就死了！这个骗子！”小泽面部扭曲，画像皱起一层层褶皱。

四

以下是小泽的讲述——

刘洋和小泽去了日本没多久，刘洋父亲趁着股票牛市把所有资产投了进去，却赶上股市暴跌，资产瞬间蒸发，承受不住打击跳楼自杀了。刘洋怕小泽知道真相分手，瞒着小泽当了“背尸工”。

日本是长寿之国，与之相反的却是亲情的淡漠，老人独居寓所，子女常年不回家探望，甚至连电话都不打。许多老人就这样孤死在家中，往往多日后才被邻居发现报警。

在日本，死人不能从电梯搬运到楼下，据说冤鬼会留在电梯里，只能由背尸工从楼梯背到楼下。

由于死亡时间太久，老人的尸体腐烂不堪，背尸工在搬运过程中，穿着捕鱼服，扎紧领口，用湿布包着口鼻，把老人用裹尸布扎裹严实背着下楼，稍不留神或者用力过大，脑袋、胳膊、腿就会脱落。日本高楼居多，这样一层层背下去，不仅仅是体力的考验，更是心理的煎熬。

这个行当日本人却很少触及，倒成了偷渡客、贫穷留学生争抢的生意。往楼下背尸的时候，每个楼层的家庭主妇站在门口，等背尸工到来塞些钱财，让背尸工快点离开，不要带来霉运。

有些背尸工为了赚钱，故意停留很长时间，家庭主妇只能不停地塞钱，所以赚钱极多。背尸工赚够了钱，会去寺院请一个平安符，烧灰化在水里喝下，祛除厄运再做别的生意。

为了满足小泽的虚荣，刘洋昧着良心每层都停很久收钱，不顾日本“和尸体接触时间越长越容易被恶鬼附身”的禁忌，干了整整一年。

直到有一次，尸体的眼球掉到地上，被他一脚踩得稀烂。看着那片黏糊糊的烂肉，刘洋再也承受不了心里的煎熬，终于决定不干了。

失去生活来源，日本待不下去了，刘洋骗小泽家里让他回去继承事业。小泽虽然长得漂亮，智商却一般，就跟着刘洋回了国。

回国后，刘洋又说想多了解国内的商业运作结构，先打工积累经验，两个人就这样来到了春城。

刘洋掩饰得实在太好，更何况富二代太太这个身份确实诱人，小泽虽然觉得有些不对劲，也没往深处想，每天在家打打游戏看看书，倒是提前进入了阔太太角色。

也就是在这期间，她看到了我写的小说。

事情发生在三个多月前，刘洋回到家里脸色不对，没几天就生了重病，全身长满了暗灰色的斑癣，医院查不出病因。刘洋也知道活不久了，把真相一五一十告诉了小泽。

小泽哪想到居然和背尸工生活了好几年，阔太太的美梦也破碎了，要不是刘洋临死前拿出一张积蓄多年的银行卡，小泽早就一走了之，绝不会给刘洋打理后事。

刘洋临死前只说了一句话："背尸赚了太多黑心钱，遭了报应。"

靠着那笔积蓄，小泽虽然不愁吃喝，但觉得实在丢人，也不和家人同学联系，每天白天逛街、晚上泡夜店，总是喝得烂醉如泥。

五

讲到这里，小泽居然还很委屈："他骗了我这么久，才给我留了这么点钱，快花完了。"

我憋不住火，恨不得把画像打得稀烂："月饼，这事儿和咱们没什么关系。"

月饼扬了扬眉毛："小泽，你找我们有什么事？"

小泽居然很羞涩地瞄着我们："南晓楼，月无华，其实……其实我挺喜欢你们的。"

我眼前一黑，一个镜框里的人头画像说喜欢我们俩，他妈的这都哪跟哪啊？

"我……我想问你们借点钱，"小泽抛了个媚眼，"月无华，你上大学的时候就挺有钱的。南晓楼，这几年写书也挣了不少吧？你们就借我一点钱，我想开个美甲店，挣了钱一定还你们。只要肯借钱，什么都答应你们，做什么都可以。"

相框里，小泽脸蛋很漂亮，我却觉得既恶心又恐怖！

这个贪慕虚荣的女人，不知道她变成了画像？电话是谁打的？照片是谁拍了发的微信？

“南晓楼，我的身材好么？”小泽语气里透着浓浓的春意，“我就知道，看到这张自拍，你们一定会立刻来我这里，没有人能抗拒我完美的裸体。你们很喜欢我对么？”

自拍？裸体？明明是一张画像！

我脑子彻底混乱了，肺里好像塞了个铅块，坠得喘不过气。这到底是怎么回事！

“小泽，你需要多少钱？”月饼点了根烟，吐了个烟圈，飘到画像上面，慢慢散开。

小泽说了个让我心里难受的数字。一个人，居然为了这么点钱，就可以什么都不在乎了么？而借钱的人，却是一幅画像！

我甚至怀疑小泽用了什么高科技手段，通过画像投影，编了一堆谎言营造气氛，让我们恐惧，把钱借给她。

月饼笑了笑：“小泽，身上没带这么多钱，我们去取款机取钱，你稍等一会儿。”

“可以微信，还可以支付宝嘛。”小泽笑得很单纯，像个得到糖果的小孩子。我很想吐。

如果不是月饼把我拽出屋子，走在街上感觉到真实的存在，我甚至以为做了个诡异的噩梦。

“月饼……”我张张嘴不知道该说些什么。

“南瓜，订票，去飞机场，等我。”月饼阴着脸，用手机打开地图，快步走着，“我去找点东西。”

“你干什么去？”

“别废话！”月饼吼道。

我怔了怔，月饼的表情很复杂，愤怒、悲伤、惋惜、不容拒绝……

“自己小心！”我扭头走了。

六

早晨七点，我在候机厅坐了三个多小时，盯着门口的人群，大脑一片空白，直到那道熟悉的身影走进来。

月饼眼中满是血丝，疲惫地往我身边一坐，喝了半瓶二锅头，递到我手里。

我仰脖把酒喝见底，月饼又拿出一瓶，你一口我一口地喝着。

“送走了。”月饼伸了个懒腰。

“怎么送的？”

“纸钱。”月饼掏出手机塞给我，“希望她一路走好吧。”

我接过手机，是几张照片。

第一张：双人床下面，躺着一具肿烂不堪的裸体女尸，尸液浸泡的脸依稀能看出是小泽的模样。

第二张：她的手里紧紧握着一台手机，摁着屏幕的拇指只剩一截粘着肉的骨头。

第三张：小泽的画像，笑得很可爱，很干净。

第四张：画像右下角，有一行小字：小泽，你是我的天使——刘洋。

我抽了抽鼻子，心口生疼：“谁发的微信？”

“墙上，刘洋的照片，看到了一切，怨气控尸，”月饼拿回手机，“我把后事处理干净了，公共电话报警。剩下的事情由警察处理。”

“小泽说她每天去夜店喝得烂醉如泥。”我揉着太阳穴，脑子稍稍清醒。

月饼“嗯”了一声，闭着眼靠着椅子：“我睡会儿，登机时喊我。”

小泽的死，我差不多明白了，和夜店街的“捡尸”有关。具体过程，我不愿多想，因为那是一件毫无人性的事情。

我又喝了口二锅头，满嘴苦涩。酒、爱情、金钱、性，到底是不是好东西？

我宁愿相信，小泽摁着手机，不是给我们发微信，而是拨打刘洋的电话。

尽管刘洋永远不会接那个电话。

“还有一张照片，自己看吧。”

我又拿过手机，翻到最后一张照片，差点失去控制！

小泽照片背面，写着一行数字“62188”！

“知道我为什么看到小泽的画像就决定来么？”月饼嘟囔着，“五年前，我经历过一件和画有关的事情，今天终于想通了。”

我死死盯着那串数字，根本没注意到月饼在说什么：“为什么，数字会出现在这里？”

“如果有一天，我不在了，记住两句话。不要太相信自己的能力；不要太轻易相信别人。”月饼说完，睡着了。

春城SOHO公寓女子谋杀事件

2014年，春城某SOHO公寓发生一起女子被害事件，犯罪嫌疑人被抓获，对案件供认不讳。女子在夜店喝醉，犯罪嫌疑人把她带回女子公寓发生关系。女子酒醒后索要钱财，否则告嫌疑人强奸，嫌疑人起了杀心，把女子活活掐死，藏在床下。

异闻：

据说该案件有几个疑点，案发现场女子画像前，有一堆纸灰，很像民间“烧纸钱”祭拜；接到报案当晚，小区保安回忆有两个二十出头的男子，举止亲昵，走进女子所住公寓，监控视频却被损毁；根据女子死亡姿态，手中握有物品，现场却没有任何发现。

第七章 蛊眼故乡

餐馆禁忌：

一、超过三人聚餐时，不要留空位。

二、不要在空位摆放碗筷。

三、筷子不要竖插进饭菜。

四、皮包不要放在无人座椅上，更不要敞口打开。

五、夹掉的饭菜不要丢在地上。

六、如果看到有人脚系红绳、包裹放在椅脚、吃饭时偷偷往地上丢肉食，立刻离开！

七、进餐厅先看西北角有没有……

一

回到古城图书馆，李奉先正在打扫卫生，见我们回来，连忙问来酒吧带走小姑娘的兔崽子到底是怎么回事。我没心思说话，随便找了个借口搪塞，月饼一言不发扎进图书馆翻阅资料。

回到屋里，我才觉得异常疲倦，尽量什么都不想，拿着手机往床上一躺，刷着微博朋友圈，不知不觉手机拍脸睡着了。

不知道睡了多久，李奉先砸着门喊道："南爷，快醒醒！有人要进图书馆！"

我一个激灵醒了过来，手忙脚乱地穿好衣服出屋，奉先满头大汗："来了三个人，两男一女。"

我急忙下楼，是韩立一家子，看来没忘记月饼说的"随时来随时欢迎"。

我打着招呼："韩老师您好。"

韩立老脸一红："直接喊我老韩，'老师'是万万受不起。"我随口应着，眼睛却一直盯着韩艺。看不出小妮子稍微化了点妆直接就从中上之姿直奔国色天香了。

韩峰见我眼神不对劲，装作无意地挡住了视线。

我有些尴尬："都吃了吧？"

韩艺扑哧一笑："下午三点，吃哪门子饭？"

我这才反应过来，居然睡了一天一夜。

李奉先不明所以地冲我使了个眼色。我假装没看见："图书馆就在后面，我带你们去。"

李奉先当场急了眼，蹦着高说道："南爷，您当这图书馆是免费参观的景点啊？这事儿要是漏出去，祸害可就大了！"

"都是自己人。"我故意摆出"没有搞不定的事儿"的表情给韩艺看，"以后大家多亲近，一家人不说两家话。奉先，你带路。"

韩立呵呵笑着："南兄弟这么信得过我们，真不知道说什么好。"

李奉先苦着脸，两条眉毛写成"八"字，不情不愿地领着路。

我随口问道："奉先，月饼呢？"

李奉先回答得更随便：“昨儿没和您睡一块儿？”

韩艺忍不住偷偷笑了几声，韩峰更是做恍然大悟状。

“咋说话呢！”我心说你是真傻还是装傻，玩儿我呢？

我交代李奉先带着他们去图书馆随便看看，灰溜溜地直奔月饼卧室。

门没有锁，屋里没人，被子叠得整整齐齐。我四处瞅了瞅，月饼的背包不在，柜子里少了几件衣服，洗漱用品不见了。

“如果有一天，我不在了，记住两句话。不要太相信自己的能力；不要太轻易相信别人。”

我想起月饼在飞机场说的话，他分明是告诉我，要不辞而别！我暗骂自己愚蠢，居然没有听出话外之音。我揉着太阳穴回忆每一个细节，联系月饼讲述的经历，突然有个模糊的念头。

我冲进图书馆，韩氏三人正啧啧称奇。我扯着嗓子吼道：“韩峰！帮我查两件事情！”

二

两天后，我从广西南平吴圩国际机场下了飞机，拦了辆出租车直奔南平市。一路群山迭起，郁郁葱葱，我无暇看景，催促司机加快速度，半个多小时后驶进市区。大片绿草地和亚热带植物覆盖的南平市，处处弥漫着植物的清香。我精神略微一振，思考着从韩峰那里得来的几条线索：

其一，韩峰查到月饼购买了直达南平的机票；

其二，通过联网入住信息，月饼连续两天住在南平某个宾馆；

其三，五年前，南平大学美院发生过一起“硫酸暴尸血案”，案件过程不详。

我把仅有的线索串起来分析，月饼和南平有什么联系？难道他从前一直生活在这里？我这才发现对月饼曾经的经历，几乎是一无所知。

“这是南平市树。”司机打断了我的思考。

我闻言望去，街道两旁栽种着高大的果树，冠大荫浓，枝叶茂密，形状类似蘑菇，沉甸甸的果子如同一颗颗黄玛瑙。

“芒果树？”

司机得意地笑着：“外地人来南平，十有八九会把它当成芒果树。这是扁桃，每到七八月份，果子熟透会自己掉下来，味道香甜。这几年车越来越多，空气不如以前，果子也没那么好吃了。”

“知道红豆不？产自南平！”

“这是邕江，过了邕江大桥就快到了。”

司机一路聒噪，我听得心烦意乱又不好发作，总算到了宾馆，急忙付钱下车。进了宾馆一打听，月饼确实住在这里，上午出门至今未回。我多少踏实了些，这才觉得饿得慌。宾馆对面有家餐馆，我寻思着先祭祭五脏庙，正好也能守株待兔。

时至中午，餐馆里坐满食客，服务员端着盘子忙得不可开交，我四处张望，想找个座位坐下。女老板走过来：“不好意思，客满了。您稍微等一会儿，左边是休息区。”

我随口打听着：“请问您见过一个和我差不多高，头发半遮着眼睛，下巴有些尖，瘦瘦的年轻人么？”

女老板三十岁左右，麦芽色皮肤，眼眸黑中带棕，额头颧骨略有些高，脸很有轮廓。听我这么一问，她冷冰冰地说道：“这么多人你自己不会找？”转身招呼别的客人去了。

我吃了个闭门羹，站在门口进退不得，正想给韩峰打个电话问问有没有月饼的踪迹，突然感觉到一股透彻心底的寒冷。

左前方站起一个人，招呼着服务员埋单，缓慢地向门口走来。他紧抿灰白色嘴唇，脸上隐现着蛛网状的青色血管，老式蛤蟆镜挡住大半边脸，胸口没有呼吸的起伏。他走路姿势非常奇特，膝关节好像不能打弯，笔直的双腿跨着步子，距离分毫不差。

透过墨镜，模糊地看到他的眼睛紧闭，眼皮上长着密密麻麻的线。

我侧身一撞，他被我撞开少许，梗着脖子转动身体，关节发出“咯吱咯吱”的声音，不声不响地出了门。

我心里发毛，这是一具蛊术练成的活僵尸！难道月饼来南平的原因是这个？

我正要跟出去，一个脸色蜡黄，留着一撮胡须的中年人进门一把拽住我的胳膊：“吃饱了才有力气做事。”

我怔怔地瞅着这个形象猥琐的中年人，不相信耳朵听到的声音。他摸了摸鼻子叹口气：“你真是阴魂不散，居然能跟到南平！”

“月饼？！”

“狗皮膏药甩都甩不掉，注意西北角。”

三

房屋堪舆中，西北角是阴气最重之地。忌讳放镜子、铜器、槐柳木器，否则阴气会聚集滋生鬼祟。讲究的人家，盖房子前会请人施术，在西北角地基刻压邪符咒，保房屋不被阴气作祟。城市是楼房格局，明白其中玄机的住户在装修时用糯米浆粉刷西北角墙面，贴符纸再上涂料，也能起到封阴镇邪的效果。

餐馆西北角，这里面更有讲究。青龙、白虎、朱雀、玄武四相位，白虎为西，玄武为北。五行中白虎属水，玄武属土，水土养阴，西北角为养阴之地。无论房屋还是餐馆，西北角极少摆放餐桌。大部分餐厅的西北角是卫生间、杂储室、走廊楼梯，取“污物克阴，阴走偏门”之意。有些餐厅西北角摆放餐桌，是用来供奉阴物发不义之财，俗称“偏门财”。

这间餐厅的西北角摆着餐桌。一个身材瘦小的人跷个二郎腿守着满桌肉菜自斟自饮，还有三副碗筷整整齐齐摆放在空位。他的右脚腕拴着一根红绳，深勒入肉，脚跟残留着血迹，椅腿旁放着一个鼓鼓的旅行包。他拿起鸡腿撕下一根肉丝，随手丢到地上。包里伸出一只木柴样子的小手抓住鸡肉，蘸了一下脚跟的残血缩了回去。

如此反复三五趟，他才拎起包一步三晃地出门。

我压低声音：“养小鬼？”

“养小鬼”是古曼童的通俗称呼，是极损阴德的蛊术。据说炼制最邪性的古曼童有三种方法：阴年阴月阴时，在淹死过小孩的河边把槐木放到水里聚魂，再把木头刻成人形埋入地下七天；三岁内孩童丧生后，用馒头沾血或冥纸聚魂，放在小棺材里，灌入人血四十九天；从坟里挖出死亡不到七天的小孩，吊在房梁上面用蜡烛烧童尸下巴烤出尸油，再把童尸泡进尸油直接炼制。

那个人好像听到了我说的话，站在门外回头看了我一眼，一头乱发里飞出个灰扑扑的东西，一晃神不见了。

我的脑海里出现了一个奇怪的场景：

昏暗的走廊，拐角处出现一个戴着白口罩的男人，厚厚的镜片后面是一双漆黑的眼睛。他怀抱包裹走到走廊尽头，掏出一大串钥匙，金属碰撞声让他动作有些迟钝，瞳孔缩小，显出眼白。

拐角走出一个女人，手拿两截木棍轻轻敲着。男子的瞳孔再次扩散到整个眼球，僵硬着手腕拧开门。屋里并排放着三张木板床，覆盖的白布露出人体形状，黏稠的油珠从床缝滴落，凝结成油膏状的堆积物。

男子把包裹往地上一放，取了一根竹筒插进膏状物，小心翼翼地掀开白布，露出一具像坨糨糊的尸体。他从头到脚轻轻揉捏尸体，床缝里的油珠滴得更快，落进竹筒。

包裹里伸出一只干瘦的小手，朝着竹筒方向摸索。男子解开包裹，爬出一个身体瘦瘦小小，脑袋巨大的小孩，晃晃悠悠地钻进床底，咂巴着嘴伸出舌头接油珠喝。

我忽然觉得自己就是那个小孩，油珠在喉咙聚成一团软膏渗进食道。

指尖一阵刺痛，我清醒过来，一只土黄色蝎子趴在手背上，蝎尾的弯钩刺进指尖。

月饼摁住我的手腕说道：“咬牙忍住，千万别出声。”

蝎子刺了我十多下，“啪嗒”掉落。月饼一掌把蝎子拍得稀烂，一本正经地说道：“生吞，别嚼。”

“我不是蛤蟆。”

“你中了幻蛊，必须吃下去！就当补充蛋白质。”

瞅着那坨烂肉，我苦着脸一闭眼，直着嗓子咽了进去。感觉肚子没什么不舒服，我吐了口气正要发问，月饼起身就走：“幻蛊是战书，他要和我斗蛊。跟我准备东西去。”

我一听“斗蛊”俩字就来了兴致。月饼在柜台结账时，女老板找零钱时说了三个字——“月无华”。

月饼装没听见出了餐馆，我满腹疑惑地跟出去：“她认识你？”

“斗蛊之后，如果我还活着，会告诉你。”

月饼很用力地扬起头。

四

任凭我怎么问，月饼都阴着脸一言不发，我带着满脑子“活尸、古曼童、斗蛊”，走街串巷买了几千块钱的药材，回到宾馆时天色已黑。

月饼用竹签扎破耳垂，甩着头，耳朵里掉出一只火柴棍大小的“草鞋底”（一种多足虫子），进卫生间洗了把脸，出来时已经恢复相貌。月饼撕掉假胡子活动着下巴：“绷了一天，腮帮子酸。”

我闷头抽烟不愿说话，月饼抢过烟抽了两口：“大战在即，气氛能不能轻松点？”

“懒得搭理你。”

月饼没吭声儿，从床底拖出放蛊虫的藤箱，打开侧面夹层取出一个刻满符号的铜炉，点着艾草塞进炉子，就着火把药材放进去。炉盖冒着白烟，在铜炉上方半尺的位置聚而不散，屋里满是药香味儿。装蛊虫的瓶瓶罐罐晃动起来，蜈蚣、蛇、壁虎、蜘蛛，还有几只奇形怪状的虫子顶开盖子爬出来。我头皮发麻又忍不住好奇心，正想问几句，月饼示意我噤声，他双手交叉胸前，重复着一句稀奇古怪的话，虫群像是接到指令，爬到铜炉旁仰着脖子吸食白烟。

月饼喊了声“滴卡迭颂”，虫群钻进铜炉，被火烧得“吱吱”怪叫。火苗突然由红转蓝，大股蓝烟升起，月饼咬破食指，把血珠弹进铜炉，脱了T恤说道：“赶紧脱。”

这是我第一次真正见到蛊术的奇妙，不敢怠慢，立刻脱衣服。蓝烟像是有了生命一样围着我们绕圈，我觉得有些东西撞进了身体。过了五六分钟烟雾消散，一只只虫子形状的印痕出现在皮肤里，慢慢地消退。

“蛊虫入体，百蛊不侵。”月饼穿着衣服说道，“只能维持三个时辰，抓紧时间。”

“你信么？也只有我，什么都不问就跟你去斗蛊。”

“信！所以我用了所有蛊虫，保证你能见到明天的太阳。”

买药材的时候我就明白了，月饼在南平市住了很久。其实他也知道我早就想到了，只是彼此心照不宣。

出租车停在临江富宅别墅区，月饼轻车熟路地绕到一栋别墅前，望着院里的三层小楼，嘴角轻微抽搐：“这是族人在南平买的房子，用来做秘密聚会的地点。”

我调节气氛：“有机会我也告诉你一个秘密。”

“难道我不在的这几天，和酒吧小姑娘一夜情了？”

我终于放心了，月饼有心思开玩笑，看来从某种情绪中摆脱出来了。

“谢谢你的信任，”月饼摸了摸鼻子，“对不起，一直瞒着你。这些年，我一直在逃避。”

我浑身不自在：“大老爷们儿就别矫情了，反正我也不知道是啥事。”

“躲了这么久，该面对的始终要面对。”月饼扶着墙蹲下，“踩肩膀爬，再把我拉上去。”

“咱能高大上点不？”我满腔蛊术大乱斗的豪气顿时烟消云散。

五

踩着月饼的肩膀，刚好可以够到墙头，我左右摸了摸，确定没有玻璃碴、微型电网之类的防盗措施，撑着劲爬上去。

脑袋刚刚伸过墙头，就看到了一张苍白的人脸，眼皮缝着细线。我双手一松摔了下来，心脏惊得生疼。铁门“咯哒”闪开一条缝隙，语音对讲机传出半男半女的声音：“胆小的月无华居然敢接受‘斗蛊’，还带了个朋友送死。”

月饼推开铁门：“你是阿宏还是朋？”

我听得一头雾水，虽然已经猜到月饼在南平发生过什么，却想不到会有这么深的交集。

一段两米多高的木头竖在院里，顶端插着一个人头，木身满是白花花的糨糊。人头阴恻恻地说道："月无华，好久不见。"

月饼哼了一声："尸木。"

古代两军交战之前，领军会抓几名违反军规的士兵斩首示众，首级插在营门的旗杆上面立军威，实际是为了制"尸木"。施术者用死者脑浆涂抹旗杆，刻上符咒，操纵尸木"听、闻、说、见"，观察敌方阵形，相互传递信息，由此衍生了古代战争特有的语言——旗语。

两军交战时，施术者（旗手）是重点保护对象，"夺旗护旗"也成了双方最重要的战斗环节，"旗存军在，旗倒军亡"。自清兵入关，百年无战事，这门手艺早已失传，没想到居然在这里出现。

"这几年有长进，竟然知道尸木了，我在三楼等你。"

我的手心全是冷汗，尸木的脑袋，正是餐馆里遇到的活尸。

月饼在腰间别了一排桃木钉，推开别墅的门。灯光突然大亮，墙壁上画满密密麻麻的眼睛，画得实在太过逼真，似乎随时都会眨动。

我眼前一花，那些眼睛似乎从墙上掉落，骨碌碌滚动，最中间是一颗巨大的左眼，瞳孔深处依稀有个小孩背影。小孩转身咧嘴笑着，向墙外爬来。

我用力咬着舌尖，清醒了许多。月饼半张嘴诧异地盯着那颗巨眼，突然喊了声"是你"，便冲上楼梯。

我发现月饼的瞳孔正在扩散。

六

我追到三楼，月饼和一个赤裸上身的男子在屋里讲着完全听不懂的语言。突然，我看到了几辈子都不会相信的事情——骄傲的月饼，竟然跪下了！

男子对我招招手："你也进来吧。"

这一幕实在太惊悚，我的脑子彻底转不动了，傻望着男子。他的左眼眶里长满暗红色的肉，身上全是鱼鳞状疤痕，包裹着圆鼓鼓的东西，就像一颗颗紧闭的眼睛。

我喊道：“月饼，起来！”

“呵呵，没有我的命令，他敢起来么？难怪你能抗拒画蛊，”男子很舒服地坐在沙发里，“月无华把所有蛊虫都种在你的身体里，居然一只也没给自己留下。”

月饼被画蛊控制了！一瞬间我明白了“我用了所有蛊虫保证你能见到明天的太阳”的真正含义。

“阿普，让他走。我的错，自己承担。”月饼说道。

阿普脚尖踩着月饼肩膀：“你叫我什么？”

月饼低着头：“哥哥，我错了！”

我彻底傻了！阿普竟然是月饼的哥哥，而且月饼根本没有中画蛊。

“我的弟弟，怎么可能中我下的蛊，”阿普冷笑着说，“真不明白，你跑了那么多年，为什么回来找我斗蛊。你不知道结果会是一死一伤么？”

“哥哥，我不知道你在这里，我……我以为你死了。”月饼哑着嗓子说，“前几天我经历了一件事情，想通了几个关键点，所以才回来的。”

月饼的情绪过于激动，没有琢磨阿普说的话，我却隐隐约约听出不合逻辑的漏洞。当下实在太过混乱，我来不及琢磨漏洞出在哪里。

“我不知道，”阿普满身伤疤颤动着裂开，露出一颗颗骨碌乱转的眼睛，“现在是不是还活着。”

这是我经历过的最恐怖的视觉冲击！

月饼仰头问道：“谁做的？”

“阿华，我从来没有怪过你。能再看到你，我很高兴。”阿普扬了扬眉毛，“给我根烟，好久没抽过了。”

阿普曾经是南平市警察，五年前的南平大学美院的“硫酸暴尸血案”由他负责。当时月饼年少气盛，又会些蛊术，一定要跟着参与。

这个案件阿普和月饼共同经历，只是简单提了几句，我听得懵懵懂懂，只知道好像发生了极为诡异的事情，阿普左眼受重伤昏迷，月饼居然逃了！这让我万万没有料到，不过也隐约明白了月饼说的“逃避这么久，也该面对”的含义。

以下是阿普的讲述——

阿普再次苏醒时，与一张被挖出双眼的人脸面对面。他用力推开尸体，左臂更加疼痛，伤口迸裂露出两颗人眼。好在阿普大风大浪经历了不少，很快冷静下来，观察四周，发现是族人在南平市买的那间别墅。

难道是族人用“人眼做蛊”救了他？想到这里，阿普心里略略踏实，左眼虽然没了，好歹还是活着。他喊了几声无人回话，只好忍着疼痛下楼。

到了一楼，大厅里弥漫着腥浓的血味，中央巨型茶桌上摞着一坨蜡化粘连成腐肉的尸堆，摆放成金字塔形状，顶部端端正正顶着一个人头。腐烂的五官依稀能看出相貌，是他的好友阿达！

地上摆着一排手链、戒指、挂坠，正是离开村寨在南平生活的族人佩戴的饰品。尸堆幻化成一张张熟悉的脸，在阿普眼前飘来飘去，他差点疯掉！

阿普冲出别墅，左臂上的两只眼睛如同烙铁，烫得他无法再往前走一步。他勉强走回别墅，疼痛感消失了。他又试了几次，只要离开别墅，疼痛感就会越来越强烈，最后一次疼得脑子要裂开，拼尽力气爬了回来。

望着尸堆，他万念俱灰，一头撞向墙壁。再一次醒来时，身上又多了两只眼睛。

他终于懂了，杀死族人的凶手不想让他死。他掩埋了族人的尸体，用蛊术把挖眼尸体制成活尸，购买日常用品，四处打探消息，保护南平市最后一个族人。

常年囚犯般的生活、族人被杀的仇恨、被莫名玩弄的命运扭曲了他的心理。他越来越痛恨当年临阵脱逃的月饼，如果月无华没有逃走，可能结果不会是这个样子。痛恨到无法承受的时候，他就会自杀，之后身上会再多一双眼睛。

直到今天下午，窗口飞进一只蝴蝶炼成的蛊虫约他斗蛊。他把活尸制成尸木，巡视院子，又在客厅布下画蛊等待斗蛊人，没想到却等来了月无华。当月无华跪下道歉的那一刻，他忘记了仇恨……

阿普讲完这番话，我惊悚之余反问道：“不是你约月饼斗蛊？”

“哥哥，你是诱饵，吊我上钩。有人想把咱们一网打尽！”

月饼推开窗户望着夜空，无边的黑暗似乎涌进了屋子，地板上斑驳着光明黑暗交错的光点。我心里一动，想起在图书馆破阵时的情形，仰头观察着房顶的射灯。

“普哥，有笔么？”

七

我参照射灯位置做图标的时候，月饼讲了“餐馆遇到养小鬼的人约斗蛊”的事情。阿普表情凝重，几次欲言又止，哥俩同时摸了摸鼻子陷入沉默。

我用虚线连接所有代表射灯的圆点，画出了一个奇形怪状的小孩，头部硕大无比，四肢干瘦短小，身体蜷缩成一团。

古曼童!

“哥哥，别墅原来的主人是谁？”

阿普性格缜密，很仔细地讲了购房过程。五年前，村寨族人商量着在南平市买套别墅，一来族人进城有个落脚的地方，再者生活在南平的族人如果没时间参加某些祭祀巫蛊的仪式，可以在别墅里私下进行。

阿普在网上挂了求购信息，没两天来了个西北口音，五十多岁的老者，在南平做玉石生意赔了本，手头有套别墅准备低价出售回家养老。阿普看着别墅装修挺好，家具现成，更理想的是临江富宅区都是独门独栋，又有大片树林遮挡视线，正好可以举办祭祀仪式不被发现。

当阿普说出主人的名字，我的耳朵嗡嗡作响。

户主是陈永泰，“厌胜术”传人，陈木利的父亲!

无数线索在我脑子里自动连接，再仔细琢磨，又绕成一团乱麻，根本接不上线头。

“哥哥，我最近经历了很多事。”

月饼简明扼要地讲述着，阿普支着下巴一言不发。我发现他们神态异常相似，甚至连细微的小动作都很一致。阿普如果不是瞎了左眼又浑身是疤，绝对是大叔级帅哥。

月饼讲了很久，如此庞大的信息量，阿普却没有一丝惊讶，眉头拧成疙瘩思索：“阿华，图书馆或许还有暗室。”

这句话打开了一扇门，我豁然开朗又觉得恐惧。换谁发现住了很久的屋子有暗室，藏着人日夜窥视，都会不太舒服。

我从来没有想到问题出在图书馆内部。破阵发现暗室之后，按照正常的逻辑思维，潜意识里会认为图书馆里绝不会再有暗室。陈永泰和老馆长有某种联系，以他的手艺造一间别人察觉不到的暗室根本不是难事。

我心里暗自佩服阿普，经受了这么多年非人的禁锢，居然还能保持冷静的思维，从看似杂乱的线索中直接找到最关键的一条，这绝不是一般人能做到的。

“这些年，我不停地自杀，并不仅仅因为精神崩溃，只有我死了才能引出给我下眼蛊的人。我在能进入别墅的地方布了蛊，只要有人进来，就绝对逃不出去。每次苏醒，所有的蛊都没有被触发。而且住得越久，我越感觉到别墅里不止我一个人，却又找不到他藏在哪里！”

阿普自杀到苏醒，明着只有“种眼”一个节点，暗中却藏着一条完整的线索链：监视——自杀——出现——种眼——隐藏，无限循环。

我懊恼地捶着手：“中午直接擒住那个养小鬼的人就好了。”

“我知道他在哪里，”月饼扬起画着古曼童的图纸，“局无死局，破有所破。”

八

自古以来，掌握机关术的匠人有条祖训：“局无死局，破有所破”。

机关术由战国时期著名的思想家墨子精研“厌胜术”所创。关于墨子机关术的记载很多，最有名的当属“墨攻”。墨子为了阻止鲁班协助楚国攻打宋国，以腰带为城池，竹片制成机关作为守城器械，与鲁班模拟演练攻守战，鲁班大败，遂放弃攻宋念头。可见墨子的机关术有多么高明。

墨子宣扬“兼爱”“非攻”，善待生命，从不设计无法破解的机关，有机关必定留下线索，延续千年，成了机关匠人的老规矩。

陈永泰既然是原房主，曾经制造过木人，显然也是机关术的一流高手，老规矩应该不会随便丢掉。

月饼走到图纸标出的古曼童左眼位置，停在挂着一尺大小的山水壁画前，自言自语道："死即是生，生即是死。古曼童，左眼。"

有句俗话"左眼遇到鬼"，是因为人的右眼聚阳，左眼聚阴，体阴之人左眼会经常看见不干净的东西。古曼童的左眼是阴煞最重的部位，要想克制只须把桃木、金属钉入左眼即可破煞。如果月饼推测得没错，机关的阵眼就在壁画后面。

阿普突然把月饼向旁边一推，摘下壁画，一拳打进墙壁，拽出一截铁环。

屋子如同遇到轻微地震般猛地一颤，墙壁里响起沉重的齿轮咬合声，墙体出现两米见方的裂缝，"咚"一声巨响，半堵墙向后倒去，砸起一片灰蒙蒙的尘土。

暗室右侧博物架上摆放着数十个玻璃容器，一颗颗连着肉丝的眼球漂浮在溶液里，左侧由大到小竖着三口棺材。暗室中央，一个老头背手欣赏着一幅巨型图画。

远山、夕阳、两个男人。

老头说道："这幅《远山夕阳图》怎么样？"

这个老人是谁？

阿普低吼一声，如同发狂的猛虎冲了过去。月饼扬手甩出几枚桃木钉，我从兜里去掏瑞士军刀准备跟着补两刀，一把摸空才想起上飞机安检的时候被没收了，一时间手插在兜里没想好该干什么。

"阿普、阿华，还是让你们发现了。"老者转过身，轻描淡写地挥挥手，把桃木钉抓在手中，"呵呵……灵族的破烂玩意儿。"

阿普生生顿住身形，和月饼惊诧地对视着。

"叔叔！"哥俩异口同声喊道。

我眼前一黑，说好的"斗蛊"成了认亲大会。

老头阴恻恻地盯着我："单手插兜，不动如山，不错不错。"

输阵不输人，我立刻摆出"你很有眼力"的高手神态。

"历代异徒行者果然都不是常人。"

我先是一惊随即释然，月饼刚才讲了半天，老头在暗室偷听自然知道。

转念一想又觉得不对，“历代”这两个字说明他对“异徒行者”很熟悉。

月饼眯着眼睛，声音冷得像冰：“叔叔，你知道异徒行者？”

“我知道的太多了，”老头挤出个比哭还难看的笑容，“当年我诈死，才能瞒过你们。文族用生命完成的画，必须用蛊族的血祭祀，才能窥得天机。知道蛊族最神奇的蛊术么？我保存这些眼睛，是因为蛊族之眼可以让人复活。阿普，只要你活着，族人就会用蛊虫找到别墅。他们的血是画祭，所以我怎么舍得你死？至于尸体，我放到另外的地方了。这幅画告诉我马上就要成功了，可惜已经有一个多月没有族人来找你。阿华，你来得正是时候。献出你的血，完成这幅画。”

老头说的很多话，我听不懂，但是我听到了恶魔的告白。我从未像现在这样愤怒，只想把这个老头一拳一拳打死。

“我，月无华，在此立誓！一分钟，一定，杀了你！”

月饼绷得像柄标枪，每走一步，都踏出无形怒火！

老头背着手笑得很开心：“相对于窥得天机，几条人命算什么？眼蛊还有一个作用，就是控制。”

阿普双目赤红，喉咙里发出野兽般的嘶吼，扑向月饼。

“南瓜，你能抗蛊，做了他！”月饼任由阿普扑倒，躲闪着却不还手。

我冲向老头，嘴里喊道：“月饼，你坚持五秒钟！”

暗室左侧的棺材突然左右晃动，响起指甲抠挲木头的“索索”声。“咣当”一声，棺材盖掉落，走出一个头发乱蓬蓬脚系红绳的人。

是餐馆里约我们斗蛊的养童人！

他嘬着嘴“嘶嘶”几声，最小的棺材炸裂，木片四飞。一个畸形小孩蹲在碎屑里，光秃秃的大脑袋上满是褶皱头皮，渗着黄色油膏。眼睛几乎占了半张脸，鼻子嘴挤成一团，下巴尖得像枚锥子。满身黑皮长着芝麻大小的疙瘩，手指连着一层薄薄的肉膜，“咿呀咿呀”叫个不停。

老头扬起手，袖口飞出拳头大小的蜘蛛，扒住养童人后脑，撅起屁股上的螯针刺了进去。

“我见识过异徒行者的本事，只有最凶煞的古曼童才能对付你。”

我心里暗暗叫苦，也顾不得丢人了：“月饼，我打不过！”

“我他妈的没空！”月饼和阿普滚成一团。

九

养童人双手摆在胸前像火焰一样快速抖动，幻化出千万只手指，淡淡的黑气在指尖萦绕。古曼童焦躁地尖叫，却像被无形铁链拴住脖子动弹不得，满身疙瘩“啵啵”破裂，脓汁四溅。

我瞥眼看到桌上有把水果刀，操起一把甩去。老头侧头躲过，刀子钉进《远山夕阳图》，刀柄兀自晃个不停。

“不愧是异徒行者，无视蛊人虚体，直接攻击我破蛊。”老头站在图画旁边，低头不动了。

我心里暗暗惭愧，本来这一刀准备做掉蛊人，结果技术不过硬，甩偏了。

蛊人脖子上冒出奇怪的符号，蔓延到整个脸部，双手朝天嘶吼一声。古曼童咧开嘴，龇着几颗黄色犬牙，厉叫着向我扑来。

我闪向一旁，膝盖撞到桌角，一阵剧痛使身体失去重心向前扑倒。正好躲过攻击，脖子还是被抓了一把，火辣辣地疼。

古曼童一击不中，刺溜溜抓着窗帘爬到房顶，后腿一蹬，跃在空中翻了个筋斗，再次扑下。

我侧身滚进桌底，古曼童扑了个空，尖爪插进地板。我蘸着脖颈的血，趁它拔爪子的空，当在地板上画了八卦阴阳鱼的“阴鱼”。古曼童手足并用钻进桌底，踩到阴鱼却像触到电网，手爪冒出一股黑烟，退到墙角“吱吱”惨叫。

我趴在桌底也没闲着，在另一侧画好阳鱼，前边写了繁体的“龍”，后边画出南斗六星。

“北斗死，南斗生，阴阳两界出青龙；左阴鱼，右阳鱼，太极两仪显生门。”遇到鬼蛊灵煞的“青龙双鱼阵”派上用场，暂时封住桌底。

古曼童围着桌子四处乱撞，被血阵烫得稀烂。“人童一体”，蛊人如同被鞭子抽击，皮肉绽翻，口鼻涌着黑血。

我搜罗着周围想找样称手的家伙，准备趁这个机会杀出去，做了古曼童，和月饼合力制住阿普，再慢慢收拾老头。

月饼此时把阿普压在身下摁着他的肩膀。只见阿普双腿顶着月饼的肚子，蜷膝用力一蹬，月饼后仰飞出，手里甩出一枚桃木钉，准确地钉在蛊人后脑的蜘蛛上。

蜘蛛肥硕的肚子一瘪迅速膨胀，“嘭”的一声爆裂。蛊人闷哼一声，晃着身体“扑通”跪地，直挺挺地砸在地上。古曼童爬向蛊人，拱在怀里舔着他脸上的黑血哀号。蛊人颤巍巍地睁开眼，抚摸着古曼童凄然一笑，闭上了眼睛。

古曼童鼻孔中喷出无数条灰气，烂泥似的融化成一摊肉泥，糊满蛊人胸膛。

这一幕看得我惊心动魄！

月饼刚一落地就再次跃起，桃木钉甩出。阿普就地一滚，屈肘击中老头腹部，月饼也已赶至，一记侧踢，飞扫老头脖子！

“咚咚”两声闷响，两人像是击中一块充满弹性的木头，从暗室倒飞而回，重重落下。

阿普单手撑地缓解坠势，“喀啦”一声骨头断裂的巨响，胳膊反向折断，剧痛中全身伤疤裂开，满身的人眼骨碌碌睁开。

“哥……”月饼咳出口鲜血，挡在阿普身前，恶狠狠地盯着暗室。

阿普挣扎着站起，半截胳膊软软地耷拉着，肘关节一阵碎骨乱响，撞开月饼站在前面，嘴角扬着骄傲的微笑：“从来都是我保护你！”

描述起来很长，时间过得却极快。我从桌下爬出，月饼点点头，我什么也没问。兄弟，无须解释，只需信任！

“你们，太晚了！”

沉重的脚步声直击心脏，光线似乎被抽空了。

十

老者从暗室走出，我几乎不相信自己的眼睛！

厚厚的树皮如同铠甲包裹着老者，无数条树须从纹缝中钻出，忽长忽短地扭动着。他每踏出一步，树须簌簌掉落，再次长出沾血的白嫩肉芽，瞬间硬化结成树皮。

图书馆，老馆长，血木，如此相似！

我的心脏极速充血，几乎要胀裂！

老者眼睛盯着天花板，轻声说道："去吧！"

一蓬灰蒙蒙的马蜂从树须里飞出，扰向我们。月饼脱掉上衣，握刀划破手掌，用鲜血在胸口涂了个圆圈，吼道："南晓楼，靠你了！"

蜂群袭来，月饼向旁边一闪，蜂群空中转了个圈追了过去。阿普把断臂塞进腰带，疾奔向老者："一左一右，我掩护你！"

我没有任何思考的时间，正要冲过去，却发现根本迈不动步子，身体没有收住冲势，直直地摔倒。

"啪！"一根树鞭抽中阿普后脑，一丛头发连带着头皮飞出，皮肉烂开一条血口，露出森森白骨。阿普翻身摔倒，昏了过去。

我这才发现，老者双脚长出的根须深入地板，一丛树根不知不觉间早已缠住我双腿！我用力挣脱，树根越勒越紧，我甚至听到了腿骨"咯嘣咯嘣"的紧绷声，钻心剧痛几乎让我窒息！

地板上又冒出几丛树根，缠住我的腰、双臂、脖子！

月饼见状，躲避着蜂群向我跑来，突然前扑跌倒，被树根牢牢缚住。

"最恐惧的鲜血，才是最有生命力的。"老者狞笑着，"阿华，两天前你来到南平，通过活尸和阿普建立联系，我就已经知道了。"

蜂群落在月饼身上，尾针闪着幽幽绿光，只等刺入。

"我一直在等你出现，"老者把视线转向我说道，"异徒行者的血，才是这幅画最后的祭品。为了这一天，我等了很多年。"

我绷着全身力气，却不能动弹分毫，沮丧地砸着地板！

"我劝你赶紧杀了我，"月饼手指抠进地板，指缝渗着血，"否则，我会杀了你。"

"阿华，你从小就是个嘴硬心软的孩子，"老者冷笑着，"我万万没想到，遇到危险只会躲在哥哥身后的懦夫，居然担任了异徒行者。你的懦弱，害了阿普。”

月饼眼中骄傲的神色黯淡了，黯淡了，终于化成一抹水雾。

“在小说里，终极坏人都会把所有阴谋讲出来，主角反败为胜，大团圆，”老者鄙夷地瞥着我，“可惜，那只是小说。你们，可以死了。”

又一丛马蜂飞出，笼罩着死亡，慢慢落下。一只马蜂落在我眼皮上面，毛茸茸的尾巴微微弯曲，伸出毒针穿过睫毛，停在眼球前。

这一刻，我相信世上有鬼！

这样，我就可以化成厉鬼，复仇！

十一

“还有我。”

阿普单手扶地，咳着血，如同古战场搏杀至最后一刻，重伤不屈的战神，慢慢地站了起来。

老者再一树鞭抽出，重击阿普胸口，碎肉横飞，骨屑四溅，血珠化成一蓬血雨，在空中停滞片刻，洋洋洒洒飘落。

“哥！”月饼奋力挣起身子，又被树根捆住，眼泪再也忍不住。

阿普屈臂握拳，肌肉虬结，青筋暴起，挡住抽向喉咙的树鞭。

“阿华，男人，不哭！”

阿普怒吼一声，抓住树鞭奋力拽动，坚实地向前走了几步。

老者眼神略微慌乱，背后冒出数根树鞭，如同毒蛇吐芯，蜿蜒晃动。蓦地，树鞭齐齐探出，抽爆阿普右眼，抽碎下巴，抽断双腿，他结实的腹肌如同被利斧劈开的岩石，豁裂着闪电状的血口，肠子淌了出来。两根树鞭贯穿阿普肩膀，把他生生固定住。

月饼紧咬嘴唇，双拳砸入地板，颤抖！

我不忍再看这惨烈一幕，只想马蜂群立刻把我蜇死，早点解脱这段无休止的煎熬。

“我能让你复活，也能亲手杀了你。”老者阴森森地盯着阿普，“你的命，早就给我了。”

蜂群飞起，扑向阿普撕扯蜇咬。阿普全身浴血，就那么定定地站着，像一尊千百年来凝固在传说之中的战神雕像。

“杀了我。”月饼声音软弱。

“别着急，一个一个来。你们会看着彼此死去，品尝最深刻的恐惧。这样的血，才完美。”老者深深叹了口气，“体会我当年经历的恐惧吧。”

“呵呵……”阿普抬起头，溃烂的眼眶对着老者，空洞而坚定，“终于等到了。”

一股股鸡蛋大小的红色气流在阿普身体里涌动，蜂群瞬间化成灰粉。树鞭焦黑，“哧哧”冒着白烟，迸闪出零星火苗。

“火蛊！”老者惊吼，急忙收回树鞭，“你是故意把蜂群引到身上！”

树鞭如同泼了热油，火焰腾地燃起，一溜火线窜至老者身上。阿普如同火神临世，裹着烈焰抱住老者。

“阿华，记住！活着，是为了骄傲地死去！”

腾起的热气，扭曲了烈火中的两个人。但是，我仿佛看到阿普笑了。

“阿华，替我把她们照顾好！”

火焰爆发出刺目的红，“嘭”一声炸裂！

漫天血雨瞬间化成蒸汽，焦黑的碎骨、内脏四处乱飞。地板片片碎裂，炸出一个圆坑，残灰闪烁着微红的光，忽明忽暗。

阿普和老者，再也分不出彼此，如同正义与邪恶，相生相克。

月饼跪在坑前，双手合十跪拜。

“哥，谢谢你。”

我的心，生疼！

十二

三天后，南平市西乡塘区地洞口路，大排档。

我和月饼面对面坐着，一杯杯地灌着啤酒。横县鱼生、白切鸡肉、宾阳酸粉、辣炒牛杂早已凉透，未曾动过一筷。

排档热闹非凡，男男女女大口喝着冰镇啤酒，吆五喝六地划拳，没有人注意我们，因为这个世界早已和我们无关。

三天，月饼没有说一句话。

白天，我陪着他在南平市漫无目的地走着，五象广场、明秀寺、狮山公园、邕江防洪古堤……每到一处，月饼都会驻足很久，沉默地抽烟。

在蝴蝶谷，他站在一棵红豆树下，摩挲着刻满名字的树皮，指尖摁着一颗圆心刻痕，抹掉两个人名。掏出钱包，取出一颗圆滚滚的红豆，深深地摁进圆心。

微红一点，煞是可爱。

他不说，我不问。

晚上，我们准时来到这家餐馆，也就是我在南平找到月饼的那一家。扎马尾的女老板看到月饼没有任何表情，但是我明白月饼和她有某种联系。

他不说，我还是不问。

月饼酒量极好，这几天却喝得酩酊大醉，直至排档关门，才摇摇晃晃地回到宾馆，或者坐在街边望着路灯抽烟，直到天亮。

可惜，醉得了人，醉不了心。

不知不觉，我们又喝到十二点多，排档里就剩两桌人。女老板撤掉凉透的菜，端来三碗面条，仰脖灌了杯啤酒：“老友湿面，用的桂林辣椒酱。”

月饼拿起筷子搅拌着，滑顺的面条蘸饱汤汁，却又放下筷子。

“老板，我们天天来这里吃宵夜，也过来喝两杯。”旁边一桌刺龙画虎的爷们起哄，“今晚陪我们玩玩。”

“哈哈……平时假正经得很，有帅哥就倒贴，老牛吃嫩草。”

“老公死了，妹妹疯了，没人管咯，想干吗就干吗！”

女老板仿佛没听到，自顾自地喝酒。

“啪”！月饼拗断筷子，眯着眼睛慢慢站起。

“月无华，坐下！”女老板拉着月饼胳膊。

我心说不好，这群人要找死。急忙过去喝了杯酒：“这酒我干了，给你们道个歉，咱各喝各的，啥事儿没有。”

那几个人听我是北方口音，用方言大声说着什么，笑得更加嚣张。为首的胖子捡起一个烟头扔进酒杯，吐进一口浓痰：“把这杯喝了，什么都没发生。”

我赔着笑脸，火苗在心里噌噌乱蹿。正要动手，一个啤酒瓶子飞来，正中胖子脑门。胖子鲜血长流，额头肥肉里插着几块玻璃碴子，捂着脑袋哀号。马仔们没想到月饼真敢动手，一时间呆住了。

月饼嘴角挂着一丝笑容，拍着胖子的油脸，很认真地指着那杯酒：“把这杯喝了，什么都没发生。”

马仔们这才反应过来，砸瓶子举板凳嗷号着动手。

我叹了口气，好久没和“人”打架了。

十三

街头械斗的过程不值一提，两三分钟工夫，小兔崽子们跑得干干净净，压抑在心头好几天的闷气倒是发泄出来了。

“南少侠身手不错，看来还没生锈。”月饼摸了摸鼻子，回桌捞着面条就吃。

“你丫醉生梦死，又不是我花天酒地。”我心里彻底痛快了。

月饼，终于回来了。一碗面吃个底朝天，他摸着肚子长呼口气：“姐，辣椒加少了，油味儿太大，别是用了地沟油吧？”

女老板总算有了笑脸，眼睛弯成两道月亮：“一跑就是好多年，还是这么贫嘴。”

月饼伸个懒腰：“当年做错事，没脸回来。”

“那天一进店我就知道是你。也不想想谁教你的蛊术，当着我的面用蛊虫易容，你以为姐真的老了？”

“这不是刚说了么？没脸见你而已。”

月饼喊女老板“姐”，我一点儿也不意外。这几天发生的事情太多，就算女老板突然摘下一张人皮面具变成阿姨，月饼喊声“妈”我都不会皱眉头。我虽然很想问问怎么回事，但亲人唠嗑我还是少插嘴的好。

“叫我阿萍就行，叫姐姐都叫老了。”阿萍觉得我受到冷落，打了个招呼。

“他是南晓楼，外号‘南瓜’，这几年我们……”月饼话音未落，阿萍眼睛一亮，说道：“你是写小说的羊行屮？”

我眼前一黑，一口老血郁结胸口差点喷出来。

“姐，那字念che，四声。”

“我读书少，认字不多。我是你粉丝，你的书我全看过。还想着真巧，主角居然和阿华一个名字？没想到见到活的作者了。”阿萍竹筒倒豆子般絮叨着，“阿中，我去拿书，你一定给我签个名。”

阿萍的南方口音把“che”念成“ce”，听起来就是“阿厕”，我怎么听怎么别扭，赔着笑脸说道：“萍姐，您叫我南瓜就好。”

“叫什么无所谓，一定给我签名。”阿萍背影婀娜地进了餐馆。我啧啧赞叹，有前有后，熟女诱惑啊！

排档里只剩我们俩人，还有一地碎酒瓶子，几把砸坏的椅子。

“我警告你，别打我姐主意！”月饼收拾着桌椅，“阿屮，别装大爷，帮忙拾掇。还真拿自己当名人了？”

“你丫还是像前几天一言不发得了。”我闷闷地摞着碗碟。

十四

半夜回到宾馆，我忙着结账，月饼回屋收拾行李，两人溜达着回餐馆。

萍姐早给我们收拾好了屋子，我躺在床上闭目养神，月饼和萍姐聊到后半夜才回来。

“姐把你的签名书发了朋友圈，明天还有几个老娘们儿要来找你签名，”月饼打了个哈欠，“看不出你还是中年妇女之友。”

“别废话，直奔主题。”

以下是月饼讲述以及我们俩讨论的结果——

月饼生活的村寨秘藏着一种奇特的术，能够利用动植物完成很多不可思议的事情，这种神秘的术就是“蛊术”。

村寨最精通蛊术的女人被称为“草鬼婆”，历代草鬼婆会暗中施放蛊虫挑选蛊女。选中的蛊女长到十六岁才会被告知，由草鬼婆带入独居蛊屋，用两年时间传授最高深的蛊术，成为新一代草鬼婆，终生独身为村寨祈福、治病。

随着越来越多的人走出村寨融入社会，带回来新知识新观念，思想激进的村民对传统的“蛊”更是抵制，认为所谓“蛊术”无非是中草药的一种演化，还不如西药见效快。至于祈福、请鬼这类东西，更是嗤之以鼻，纯属无稽之谈。其中反对声最强烈的，当属南平大学美院教授明博，也就是别墅蛊斗，阿普和月饼称为“叔叔”的老者。

明博是最早一批走出大山的族人，在南平生活工作，娶妻生了阿萍和阿娜。妻子车祸身亡后，他再未续弦，拉扯着两个女儿长大。

阿萍十五岁那年，跟着明博回村祭祖，认识了英俊的阿普。一个寒假朝夕相处，两人相爱了。在村寨传统观念里，没有早恋这个说法，然而阿普的父亲，也就是寨长洪都却坚决反对这件事。为了这个，明博和洪都吵得不可开交，一气之下带着女儿离村，发誓再也不回来。

谁知回到南平不到半个月，阿普带着弟弟月无华偷跑出村寨投奔明博。明博收留了兄弟俩，自此四个孩子共居一室，朝夕相处。奇怪的是洪都从来没有找过这两兄弟。

阿萍十六岁那年暑假，有一天，洪都带着浑身肮脏的老婆婆找上门，要和明博仔细谈谈。四个孩子吓得大气不敢出，躲在门外偷听，隐约听到“继承”“草鬼”“蛊”之类的东西。

三个人谈了两个多小时，洪都和老婆婆当天就要回村寨，洪都交代了阿普几句，却没有理睬月饼，这个举动深深刺伤月饼的心。

本以为这件事情就这么过去了，没过几天，明博收拾行李要回村寨一趟。再回来时，明博把四个孩子叫到身边，讲了关于“蛊术”和“草鬼婆”的事情。

原来明博从小就跟随父母学习蛊术，知道蛊术的神奇。他明白蛊术一旦对外公开，必然会导致很多不必要的麻烦。他收留阿普、月饼，也是不想让他们再接触蛊术，做个普通的正常人。

造化弄人，阿萍回乡祭祖时偏偏被草鬼婆选为新一代蛊女，一旦选中就不能更换，否则必会给村寨带来灾祸。

洪都和草鬼婆找上门，告知明博的女儿阿萍就是蛊女，明博自然坚决反对却也无可奈何，只好提出等一段时间，把这件事跟女儿讲明白再做决定。

他这次回村寨，单独找草鬼婆谈了，女儿接受的科学教育很难接受蛊的观点，先由他单独传授基本的蛊术，等过几年再回村做蛊女。

草鬼婆勉强同意，提出一个要求：为了不给村寨带来灾难，必须摘掉阿萍左脚的小脚趾，可以延续十年期限。如果十年内，草鬼婆死了，村寨就再也没有蛊女，阿萍可以自由生活。

四个孩子听得目瞪口呆，哪里肯信？明博只好露了两手简单的蛊术才算是证明了这件事。

按照约定，明博传授蛊术。阿萍虽然不愿意，也只好硬着头皮学，阿普也跟着学了起来。阿娜喜欢画画，对蛊术不感兴趣，月饼想学蛊术，偏偏明博从来不教他。

阿萍心疼月饼，背地里教他蛊术，让阿普撞见，把月饼狠狠打了一顿。兄弟俩关系自此越来越恶劣，发展到了互相不理睬的程度。

父亲的漠视，哥哥的毒打，形成月饼越来越偏执的性格。他为了证明自己比父亲、哥哥强大，离家出走，近乎苛刻地学习蛊术，只是偶尔给阿萍打个电话报平安。

十年约定期限的第九年，洪都来到南平市，告诉了他们一个消息：草鬼婆去世了！此时阿萍是一家奶茶店的营业员，阿普当了警察，靠着蛊术破了不少大案，提升得很快。

两人听到这个消息，反倒松了口气。也就是说，他们可以没有顾忌地结婚了，和村寨的联系也越来越密切。

几乎与此同时，明博失踪了，南平大学美院发生了“硫酸暴尸血案”，阿娜是现场目击证人，刺激过度疯了。

家里发生这么大的事情，阿萍给月饼打了电话，他赶回南平市要查清楚。阿普起初不答应，月饼使用超强的蛊术证明了自己。阿普大为惊讶，他始终觉得这个案件和失踪的明博、蛊术有关，也需要个帮手，就暗中给月饼安排了个身份。

月饼之所以在案发现场逃走，是因为他第一次经历真正意义的恐怖，完全摧毁了意志。他做了人生中最悔恨的一件事：逃了！

这几年，我们共同经历了很多事情，他一直在逃避，无法面对这段往事。直至遇到韩立，得知了“八族”，他意识到事情并没有那么简单。春城“小泽画像”事件，更让他有了思乡的情愫。

我心说难道月饼对萍姐有点那个意思？难怪和哥哥阿普关系一直不好。不过看月饼谈起萍姐一本正经的样子又不太像，我突然想到阿娜，那个和月饼一起长大，喜欢画画疯掉的女孩，立刻明白了七八分。

月饼意识到此行凶险，不告而别来了南平。人是物非，曾经的奶茶店变成餐馆，阿萍当了老板。他在餐馆遇到活尸追踪到别墅后才知道哥哥被炼成蛊人，两人通过活尸建立联系，制订好“将计就计”的计划，没想到我也来了南平……

十五

我追问案件过程，月饼死活不说，我急得抓心挠肝，大骂月饼不厚道。整理了半天思路，联系最近一段时间发生的事情，我和月饼分析着。

老馆长生死不明，我们所看到的“他”和血木长在一起，与明博使用木蛊变成木人极为相似，他们之间存在某种联系。明博藏身的别墅购自陈永泰，老馆长购买的别墅由陈永泰装修，这三个人的关系绝非一般。明博完成《远山夕阳图》为了所谓的“窥得天机”。

这三条线索连接起来，一条主线很清晰地显露：老馆长、明博、陈永泰，属于“八族”，是当年最终行动的生还者，暗中掩藏彼此联系，继续完成最终目标。

《远山夕阳图》的最后祭祀，是异徒行者的血。老馆长不得已才重新启动异徒行者选拔。至于我们为何入选以及更多的谜团还无法解释，只要我们能做到终极任务，所有一切自然会水落石出。在完成任务的过程中，会有更多的“八族”出现。

仔细想想，真他妈的憋屈，闹了半天我们是备胎！

关于明博我们又想到几点：

其一，明博在别墅里曾说过“体会我当年经历的恐惧吧”，说明他在终极行动中经历了无法承受的恐惧。得知女儿被选为蛊女，父爱让他更加抵触即将发生的事情，草鬼婆很有可能是被他杀死。

其二，杀死草鬼婆后，他担心村寨派人查出事情是他所为，便由陈永泰再把别墅卖给村寨，他藏在暗室随时监视，同时展开对蛊族的屠杀，以完成图画。

十六

天色已亮，我们没有睡意，索性晨跑出出汗排解压力。回到餐馆后，萍姐正准备着当天的生意，顺手给我们泡了两杯珍珠奶茶当早点。

我插根吸管，一颗颗浑圆的珍珠裹着奶汁吸入嘴里，轻轻一咬，弹滑糯香，味道就这么柔软地留在齿颊，回味无穷。

“萍姐，您做的奶茶味道真好。”我浑身通透，说不出的舒服。

萍姐有点不太自然地笑着：“老东家的手艺，我学得不多。”

月饼犹豫片刻说道：“姐，我想去看看她，用一下你的车。”

“钥匙在收银台，自己拿。”萍姐擦着桌子，“失踪的失踪，死的死。要不是为了她，我真不想干了。”

我猜到“她”是谁了，心说这事儿我跟着不太合适。正想留下陪萍姐干点活儿，月饼取了车钥匙冲我一摆手，我也只好上车。

“晚上回来吃饭。”萍姐招呼着。

“萍姐不是很懂蛊术么？我怎么一点没看出来呢？”

月饼没言语。

“照说那天活尸、蛊人、小鬼儿都在，萍姐多少也有些反应啊。”

月饼显然不想回答：“你有完没完？！”

我的火也上来了：“你丫啥意思？我就随便问问怎么了？你以为我愿意陪你去会老情人？”

月饼扬着眉毛，脸涨得通红，憋了半天才说道：“草鬼婆终生不能婚嫁！懂了么？”

我琢磨着蛊女破身，蛊术全无，与常人无异，肯定是阿普干的好事。难怪月饼不愿说，也难怪明博对阿普这么深仇大恨。

所谓“好人三分坏，坏人一分好”就是这个道理。这么胡思乱想着，到了目的地——南平市精神病院。

登记处登记进了医院，看着病人们做着稀奇古怪的事情，活在自己的世界里，我突然想到，他们眼里的我们，也是病人吧？

绕过走廊，月饼放慢脚步，远远望着孤零零站在院子里的女孩。一袭白衣，长发披肩，拿着树枝在墙上勾勒着线条。树枝秃了，她又捡起一根，继续画。

我识趣地站在走廊门口，登记时我已经知道，月饼看望的女孩是阿娜。

“唉，自从来了就是这样。”女护士站在我旁边，“每天画同一幅画。”

我微笑：“天才总和常人不同。”

“是啊，她的画真好看。”

“美女也喜欢画画？”我摸出手机，“微信号多少？咱们交流交流。”

女护士白了我一眼，故意扭着屁股走了：“好俗的搭讪。”

我哈哈一乐，其实我是不想女护士在这里说话，打扰了他们。

“你吃鱼么？我给你鱼吃。”一个肮脏的胖子流着涎水，捧着团空气举到我面前，胸前挂着名牌：万莫。

“谢谢万大叔，您吃吧。”

“多好吃的鱼，我喜欢吃，阿翠喜欢吃，小朵喜欢吃，不给严浩吃。”胖子蹒跚着走了。

我哑然失笑，多么简单快乐的生活。一团空气，一条臆想的鱼，就可以如此满足。子非鱼，焉知鱼之乐？

月饼走到女孩身后，她依然画个不停，只是，带着些许颤抖。两个人就这么站了一上午，我靠着椅子睡了大半个上午。回去的路上，月饼打开车载CD，不断放着沧桑孤独的《故乡》。

天边夕阳再次映上我的脸庞

再次映着我那不安的心

这是什么地方依然是如此的荒凉

那无尽的旅程如此漫长

我是永远向着远方独行的浪子

你是茫茫人海之中我的女人

在异乡的路上每一个寒冷的夜晚

这思念它如刀让我伤痛

……

不经意间，我想起了女孩的画——群山，村庄，老树，女孩遥望，少年远去的背影……

月饼拉着我到了一处小山，指着远处连绵的群山："我的家，就在那里。"

《故乡》仍在循环播放，我的鼻子有些酸。月饼的故乡在那里，我的故乡在哪里？

"我不会回去祭拜他们。知道他们为什么不在乎我么？因为我是捡来的孩子，那里不是我的家。"

月饼始终没有讲述那个案件，我也不想再问了。

谁都有不愿说的往事，何必追问？

远山，夕阳，两人，遥望……

这个画面很熟悉，好像在哪里见过，对么？

南平临江富宅别墅区之谜

备受瞩目的南平市临江富宅区自开盘以来价格一路暴跌，购房者寥寥。

据说在开工时，工人曾经挖出三具槐木棺材，至于里面究竟有什么，却没有人说过。两周后，施工方请了一名奇装异服的老婆婆，在工地驻留一天一夜。自那天开始，施工现场比平时多出了几倍的虫子，有些虫子形体怪异，从来没有见过。

落成入住后，房主们经常发现诡异的事情。水管流水突然停止，房灯自动熄灭亮起，窗玻璃响起弹窗声音，摆放在桌上把玩的小物件、零食莫名失踪却在床角、沙发底出现，就像是小孩搞恶作剧。

更诡异的是，保安很少做足三个月。其中一名辞职的保安说漏了嘴，夜间巡逻时，总觉得后背凉飕飕的有人吹气，经常听到小区里有若隐若现的小孩哀泣……

2014年深秋，富宅区一处别墅深夜爆炸，判断为“煤气泄漏”。自此之后，无从解释的奇怪现象再也没有出现。

异闻一：

“佛牌”分为“正牌”“阴牌”两种。“正牌”由泰国寺庙僧人亲自制作加持，有崇迪、象神、必打、拍格铃（药师佛）等数种。

佩戴正牌可以循序渐进改善请牌者的气运，增福消灾。

“阴牌”由被称为“龙婆”“阿赞”的僧侣利用恶鬼和恶趣三道施法做牌，也是殊胜的佛教护身符。

阴牌中最凶煞最能瞬间提升气运的当属“古曼童”。请古曼童（又称“养小鬼”）可以增加饲主气运。例如演员事业长盛不衰、商贾大发横财、赌徒一夜暴富，各界名人热衷去泰国也有这个隐藏原因。

由于种种神奇效力的传说，越来越多的人去泰国请古曼童，或在家中供养，或随身随行。在饭店吃饭，仔细观察，会发现有人看似无意地掉落米粒、菜肉在桌上、地上，其实就是在喂养古曼童；有些人更是直接，在吃饭前把古曼童请上饭桌喂食。

这些做法不是饲养古曼童的门道，请回来的也不是真正的古曼童。

古曼童需要用饲主的血喂养，古曼童越强，反噬就越狠。打个比方，如果一个人的气运是瓶子里面盛的水，慢慢倾倒可以延续很长时间；古曼童就相当于一条精力旺盛的鱼，在水里活蹦乱跳，那么水就会加快流淌过程，瓶子会提前倾空。

精力越旺盛的鱼，瓶子空得越快。这就是古曼童和饲主之间的关系。

古曼童不会增气而是耗气，提前透支饲主的气运在短期内发挥最大的效用。饲主极度透支之后的下场可想而知，各行各业著名人士自杀、婚变、破产、精神出问题的例子极多，不一一列举。

多说一句，人的一生“一命二运三风水，四修功德五读书”，命运风水生来注定不可改变，多做好事助运，多读书正气，提高个人修养才是正道。俗话说“做正经人，说正经话，办正经事”，与人为善，言语谦虚，心胸坦荡的人可能会受到更多的欺骗和莫须有的谣言非议，“清者自清，浊者自浊”，不因为“恶人恶事扰心”这才是人之根本。

异闻二：

所谓东南亚的“蛊术”只是国内的称呼。真正的称呼应是“降头术”（Tame Head），是流传于东南亚地区的一种巫术。相传由中国西南区域的蛊术结合当地巫术演变而成，能救人，亦可害。

“降头术”包括“药降”和“飞降”两种。

所谓“药降”类似于蛊术，将毒蛇、毒蜘蛛、蜈蚣、癞蛤蟆、毒蝎子五种最毒的虫类放进坛子里任其自相咬食残杀，活到最后的虫子培养成蛊虫。

药降的区别是把坛中所有虫子磨成粉，通过饮食、肢体接触下入对方身体使其受到报应。“药降”是降头师的入门阶段，研习到更高阶段就是“飞降”。

具体施术方法：降头师把某种药物放入食物饮品让受降人服用，七天内受降人如果没有依照约定完成承诺，会全身腐烂身亡。最可怕的是这一过程根本不会被察觉，受降人发现中了降头时，身体已经像受热的蜡烛即将融化成汤汁。

最凶狠的“飞降”无须通过身体接触。降头师趁对方不防备，无声无息地把“降”落到头顶，这也是“降头”这个称呼的由来。在泰国有个很奇特的礼节禁忌：切勿在彼此鞠躬行礼时，头顶低于对方双手合十的位置！否则，降头可能会不知不觉地落在你的身上。

2014年6月底我受邀在苏州办讲座，曾专门讲过“降头”：判断是否被下降头最有效的办法是，午夜十二点，对着镜子观察左眼是否有一道贯穿瞳孔的血丝。

当时，说好了来捧场的月饼半夜才至，我们在“姑苏第一名街”——苏州山塘街吃烧烤喝啤酒时聊起这事儿。月饼说我的办法并不具体，应该是“午夜十一点至凌晨一点，对着镜子观察左眼是否有一道血丝。十一点出现在上眼白；十二点到达瞳孔贯穿；凌晨一点正好长到下眼白底部”。

之所以讲这么多关于降头术的事情，因为下一章的记述和降头术有关。

:: :: ::

提个问题：活鱼剜出眼，放入玉米粉收汁取出，用糯米包裹揉成团子，晶莹剔透饱含弹性。枯骨掺香料细细研磨成粉，干锅烘炒，待香气扑鼻，加鲜奶搅拌，加糖倒入沸水，残存的一点腥味儿就随蒸汽散了。温度适中时，取吸管插入，团子与奶汁吸进嘴里，爽滑香嫩。轻咬团子，味道就这么柔软黏腻地出来了。

下面问题来了：这是什么饮品？

第八章 不挽奶茶

情侣禁忌：

争吵、怄气、貌合神离、背叛的情侣，不要同时喝珍珠奶茶！

一

在南平住了七八天，我和月饼谁也没提走的事儿，每天早起晚睡，忙前跑后当了店小二。店里的厨子邹凯和女服务员丹丹，都是朴实人，大家其乐融融。好久没过正常人生活，几天下来倒也觉得挺好。

我开玩笑说再来个“莫小贝”，就正经成了现代版的《武林外传》了。

生活，原本就该是这个样子。

这天出门买菜，我拎着菜四处溜达。南平的深秋还未褪去夏日的绿，大街小巷郁郁葱葱的，微甜的空气沁人心脾，姑娘们摇曳多姿……

“你丫是不是又满大街看丫头了？赶紧回来，眼瞅着到饭点要上客了。”微信里，月饼如是说。

我不情不愿地往回走，且不说每天买菜都是自己掏腰包，客人点菜时的南平话更让我头大。但几天下来，有句话听得最多也听得最明白——“来杯奶茶嘛捏”，这是要来杯珍珠奶茶。

因为萍姐纯手工磨制的珍珠奶茶实在太好喝，食客们十有八九必点。萍姐很懂得饥饿营销，每天只卖五十杯，这样一来名声彻底响了。

更让我佩服的是，萍姐还推出了十杯限量版情侣奶茶，一杯珍珠奶茶的盖子留两个心形圆孔，左右各插进吸管，小情侣头顶头一起喝，温馨浪漫。

情侣奶茶还有个奇特的名字——“不挽奶茶”，意思是“你不爱我，绝不挽留”。

我咽着口水，心说今儿怎么着也让萍姐留杯奶茶解解馋。边想边走，没觉得多久就到了街头。我忽然见一团淡淡的灰气在餐馆上空聚而不散。

餐馆出事了！

二

从古至今，民间游走着一种身份永远神秘的人——望气士。每个人的阴阳两气不同，由泥丸宫散发的体气颜色也会不同，共分“赤橙黄绿青蓝紫”七色，望气士根据气的颜色来断吉凶。

“有需求就有供应”，望气士多了难免良莠不齐，大多都是半吊子，嘴上功夫比眼上功夫强出不知多少倍，当然也不乏一生不图钱财只以寻宝穴为乐的高人。

传说元朝末年，安徽凤阳农民朱五四在陈姓地主家打小工。一日，地主家门口饿倒个穷酸道士。被陈地主收留后，道士每日游山玩水，其实是望气寻穴，在深山寻得千年难得一遇的“四相百蛇朝奉穴”。

此山共分四峰，为青龙、白虎、朱雀、玄武四相之形，四峰聚拢一小小山凹，正迎合聚气敛势的地形。山凹东处，有一两尺高的小山洞，里面百洞蜿蜒贯穿如蛇形，将地气、风水皆聚拢于内。

此穴极为霸道，吉、凶两气都被吸纳在内。如果先人葬于此穴，必先受凶气反噬，家人逐一死去，凑够四相之数，第五人才能在短时间内登峰造极，天下至尊。此人登基之后，必大肆诛杀开国功臣，应了“百蛇尽除，只余孤龙”之意，才可保基位安稳。

道士为南人，自然对元朝恨之入骨，发现此穴心中大喜。何况早就看出陈家儿子隐隐有淡紫之气，便一五一十地告知了陈地主。

孰料陈地主是个心机阴沉之人，得知家人必受牵连，暗中多了个心眼。恳请道士想法破除凶气，保得家人性命。

道士沉思良久，叹道：“为了反元大业，说不得也要做些有违良心的勾当。”于是告诉陈地主，要破凶气，可找一人先行下葬，必须头下脚上应了凶气，再将陈家族人头上脚下葬入，后代就可应承吉穴之气。

陈地主得知此法，害死朱五四，又假装善人把朱五四葬进穴内，应了凶穴之兆。

朱家自然感激涕零，不疑有他。朱五四死于四月初六，时逢灾年，初九大哥饿死，十二日大哥长子饿死，二十二日母亲饿死。短短几天，朱家老二成了孤儿，不得不入寺当了和尚。

陈地主一日酒后失言，将“四相百蛇朝奉穴”与害死朱五四应凶劫之事告知儿子，说自己百年之后，葬入此穴，陈家必能荣登大鼎！

陈子琢磨着父亲身体康健，再活个几十年也没啥问题。等父亲死了，自己也已五六十岁，难不成一把老骨头还要骑马射箭领军和元人玩命？

正所谓有其父必有其子，陈子在酒里下药毒死了父亲，办了隆重的葬礼入穴为安。哪曾想，陈地主那天喝大了也没交代清楚，忘记说“头上脚下”的葬法，结果陈子把父亲头下脚上地埋了。

这样一来破了朱家凶劫，朱家老二莫名其妙地应了吉穴之气。

道士云游回来后，听说此事，琢磨着陈地主活蹦乱跳的一大活人，吃喝嫖赌啥都不耽误，刚准备纳第五房姨太，怎么就说死就死了？

更奇怪的是，陈子的紫气消失了，泥丸宫冒出蓝气，成不了帝王只能做一时枭雄。倒是上门化斋的小和尚，却冒出龙形紫气。

道士好生奇怪，留住和尚问俗家姓名，得知名为“朱重八”，正合“四相百蛇朝奉穴”所需八八六十四卦，填满一周天的卦象空缺。

道士仰天大笑：“一龙一蛇争锋，暴元自此而终。此乃天意，早有定数。”

而陈家那个点背的孩子，正是和朱元璋争夺天下的陈友谅。

三

图书馆里有一本关于“望气”的书，实在太过深奥，我看得懵懵懂懂，唯有一条记得特别清楚——除了七色阳气，还有一色阴气，色为灰。有灰气的地方，是聚尸地。灰气越重，尸体越多。

此时，我看到灰气已经聚成一坨乌云，还有大量灰气往外冒着。

我心里一紧，最担心的事情终于发生了。

月饼和我留下有两个原因，一是担心那天被我们打跑的混混回来找事；二是如果有人和明博暗中联系，发现明博死了，第一目标肯定是萍姐。

我冲进餐馆，客人坐了大半间餐馆，丹丹忙着招呼。

“月饼呢？”

“去交水电气费了。”

我更确信，有人趁着我们俩都不在时来店里了。我扫了一圈，食客都是普通人，没有奇怪的。

“萍姐呢？”

“每个月这一天，萍姐都在二楼材料间做足一个月的奶茶配料。”

我几步跑上二楼，材料间木门紧锁，厚厚的窗帘遮挡着窗户。我敲了敲门无人应答，门缝里飘出淡淡的腐臭味。

难道萍姐已经……

我没敢多想，撞开木门，令人欲呕的腐臭味涌出，熏得我几乎窒息。材料间的墙上阴着一摊摊水迹，挂着几百条剜了眼的比目鱼。鱼骨散落一地，腥气扑鼻，偶尔几只苍蝇钻来爬去。桌上粘着大片黑色小颗粒，细看是一颗颗新鲜鱼眼。

萍姐见有人闯入，一声尖叫，一张枯白的鱼皮从手里掉落，轻飘飘地坠地。

我惊得目瞪口呆，萍姐没有失去蛊术？在利用这些东西制蛊？难怪会有这么多灰气！

萍姐脸色煞白：“南瓜，你能替我保密么？”

我哑着嗓子根本说不出话。

“等我几分钟。”萍姐把鱼眼捧进一盆黄色粉末里面来回搅拌，直到粉末把鱼眼完全包裹才舒了口气。

“去我屋里吧，希望你能懂我在做什么。”

四

以下是萍姐的讲述，唐朝贞观年间的一个故事——

“玄之，该回家了，”书生们把纸笔放进书袋，整理着袖袍，“会写诗才能出人头地，念圣贤书没出路咯。”

玄之又展开一卷书：“你们先回吧，我再读一会儿。”

“这才成亲几天，真想不通啊，”书生们嘟囔着走出书院，“再晚就回不去了，听说最近山里闹狐仙。”

玄之微微一笑，不理睬众书生，高声朗诵：“……道千乘之国，敬事而信，节用而爱人，使民以时……”

不知不觉中，月已黄昏，华灯初上，城里万家灯火，孤山葛岭却一团墨黑，唯有书院还亮着一盏残灯。

玄之读完《论语》，品咂着古人文章的奥妙，竟然忍不住大笑起来。一阵山风卷进书房，玄之拨亮油灯搓手取暖，火苗“毕剥”一声，墙壁上映着巨大的人头影子。

“看来今晚只有与书相伴了。”

玄之捧着《诗经》，双脚搁在桌上，舒服地念着：“有美一人兮，见之不忘。一日不见兮，思之如狂。凤飞翱翔兮，四海求凰。无奈佳人兮，不在东墙……”

不知不觉，书卷落地，玄之睡着了。窗外草丛，两朵幽幽的绿光，忽明忽灭。

五

万莫嘴角流着涎水，挺着油肚子睡得正香，浑身酒酸味招来不少苍蝇。

“万莫，快来帮忙！整天就知道喝喝喝！什么时候喝死了我也落个清净！”

苍蝇“嗡”地飞走，万莫惊醒，环顾四周，壮硕的妻子扛着几条比目鱼进了屋，往万莫脚下一摔：“赶紧拾掇鱼！”

万莫拍死一只被汗泥黏住没有飞走的苍蝇，用竹片划开鱼肚，内脏流了满手。万莫把内脏往嘴里一丢，吸溜咽进肚子，趁着老婆没注意又灌了口烧酒。

“又喝！”阿翠夺过酒瓶，“小朵带着男朋友第一次上门，见你醉醺醺的像什么样子！你丢了一辈子人，这次别给女儿丢人！”

万莫嘿嘿笑着：“我……我……”

“我什么我？”阿翠围上围裙拎鱼进了厨房，菜刀咣咣剁响，“我倒了八辈子霉，怎么嫁给你这个酒鬼。”

“有美一人兮，见之不忘。一日不见兮，思之如狂。凤飞翱翔兮，四海求凰。无奈佳人兮，不在东墙。”万莫嘟囔着阿翠听不懂的话语，又醉了过去。

阿翠放了菜刀，一滴滴眼泪落进鲜血淋漓的鱼肚里。

六

“玄之，知县昨晚死了。听说是被狐狸精吸走了阳气，尸体干得就剩一张黑皮，连眼睛都瘪成枣核了。”刘昊岩鬼鬼祟祟地凑到玄之耳边偷偷说道，“据说狐狸精化身美女，专门勾引男人，补够阳气渡劫。县太爷那个虚弱的身子，哪经得住狐媚子折腾？要是换我，肯定收拾得她服服帖帖。”

“昊岩，书香之地怎可淫言秽语，玷污了圣贤！”

刘昊岩色迷迷地叹了口气：“我哪有你的福分，娶了个漂亮老婆，我只能想想喽。”

玄之心中不快，惊觉两天没有回家，匆匆收拾着书袋。

刘昊岩涎着脸：“我作了几首新诗，今晚咱们去万花楼，必能引起花魁三娘青睐，说不定能一亲香泽，共度良宵。”

“你们去吧，我要回家了。”

“好几天没回家，实在对不起不挽。”下山路上，玄之有些歉意，摘了几朵野花做礼物。

回到家中，玄之闻到一股异香，妻子莫不挽正拿着罗扇扇着木碗里的奶汁。

玄之歉意：“不挽，就要乡试了，这几天忙着读书，疏忽你了。”

“讨厌！”不挽眼睛笑得如同弯月，喜滋滋地把野花插进发髻，“好看么？”

“你比花好看。”

七

严浩局促地坐着，小朵的父亲万莫坐在对面，吃得满嘴流油，脑袋恨不得扎进盘子里，偶尔抬头就是灌口酒。

“阿浩，你别介意，小朵她爸就这么没礼数，”阿翠尴尬地笑着，“来，动动筷子。”

拿起筷子守着满桌汤汁，严浩不知道该做什么。

小朵含着泪，嘴唇咬出几道牙痕。阿翠的笑脸僵硬了，眉毛慢慢竖起，一巴掌拍到万莫后脑：“你有点出息行不行？”

万莫抓起半条鱼放到严浩碗里，憨笑着：“嘿嘿……鱼，好吃。”

“叔叔，阿姨，我改天再来。”严浩掩饰着满脸厌恶，起身告辞。

阿翠急忙掏出一把沾满鱼腥味的钱，往女儿兜里塞着：“小朵，快和阿浩出去吃西餐。”

“西……西餐，我要吃……”万莫拍着巴掌笑得像个白痴，“小朵乖，带爸爸吃西餐。”

小朵把钱往万莫脸上狠狠砸去：“你们给我丢尽了人！我……我再也不回来了！”

“女儿真好，给爸爸钱花……女儿真好，给爸爸钱花……”万莫往手指上啐了口吐沫，数着钱回了屋，“谁也不能碰我的床，这是我的宝贝。”

阿翠软软地瘫坐着哀号：“我这是造了什么孽啊！”

小区，花坛，稀疏人影。

“小朵，我……”严浩眼神躲躲闪闪。

“爸爸年轻的时候很帅。”两行泪滑落，小朵却笑着，“十岁那年，我突然发高烧，快烧死了。爸爸送我去医院，被车撞了。他是医生，治好了很多病人。他……”

“别说了，我会好好爱你，好好对待你的家人。”

“阿浩，我不求你对我好，你只要对我爸妈好，我什么都给你！”

“你哭的样子真好看。”

“你取笑我。”

“真的，你比花好看。”

“浩，我爸最喜欢吃鱼了，我们都吃不上。他给你吃，说明他喜欢你呢。”

八

玄之喝了不挽熬的奶汁，品咂着满嘴香味。尤其是珍珠大小的糯米丸子，回味无穷。不挽忙碌着家务，白嫩的小手也有些粗糙了。

玄之心生歉意，环抱着不挽：“辛苦你了。”

不挽偎在玄之怀里：“你只要对我好，我什么都给你。”

“等我考上功名，雇十个丫鬟伺候你。”玄之心里一阵疼痛。

“就怕到时候你有了新欢，嫌弃我这糟糠妻了。”不挽幽怨道，“有时候我真怕你当了官呢。那时候你什么都有了，我也老了，就不要我了。”

“圣贤书里可没有教我怎么做忘恩负义的人啊。”玄之脸颊蹭着不挽的秀发。

“快去读书吧。”不挽捶着玄之胸口。

书房里，读累的玄之早已熟睡。窗户突然打开，阴冷的夜风灌了满屋。玄之被冻醒正要关窗，发现窗销被拔出，木缝里夹着几根红色长毛，有一股淡淡的骚味。

他心里一惊，向外望去，好像看到了两朵绿火一闪而逝。

“不挽！”玄之喊着妻子名字，无人应答。

他找遍屋子，妻子不在，想起刘昊岩所说的“狐狸精吸阳气”之事，出了一身冷汗！

三个月前，一个貌美女子来此寻亲，却不料亲戚搬走不知所终，女子无依无靠，昏倒在房前，经玄之悉心照料，身子康复。女子父母双亡，两人日久生情，一个月后办了婚事。

邻居、书生们都说玄之这么个孤儿真有福气，苦尽甘来。就连县太爷也来道贺，见到不挽后惊为天人，借着敬酒故意摸着不挽手指。玄之看在眼里，怒在心头。

现在想想，不挽的来历实在可疑，倒很像书中记载的“狐狸精爱慕书生以身相许”的故事。

站在房里望着空荡荡的街道，玄之越想越怕，仿佛看到不挽站在门口，双手伸到脑后轻轻撕扯，枯白的人皮慢慢滑落，走出一只毛茸茸的狐狸。

就在此时，不挽挎着篮子行色匆匆地回来，见到玄之微微一愣，神色有些慌乱。

“不挽，深更半夜你干吗去了？”玄之注意到不挽的发间夹杂着几根草梗，努力保持声音平静。

“我见你喜欢喝糯米奶汁，趁着露水足上山采了几株香草，”不挽进了厨房，“捣成汁味道会更好。”

篮子里几株不知名的青草香气扑鼻，玄之狐疑地望着不挽的背影，婀娜的身段像极了一只狐狸。

这么晚，一个女人上山采草？他又想起古书里的记载：狐狸化人，用香粉掩饰骚气。身有异香的女人，切勿起亲近之念。

九

“妈，我想和严浩开一家奶茶店。”

“好，好。”

“妈，等店面火起来我们再结婚，不给您和爸添麻烦。”

“小朵，妈知道你是个好孩子，怕累着我们。这些年，爸妈对不起你，给不了更好的条件。”阿翠握着女儿的手，“你爸傻了这么多年，单位也不管，一个月就那么几百块钱。我……我心里憋屈。”

小朵心里一酸，忍着泪：“妈，不怪我爸。没他就没我，要怪就怪我自己命不好。如果我不发高烧，爸爸也不会出事。我一定使劲挣钱，让您过上好日子，带爸爸看最好的医生。”

“有这份心就好，你们好好过日子。”阿翠从裤兜里摸出叠得方方正正的塑料纸，层层掀开，取出一张带鱼腥味的存折，“小朵，这些年就攒了两万块钱，你拿去开店，不够的妈再想办法。”

“妈！”小朵缩在母亲的怀里，哭了。

阿翠摸着女儿的头发：“你和阿浩在外面租个房子，小日子就算过上了。你爸这个样子，还是别回来了。将来买了大房子，别接我们去住，你爸离不开我，离不开这个破家。”

“我饿了，”万莫打着酒嗝从里屋出来，见到小朵眼睛一亮，“小朵乖，带爸爸吃西餐。”

小朵笑着：“妈，咱们一家三口去吃西餐，吃最好的西餐。”

“好……好……吃西餐喽！”万莫高兴地跳了起来，却重重摔倒。

阿翠扶起丈夫，像根拐棍撑着万莫肥硕的身体，小朵托着爸爸的胳膊，母女俩好不容易把万莫送回满是污渍汗渍，床单硬得像铁板的床上。

阿翠苦笑：“你爸这些年，就稀罕这张床，谁也不让碰。”

“我要吃西餐！”万莫打滚耍赖。

“爸，我去给你买！”

万莫一把抓住小朵的手：“乖女儿，爸爸给你钱，买西餐。”

小朵强颜欢笑：“小朵有钱呢。”

万莫像受气的孩子，一把掀起床铺。

一分、五分、一角、五角、一元、五元、十元……床板上铺满了肮脏的硬币，皱巴巴的纸币。融化的糖果、糠渣的饼干、压瘪的小娃娃、破碎的拨浪鼓、腐臭的鱼……

“小朵，吃……吃糖……”万莫捧着黑糊糊的糖块，小心翼翼地放进小朵手里，生怕一不小心掉了。

“小朵从小爱吃糖，爸爸舍不得吃，都给你留着呢。好东西，爸爸都给你留着。你看，这块石头好看么？”万莫讨好地傻笑着，往女儿手里塞着各种东西。

一张黑白全家福掉落在地上，小朵捡起。英俊的爸爸，漂亮的妈妈，三个月大的她。脑袋凑在一起，笑得很幸福。

背面，歪歪扭扭的几个字：万莫爱阿翠，爱小朵。

“嘿嘿……爸爸给你攒了好多钱，小朵嫁人能买大房子喽。”

万莫没出车祸时，小朵骑在爸爸脖子上：“爸爸，我同学家的房子好大呢！”

“爸爸给你攒了好多钱，小朵嫁人能买大房子喽。”

万莫结实的胳膊把小朵抛在空中，安安稳稳地接住。

“小心摔着孩子！”阿翠皱眉责怪着。

“爸爸保护着我呢。”小朵清脆地笑。

十

“玄之，昨晚狐狸精又出现了！这次是刘旲岩，和知县大人死得一模一样！”

玄之再也坐不住了，冷汗浸透了衣袍。山里寺庙的钟声响起，玄之打定主意，直奔寺庙。

“大师救我！”玄之“扑通”跪倒。

方丈眼观鼻，鼻观心，低声诵着佛号。

玄之结结巴巴说着：“我妻子……是狐狸精！”

“施主，万般魔魇从心，心魔入眼成障。”

“她真的是狐狸精啊！”玄之脸色苍白，拼命磕头，“我愿出家为僧，请大师收留！”

方丈怒喝：“尘缘未了，谈何收留！六根不净，谈何为僧！家在山下，谈何出家！”

玄之如遭棒击，痴痴呆呆地往山下走去。一路上，他看到无数只狐狸，从草丛里、岩缝里、荒坟里钻出，披上人皮，化成美丽女子，赤身裸体媚笑着勾引他。

恍恍惚惚走到万花楼，他任由女人们拖了进去，再出来时，已是深夜。

回到家中，不挽守着枯灯背坐着，不言不语。

玄之喷着酒气：“哈哈，我读圣贤书，圣人保护我！你这个狐狸精害不了我！”

“你干什么去了？”不挽的声音异常苍老。

“我……我干什么不用你管！”玄之跌跌撞撞扑到不挽身后，扳着她的肩膀拗过身子。

昏黄的枯灯下，不挽光滑如玉的脸庞皱成一坨核桃，皮肤黑得像铁块，双目赤红几乎要滴出鲜血，干涸的嘴唇裂出数条血口，乌缎似的头发瞬间变白。

“妖怪！”玄之酒醒透了，胡乱挥舞着手臂，一屁股坐倒在地上。

“我？妖怪？”不挽流出两行血泪，“相公，看看你自己吧。”

玄之慌乱中瞥到铜镜。地上，坐着一只穿着衣服的狐狸！他举着手掌伸到面前，看到一只毛茸茸的狐狸爪子。

“啊！”玄之觉得脑子里好像有根绳子断了，挣扎着站起，却发现腿脚不听使唤。

他看到了更恐怖的一幕：他的脚，在融化！脸皮像摊烂泥耷拉下来，手指滴着黏稠的油膏，身体像一截烤化的蜡烛，越来越软。

他正在一点一点，慢慢融化，他却看到了很多画面：

画面一：奇装异服的小女孩，挂在峭壁横突的树杈里，绝望地哭着。树杈裂开一条缝隙，“咯咯”作响，小女孩紧紧抱住树枝，闭上了可爱的眼睛！

山谷中闪过一抹烈红，一只火狐攀着峭壁疾冲而上。树杈折断，女孩坠在空中。火狐长嚎一声，凌空跃起托住女孩，四条爪子把女孩抱在柔软的腹部，重重落入山谷，脊梁断裂，它毛茸茸的尾巴覆盖着女孩。尖尖的嘴巴流出鲜血，融进火红的毛。

“你救了我，我以蛊族发誓，生生世世都要报答你。”女孩虔诚地跪在火狐身旁，吻着它僵冷的嘴唇。

画面二：山中书院，玄之熟睡，突然变成了狐狸，跃出窗户，沿着山路潜进城镇，跳进知县卧房。狐嘴凑到知县鼻子前，吸出两缕雪白的阳气，知县的身体慢慢干瘪枯黑。狐狸冷笑着说道：“敢打不挽的主意？”

画面三：玄之变成的人狐站在刘昊岩尸体前，眼中喷着怒火说道：“对不挽有色意，该死！”

画面四：一池碧汪汪热腾腾撒满花瓣的池水，身材丰腴的赤裸女子从池中走出，湿漉漉的长发覆盖着身子，更显得凹凸有致。身穿黄袍的华贵老人正在剥一枚荔枝。

还有更多的画面，如同一道道划裂夜空的闪电，一瞬即逝。

唯独最后一幅画面，久而长，玄之牢牢记住了。

十一

画面五：

“严浩，你真的要离婚？”

“我受够了你的傻爹蠢娘。”

“你说过，会好好爱我，好好对待他们。咱们店生意这么好，你没有负担！”

“说过的话可以反悔，我凭什么要照顾两个没用的废人！”

隔壁的怒吼传到万莫肮脏的小屋，阿翠抱着万莫轻声安慰：“老万，别害怕，小两口吵架。”

“我……我……心里难受，”万莫茫然地盯着天花板，“为什么要吵架，是不是我抢了严浩的鱼，他不高兴了？”

“以后没有人抢你鱼吃了，老万。”阿翠这次没有哭，笑得很坚强。

“我把所有的鱼留给严浩，他就不会和小朵吵架了。”万莫兴冲冲地跑出屋子。

阿翠没有拦住，跟了出去。

小朵坐在沙发里抽泣：“阿浩，你在外面是不是有人了？”

“有没有和你有什么关系？”严浩穿着外套。

“严浩，以后鱼都给你吃！你们和好吧。”万莫很认真地一手拉着严浩，一手拉着小朵，想把他们的手连在一起。

“拿开你的脏手！滚！”严浩一把甩开他。

万莫往地上一躺，像只在泥巴里打滚的猪滚来滚去：“严浩你对小朵好，你说什么我都答应。你看我在滚呢。”

“哈哈哈哈哈！”严浩笑出了眼泪，“你这个傻子！”

“畜生！”小朵狠狠扇了严浩一记耳光！

严浩踹倒小朵，疯狗般狠狠踢着！

“我！杀！了！你！”万莫嘶吼着跃起，重重扑倒严浩，张嘴咬中他喉咙，狠命一撕，生生吞下碎骨烂肉，血如泉涌！

十二

“缘生缘灭，无休无止。”方丈走入玄之家中，“女施主，你还未勘破？”

“求大师明示。”不挽跪拜。

“人妖不共存，相爱苦自吞。莫念前世缘，但愿来世安。”

“大师，他是爱我的，为了我化成狐形，杀掉贪我美色之人。”

“可他也做了背叛你的事情。”

“这不怪他，换作是谁，都会承受不住，做出格之事。”

“那你为何给他服用了蛊族药物，一旦背叛烟消云散。”

“蛊族之规不能违。”

“女施主，他前生本是一只无忧狐狸，受你立誓感召，今生化作人形寻你。一时错念，成了纠缠千年的苦恋，生生世世遭此劫难，这又何苦。”

莫不挽凄然笑道：“大师，你不懂爱。世间恋人，再相爱也要生离死别。只要爱过，就好。”

方丈默念着不挽的话，忽然仰天长笑出门去：“也罢也罢，原来是我没有看穿，太执着苦与生死。枉我参佛多年，竟然不如狐狸和蛊女。此后千年轮回，或为夫妻、或为兄妹、或为父女、或为兄弟，随你们玩吧！只要爱过，就好！原来你的名字是这个意思。”

“他若爱我，莫不挽留。”苍老的不挽慢慢闭上眼睛，“蛊族草鬼婆，自我以后终生不嫁，免遭世间薄幸男子伤害，噬蛊返身。我随他去了。”

十三

“这个故事，是前任奶茶店母女讲给我听的，临走时留下了奶茶配方，也就是你刚才看到的那些东西。”萍姐歉意地笑着，“奶茶味道不错，情侣们都喜欢喝，干吗不用呢？”

我有些担心：“不会受到蛊术影响么？”

“我早就不会蛊术了，在我手里就是个普通配方而已。”萍姐吐了吐舌头，“有些恶心，所以我从来不喝。”

我想到一个问题，直勾勾地盯着萍姐说不出话。

“没错，你喝的珍珠奶茶也是这个配方。”萍姐快人快语。

萍姐略带戏谑的表情和月饼简直一模一样。我悲从心来，说道：“姐姐，您真的不是月饼亲姐？”

“亏你想得出来。”萍姐娇嗔道，“那月饼和阿娜成什么了？”

我顿时无语。

门被推开，月饼一脸紧张地冲进来：“南晓楼，你在我姐屋里干什么！”

我又无语。

“阿华，你和南瓜回去吧。”萍姐很优雅地拢着头发，“你心野，留不住。姐能照顾好自己，记得有时间回来看看阿娜。”

“姐，我……”月饼摸着鼻子有些犹豫。

“走吧，待在这里我很别扭，”萍姐故意望着窗外，“你们来了之后，阿普的活尸再没来过，爸爸的蛊人也没出现过，西北角的桌椅该撤了。”

原来，萍姐是知道的。

这个很漂亮的女人，真的很漂亮！

十四

回到古城图书馆后，李奉先摆着碗筷，韩立、韩峰、陈木利相互聊着天，燕子和韩艺在厨房和餐厅忙个不停。月饼回屋换衣服，我晃着摇篮逗着陈木利的胖儿子。

小家伙康复了许多，过段时间再来几针通开其余几条经脉，就是个好孩子。我心里高兴，能帮助别人确实是个乐呵事儿。

“南爷，给孩子起个名字吧。”陈木利塞过一根烟。

“陈真！”我想都没想。

“看不出南爷面相忠厚，人还挺幽默。”韩立这个老盗墓贼吃着花生米顺嘴补了一刀。

“陈吉思汗！四个字，威武雄壮！”月饼夹着本书进了餐厅。

“没文化真可怕。”韩峰不屑。

李奉先“噌”地站了起来：“你再说一句我弄死你！”

“弄死谁？”韩艺在厨房吆喝着，“那是我哥！”

燕子端上水煮肉片招呼着：“该吃吃该喝喝，都别客气。”

大家斗斗嘴，唠唠嗑，家的气氛让我觉得很舒服。月饼大刀金马地坐着，冲我说话眼睛却瞄着韩峰：“不醉不归，没酒量的别喝！”

李奉先故意在我身边坐下，小声说：“南爷，这钱走的可是酒吧的账。老陈说请客，燕子几句话就岔我这儿来了。这个贪财娘们儿！”

“能花几个钱？”我没当回事。

李奉先说了钱数，我生生咽了口吐沫，心里愤愤：这个贪财娘们儿！

“开饭前帮忙看个东西，”月饼把书往桌上一放，“这是第三本任务书，一起研究研究。”

空白书页上，显出一个类似水母形状的图形，细看又像人脑。一条绿线从十一点位置贯穿至四点位置，居中有一颗红点。

这是什么？

第九章 肉厌文身

原始社会时期，古人用白泥或染料在身体和脸部画出纹路，既美化形象又恐吓敌人，图案多以原始图腾为主，这是最早的文身。

中国文身的历史可以追溯到三千五百年以前，多用于触犯刑法之人，工匠用针蘸墨水把图案刺在犯人脸部、身体的显眼部位，相当于给犯人纹刻“犯罪档案”，称为“墨刑”。因为只有黑色，时间久了颜色会发蓝发青，又叫“刺青”。

西周时期，江南吴越一带居民有文身习俗，后来有仲雍（周太王次子）的小孙女以刺绣服装取代文身，这也是江南刺绣的起源之一。

随着时间推移，文身演化成社会习气较重的江湖人士特有的标志。《水浒》里就有三个通体文身的好汉：“花和尚”鲁智深、“九纹龙”史进、“浪子”燕青。

发展至今，文身成为时尚元素，现代人对文身的理解包罗万象，极具个性，文身部位也是五花八门，匪夷所思。

文身有两种，一种是身体刺青，在皮肤上刺进各种图案或文字，难以去掉；第二种是人体彩绘，可以随时洗掉。近年来出现了不干胶彩画（文身纸），往身上一贴即可。

文身方式分为三种：第一种是流传自毛利人，用鲨鱼牙齿及动物骨刺捆上木棒蘸上墨水，用小锤敲击入肤；第二种是用针手工点刺入肤；第三种是美国人山姆·奥瑞里一八九二年——也有说是塞缪尔·奥莱里一八九〇年——发明电动文身机，由电机带动刺针刺入皮肤，成为延续至今的主流文身方式。

文身师这个职业也应运而生。

之所以谈这么多，是因为我和月饼经历过一件关于文身的诡异事件。在这里，我只想说：

其一，不要文不明所以的古怪文字、图案；

其二，不要文五个以上的数字组合；

其三，文动物要看属相是否相克，有些动物最好不要文在身上，尤其是猫、狐狸、蛇；

其四，恋人头像、人名最好不要文，一旦分手立刻洗掉；

其五，切勿接近在显眼位置文着动物、眼睛、神秘符号以及文字造型的人；

其六，切记不要与有十二生肖图案、文字的文身者有身体接触！

其七，不要纹和文身师相同的图案！

一

月饼打开第三本书，上面出现了奇怪的图形，说明图书馆的第二个任务确实是解决“杨泽在古城迷昏少女”事件。我们愈发确定了一个推论——集合“八族”智慧建立的图书馆，形成一种神秘力量，能够提前预知即将发生的事情，通过组成“62188”的书本向“异徒行者”传达喻示。

细想整件事，虽然匪夷所思并且有个致命漏洞，可是又不得不信。

月饼提出一个很有趣的观点：这两件事都和“八族”有联系，那么图书馆是否类似于“先天吉凶阵”“五行福祸阵”，能够预测和八族有关的喻示，由护阵人（我和月饼）处理？

韩峰对此嗤之以鼻，我举了《推背图》的例子反驳。《推背图》比作图书馆，每一页出现的预言图文和每本书出现的喻示有什么区别？所谓预言性质的物品一定是书么？英国的“巨石阵”还号称是对上世纪初两次世界大战预言性质的古建筑群。

韩峰也着实讨厌，梗着脖子就是不信。我和月饼都是“你不懂我也不愿多解释”的性格。韩峰就这么点想象力，我们总不能打开他的脑壳给他扩扩脑洞吧？

一顿酒喝得很不痛快，倒是讨论第三本书喻示的时候，韩峰异军突起，指出这是东越市地图，绿线代表闽江。月饼从电脑里找到东越地图做对比，居然分毫不差。地图上红点的位置是东越市博物馆。

我大为震惊，看不出韩峰还是个地理学霸。韩峰虽说固执，倒是个实在人，说了其中缘由。

我们去南平这几天，韩峰查出杨泽是东越市博物馆的保安，半个月前辞职。韩立收到的那封信，是杨泽出发来古城之前从东越市寄出的。

一帮人大为兴奋，纷纷要求共赴东越。我心说这挺严肃的事儿整成了组团旅游，正准备拒绝，月饼使个眼色，打着哈哈说再准备几天搪塞过去。

第二天天还没亮，我们俩就偷偷开车跑了，目标是东越市博物馆。

俩人轮换着开了三十多个小时，到达东越市已是第二天傍晚。我困得睁不开眼，月饼也没什么精神，我们索性先去东越市最有名的“三坊七巷”转悠一圈，吃点东西歇歇脚。

二

“三坊七巷”号称东越历史之源、文化之根，位于东越市南后街和两旁街坊。乌泱泱的老宅与现代化高楼大厦相映成趣，古今建筑水乳交融的景致在其他城市很难见到。

鸟瞰东越市，南北为九仙山、乌石山、越王山，东、南、西三向绕有护城河，面朝大海，正是堪舆走势的“聚气纳财”之相，又应了“三山鼎峙，一水环流”的“福禄寿”格局。

唐末，王审知建立闽国，依地势重建东越市，形似聚宝盆，三坊七巷恰恰位于盆眼位置，聚齐了东越好风水，正如一首诗词描述的——“谁知五柳孤松客，却住三坊七巷间”，这里自古就是人杰地灵的宝地。由此可知王审知也是精通风水堪舆的高人。

三坊七巷青石板铺地，白墙乌瓦，坊巷纵横，形似迷宫，如果没有特定目的地，边走边看倒也不担心迷路。只不过千百年历史老屋外挂着现代商业招牌，略有些时空错乱感。

我们逛街逛得肚子饿了，在一家老铺要了两碗肉燕，店小二端上来，我们才知道就像是“鱼香肉丝”没有鱼，这玩意儿和燕子一点关系没有。

肉燕又称“太平燕”，福州有“无燕不成宴，无燕不成年”的老话，做肉燕也是东越人家家户户必备手艺。制作时取猪腿瘦肉用木棒打成肉泥，掺番薯粉擀成纸片般薄，切成三寸见方小块，裹进鲜肉馅，晶莹剔透形似燕子。东越美食以鲜甜为主，肉燕也不例外，入口咬劲十足，肉味鲜而不腻，汤汁甜美，唇齿间留着淡淡清甜，别有一番滋味。美中不足是分量太少，北方人吃一碗也就是个两三成饱。

我和月饼大呼过瘾，连啤酒都没舍得喝，在食客们目瞪口呆中连吃五碗才算是心满意足。

结了账，我们继续溜达。

“月饼，东越小姑娘虽说个子不高，白白净净长得真不错，细腰长腿别有异族风情啊。”我吃饱了，开始乱看。

月饼扬了扬眉毛：“东越人是战国时期当地闽族和越国遗民融合的后裔，既有越人灵秀又具备闽族特征，长得不好看那才叫奇怪。”

我假装拍景偷拍丫头，结果被发现了。俩丫头秀气十足，瞥我一眼，略带羞涩地走了。我感慨道：“这要是换在北方，早被骂了。难怪你见天儿在南方旅游。”

月饼微微一笑：“也就你这个淫贼能把偷拍和旅游生拉硬拽扯到一起。”

我伸了个懒腰：“君子色而不淫，好看的姑娘谁不愿多看两眼？”

边说边走，溜达到一个亭子，亭侧相向而生两棵古榕树，枝繁叶茂，郁郁葱葱，更妙的是枝叶连理相拥成荫，远看如同恋人相抱。我们坐在亭边歇脚，亭内两个老人在喝茶闲谈，穿黄衫的老人捧着茶壶嘬了口：“还记得‘合抱榕’的传说么？”

圆脸老人意兴阑珊：“河道改造，双抛桥修成亭子，知道这个传说的娃娃越来越少了。”

两个老人有意无意地看了我们一眼，你一言我一语地讲了一段关于“双抛桥”“合抱榕”的传说——

三

邱然拎起遍体通黑的公鸡，对着鸡脖子横起一刀，血沫从喉管喷出，公鸡“咯咯”惨叫，鸡血四溅。邱然蘸着鸡血涂抹窗台，血浆像是碰到烙铁，“哧哧”冒着烟，烤成一道道干血。

烟气化成一张兔子脸的形状，弥漫在窗前聚而不散。邱然闻着腥浓的鸡血味儿，惊恐地望着窗户，心里越来越冷。

屋里烛光忽明忽暗，窗纸上映着披头散发的女人影子，惨叫声越来越凄厉，像一只正在地狱受刑的厉鬼。身材佝偻的老婆婆蹲在女人身边，急切道：“邱然，孩子脚先出来了，只能保一个！”

邱然如同五雷轰顶，呆呆地说不出话。

“婆婆，”翠娘挣扎着厉号，“娃儿还没到世上走一遭，不能就这么没了！”

“邱然，快做决定！”

“我……我不知道。”邱然跪在地上，手指深深陷进土里。

“保孩子，我撑不下去了。”翠娘气若游丝，“邱然，替我把孩子带大。”

“翠娘，对不住了，去了那边别怪我。”婆婆举起剪刀，剪开翠娘高高隆起的腹部。翠娘惨呼两声，没了动静。

“翠儿！”邱然一声狂吼，拽断鸡脖子，狠狠摔在地上。鸡头落在墙角，眼皮开合不止，啄食着地上的石子。鸡身扑棱着翅膀，鸡爪凌空乱抓，翻身撑地居然站了起来，晃晃悠悠地走向鸡头。

邱然怔怔地看着，手脚吓得冰凉。屋里突然传来撕心裂肺的惨叫，翠娘猛地坐起，挥舞着胳膊，一只血手冲破窗户，搭在窗棂上面，攥成拳头又缓缓松开，血顺着手腕上的“兔”字文身滴落。

“翠儿！”邱然跪倒，“咚咚”磕着响头。

无头鸡一声啼叫，鸡脖子里喷出热腾腾的血，再也不动了。屋里传出响亮的啼哭，婆婆捧起婴儿：“邱然，是个儿子——啊……”

邱然心里一沉，不顾“女子生育男人不得入内”的老规矩，冲进屋里。

翠娘肚子豁开一道血口，羊水掺着血水流了满床，早已死去。婆婆瘫坐在地上，血淋淋的婴儿挂着半截脐带，拱着婆婆干瘪的胸膛哭个不停。

“又……又一个……”婆婆哆哆嗦嗦地捧起孩子。

看清了孩子模样，邱然失声喊道：“怪……怪物！”

“你长长眼吧！”婆婆摸着婴儿豁裂的嘴唇，老泪纵横，“这只是孩子啊！”

“婆婆，刚才……刚才黑鸡活了，这孩子是妖孽，不能留！”邱然脸色铁青，早把翠娘的遗嘱忘个干净。

婆婆瞪着邱然：“这是翠娘用命换来的孩子，是你邱家的种！”

“不……不……”邱然向后退去，“这不是我的孩子，这是妖怪。”

“男人都一样，没出息！”婆婆剪断孩子脐带，包裹严实出了门，“我把他接到世上，你不养我养。”

邱然看到婆婆肩头亮起两盏小灯，背上趴着一团黑糊糊的人影，吹灭了其中一盏。

室内的烛火突然暴涨半尺，呼呼地闪着绿光，映着墙角几具还未完工的棺材。翠娘手指动了动，“咯吱咯吱”地坐起身，苍白的眼仁直视前方，慢慢地爬下床。

邱然早就吓掉了魂，眼睁睁看着翠娘走到身边，豁开肚子罩住他的脑袋。他清醒过来，用力扳着翠娘身子想挣出脑袋，却发现根本使不上力气。

他张嘴喊叫，血涌进嘴里，顺着喉管缓缓滑落。

“你不爱惜我们的孩子，那就一起走吧。”翠娘举起剪刀，插进邱然脖子。

烛火熄灭。月光透进窗户，像一张殓布盖着两具血肉模糊的尸体。房门悄无声息地推开，走进来一个长发覆面的老婆婆，用针蘸着红色液体在尸体上刺出蛇形花纹，念着一串奇怪的咒语。

邱然和翠娘直挺挺地站起，晃晃悠悠地走进棺材，躺了进去。

老婆婆走出屋子，身影融进黑夜，遗憾地说道：“可惜了两张好皮。”

四

第二天，百姓们围着“邱记棺材铺”议论纷纷。

连着四个月，东越出了四起“孕妇生子闹鬼”的怪事。铁匠铺杨氏生了个浑身黑毛，尖嘴斗眼的孩子，丈夫杨秋水没敢声张把孩子偷偷丢进河里。第二天邻居发现夫妻俩并排躺在床上，身体被烧红的铁水烫得稀烂，死相无比恐怖。

船夫何青的老婆生出全身长鳞，没有五官、四肢的肉条。何氏夫妻吓得魂飞魄散，抱着肉条找船把式破灾。船把式大吃一惊，说“这是蛇神娘娘下了诅，必须立刻除掉”。

船把式按照船帮老规矩，设了祭坛摆上蛇神娘娘的神像，用船撸子把肉条头尾串联，抹上厚厚一层鱼油，放在火上烤成焦炭，碾成末撒入河中。本以为破了灾，谁知过了半个月，何氏夫妻和船把式全身都是碗口大小的血窟窿，赤裸着死在同一艘船里。

胡氏一家死得更是恐怖，孩子生来就有四颗小牙。满月那天，夫妻俩多喝了几杯没有喂孩子，熟睡时被孩子啃掉鼻子眼皮，痛醒后互相看了一眼，生生吓死。孩子死在夫妻中间，牙缝里夹着几块人皮渣子。

连着三起怪婴死人事件，东越城人人自危，用鸡血占卜辟邪，防止惨祸降临。东越人信奉越巫，遇事用鸡占卜，又称“鸡卜”。秦汉时期越巫名扬天下，汉武帝更是对此深信不疑，在皇宫中建“越祝祠”，用“鸡卜”判断福祸祈求长寿。

现在百姓们见到邱家院子里有只黑公鸡身首异处，墙上涂着巫卜符号，夫妻俩还是惨死，认为是孩子不吉利，引来巫诅。众人跑到稳婆家，吵吵嚷嚷要她交出孩子，彻底祛除煞气消灾。

稳婆为保孩子性命，当着众人面拿刀子割开孩子的豁嘴，用针线把唇肉重新缝合。孩子疼得“哇哇”直哭，稳婆流着泪大骂：“你们十个有九个是我接生的，老太婆这辈子手里从没糟蹋过孩子。如今这孩子是个好娃儿，你们要动他先把老婆子的命拿走！”

众人早已失去理智，任由婆婆哭骂，夺了孩子扔在盛满鸡血的缸里淹死，把尸体埋在榕树底下，浇了鸡血破除煞气，这才散去。

过了几天，有人发现婆婆暴死家中，正值天气炎热，尸体腐烂不堪，爬满苍蝇白蛆。几户人家心里有愧，凑钱买棺材葬了婆婆。收拾遗物的时候，却在床下发现十多只僵死的公鸡，鸡尸堆里藏着一个槐木雕刻的蛇神娘娘，从头到脚扎着七根小针。被套的里子上刺着所有经她手接生孩子的生辰八字，惨死的四家人也在其中，名字用红色颜料涂抹，闻着是鸡血味道。

百姓们见到这些东西，断定婆婆在练某种邪术，豁嘴孩子被鸡卜破掉煞气，妨了邪术，反噬婆婆身亡。愤怒的百姓把尸体挖出吊在城门上，任凭风吹日晒雨淋，上不着天下不着地，永世不能投胎。

几户要生娃的夫妻，生怕已经遭了恶诅，合伙凑钱请乌石山的卜婆祛邪。卜婆到了东越，百姓们见到她的模样，大失所望：这个二十来岁，全身刺着花纹的漂亮小姑娘能干出啥名堂？

卜婆不以为忤，吩咐百姓准备了一口大缸，三十二条地鳝（盲蛇，常年生活在地底，以虫卵和幼虫为食）、四十九只黑公鸡、寿山石块，连同婆婆干尸放入缸中一起捣烂，缸壁上用鸡血画了类似于蛇的符号，生火烧成一坨青灰色石头，刻成人首蛇身石俑……

五

两个老人突然不聊了，喝了几口茶起身要走。我听得正起劲，这么一来心里没着没落，比在网上追更新还要难受。

月饼眯着眼睛笑道：“既然讲了，何不讲完呢？”

“卜婆破了邪术，为了防止再有类似的事情发生，定居东越，给百姓们文身辟邪，发明了一种燕子形状的美食，百姓服用消了恶诅。”黄衫老人走出亭子，“于是天下太平，百姓安居乐业。”

圆脸老者接着说：“这里从前是条河，住着邱、何两户人家。两家子女青梅竹马，却在迎亲之日被胡家恶少撞见，贪恋何小姐美色，抢回府里。何小姐趁着看守疏忽逃回邱家，正要和丈夫私奔逃难，胡恶少带着家丁赶来，把两人抓走。夫妻俩一路骂不绝口，胡恶少恼羞成怒，把他们抛进河里淹死，尸体埋在南北两岸，死也不能在一起。后来河两岸各长出一棵榕树，树根在河底相互交错，树枝在空中攀连，成了一道奇观。自此这座桥被称为‘双抛桥’，这两棵榕树就是‘合抱榕’。”

我听完这段类似于“梁山伯和祝英台”的故事，忍不住说道：“大爷，您讲跑题了。”

两个老人相视一笑，慢悠悠地转过街角。

听了这么个莫名其妙的故事，我正胡乱琢磨着故事里的各种关联，月饼望着老人远去的方向说道：“发现了么？”

我心里一愣随即明白了，盘算着亭子和榕树的位置，没得出结果：“风水没问题，没有阴气，两个老头不是‘懵’。”

有些地方的风水布局非常诡异，或是人为或是天然，形成“聚阴成人”的格局，被称为“封尸地”。这种地方埋进尸体，受风水影响不会腐烂，尸气化成阴气变成人形，多以老人、女子形象出现，与常人没什么区别，喜好和人聊天，这就是“懵”。

“懵”多出现于有古建筑的旅游景点，常人无法分辨。在景区歇脚的时候，身边如果有老人、女子四处找陌生人说话，再看若是穿着黑鞋，额头无汗，眼睛很少眨动，多半就是“懵”在作祟。

拍照时切勿将“懵”拍入镜头，否则会把它带走。这也是火眼低的游客为什么从旅游区回到宾馆、家中，始终心神不宁，睡觉时总感觉身边有人的原因。

有些“懵”生前死得太惨，怨念不散，化成人形也是原来的模样，不与人交谈，保持着临死前最后的行走状态。在著名古都的某个大型古建筑群，曾经有众多游客亲眼见到一排宫女服饰的“懵”，还有人拍了照片。

我和月饼在后来的经历中，曾经在某个著名鬼村遇到过“恶懵”，险些丧命，现在想想依然浑身发冷。

“肯定不是，‘懵’怎么会自己离开封厂地？”月饼摸着鼻子，“他们的手背上文着和杨泽那样相似的字。”

两个老人早没了踪影，我心里一急：“追！”

“没必要。既然敢露面就不怕咱们发现，”月饼沉默片刻，“南瓜，你注意到没有，这里的本地人似乎特别喜欢文身。”

来来往往的人们分不清是游客还是本地人，夜晚也看不清是否有文身，我不明白月饼是从哪里得来的结论。

“看看你刚才拍的女孩照片。”

我拿起相机，点开照片放大了细看，从她们的手背隐约能看到汉字文身。

“有人知道咱们来了，那个故事或许是警告，”月饼走出亭子望着夜空，“真巧，今晚正好没有月亮，很适合阴人夜行。”

莫名的寒意从脚底慢慢爬到头皮，我打了个哆嗦：“月饼，你怎么知道的？”

月饼懒洋洋地说：“两个老人讲的故事，其中的关联你没听出来？”

就在我愣神的工夫，手机状态栏冒出一条微信提示——韩艺：［小视频］。

视频里是一个巨大的黑暗空间，影影绰绰抖动得很厉害。急促的奔跑声中，韩艺结结巴巴地说：“南……南晓楼，我们在……在……博物馆，有……有……”

视频就到这里，我急忙打着韩艺电话，关机状态。我心说这下麻烦大了，韩立带着儿女折在博物馆了？这个老头办事儿怎么这么不靠谱！

正心慌意乱着，月饼倒是一点儿也不着急：“给奉先打电话。”

我拨通电话，听筒里传来熟悉的酒吧音乐。

“南爷，啥事儿？这么快就完成任务了？”

“奉先，韩立一家子今儿去酒吧了么？”我尽量保持着声音平静。

“快别提这事儿，昨儿一大早你们就走了，韩峰很不高兴，说看不起他们——”李奉先愤愤地说道，“就他那个德行，看不起也是应该的——哦，他们就去东越了。”

李奉先又嘟嘟囔囔说了半天，我脑子乱糟糟的根本没有听他说些什么，应付几句挂了电话。

“去博物馆吧，他们早到了。”月饼向停车场走去，苦笑道，“飞机比车快啊。”

六

坐到车里，我又拨韩立、韩峰的电话，都是关机状态。我把视频翻来覆去看了好多遍，忍不住骂道：“他妈的，韩立这个老盗墓贼，盗天盗地盗到博物馆，还把俩孩子拖下水！”

“换作我是韩立，也要搞明白到底谁是幕后主使，谁写的信，谁当年救了他。况且……”月饼嘴角挂着一丝冷笑，“你真信他们出事了？”

月饼的态度让我很生气，忍不住回了一句：“月饼，你丫有点人性行么？”

“你好好想想，这种情况下还有心情发微信视频？”月饼猛地踩了刹车，“一切小心吧。”

我心里一惊，却不愿承认月饼的分析有道理。如果真是这样，人与人之间除了欺骗还有什么？也许，我只是一厢情愿地相信，所谓“朋友”都是值得信任的好人。

车突然刹住，月饼背着包下车，望着远处的一栋建筑：“我宁愿相信有人胁迫韩艺发视频，设了个圈套等着咱们往里钻。”

我点了根烟，深深吸了一口：“但愿他们不会有事。”

“韩艺的视频发出到现在已经过了二十五分钟十二秒，”月饼看了看手机时间，“如果‘博物馆木乃伊’的传说是真的，足够三个人死几十回了。”

来东越的路上，我搜集了许多关于东越的诡异传说，和博物馆有关联的是“博物馆木乃伊闹鬼”异闻。

东越市博物馆二层陈列着南宋末年的夫妻木乃伊。二〇〇七年二月某天，晚上十点多有一位女保安巡逻，经过那两具木乃伊，隐约听见有人说着听不懂的话。女保安吓坏了，手电筒掉了也顾不上捡，跑出博物馆。

第二天，管理员发现男木乃伊的隔离绳打了五个死结掉在地上。他找来女保安问问情况，女保安支支吾吾说了晚上发生的事情，管理员将信将疑，就把这件事隐瞒过去，再没提起了。

过了一个星期，女保安突遇车祸去世，同事们以为是意外，管理员觉得不对劲，只是后来再没发生什么事情，也就不了了之。

四月份，有三件珍贵物品失踪，警方没发现任何被盗线索，博物馆只好加强夜间巡逻。晚上又是十点多的时候，一位男保安路过木乃伊，也听见了那些声音，直接晕倒在上。醒来之后发现自己躺在门口的椅子里，旁边摆着女保安曾经穿过的鞋子……

我和月饼路上分析过，杨泽曾经是博物馆保安，他的异变应该和木乃伊有某种联系，本想第二天去博物馆踩踩点儿再作打算，结果出了韩艺这件事，真让人恼火。

月饼比画着博物馆的造型：“你觉得它像什么？”

石砖铺成的广场尽头，一排台阶斜斜向上延伸至长方形的博物馆，馆顶左右是巨型月牙建筑，由梯形横台中间连接，两条宽大的平台从月牙建筑扩展到馆体外部，整体造型很像庙宇，更像是一座陵墓。

我心里一紧：“不可能是个坟堆吧。”

“许多博物馆陈列着木乃伊、干尸，如果把陈列品当成陪葬品，摆设的车马人物塑像相当于殉葬的人和动物，那么博物馆会不会是专门为木乃伊、干尸建造的陵墓？”月饼的眉头皱成了疙瘩，“而且，博物馆分区域放置不同的东西，和陵墓的主墓、副墓、子墓、储墓很相似。”

月饼这个观点太惊世骇俗，我消化了好一会儿才理清博物馆和陵墓的联系：“如果真是这样，那两具木乃伊诈尸了？”

月饼冷笑着：“白天对外开放，游客参观实际是祭拜，靠大量阳气压住木乃伊。夜间十点多是人的体气阳衰阴盛之时，也是天地间阴阳轮转时刻，阴物此时遇到阳人，诈尸也不是没可能。所以……”

月饼说到这里，很奇怪地看了我一眼。

我们遇到很难理解的问题，习惯这样无目的地闲聊，往往会在偶然一瞬间碰撞出火花。

我立刻明白了月饼想到了什么：如果这是个陵墓，就可以解释韩立他们如何在半夜进入戒备森严的博物馆。对于精通盗墓手艺的韩立来说，进陵墓比串门子还要简单。

“只有进去了才知道，”月饼进了房车，“你找气眼，我拿装备，今晚当一回盗墓贼。”

古人相信“人死灵存”，建造墓穴时会在隐秘位置做一个气眼，墓主的“灵”可以自由进出。手艺浅的盗墓贼不懂这些门道，寻到墓穴只会挖地洞进入，真正的高手则是通过寻找气眼入墓。

我曾经读过一本古籍，里面记载着一段乾隆年间关于“气眼”的异闻：“洛阳某村，数井干涸，村民于村边寻水眼凿井。月余，井水赤红如血，尸蠹如米，众惊恐，惶惶终日。周边闻讯，赶至观之，皆啧啧称奇。或曰‘此乃龙脉，三牲祭献，封井可安’，众依言遵循。不一日，村童山间玩耍，遇深洞，零落瓷盆白碗，拾之归家，有见识者称此为前朝遗物，必有古墓。众大喜，结伴掘之，及至十丈余，见先晋墓穴，财物皆毁。棺中尚存一尸，遍体红毛，眉眼如生，棺侧斗大一洞，有水声。须臾，红尸坐起，发异声，洞中血水如泉涌，逃之不及者皆毙命。自此，村中常闻鬼泣，有红毛尸人自血井爬出夜行。众请名巫驱邪镇墓，巫曰：‘村中血井乃墓穴气眼，水倒灌入墓，盗贼掘通此墓，阴阳二气交汇，五行相错致尸变。引墓中血水至山林，屠七只黑狗，取血浇灌百年老桃树，砍树焚木，烟熏血井，可消尸障。’众依此法，三日后红毛尸人毙于井边，众烧尸泄愤方休。自此村中太平，惟村外血水流经之处，泥石草木常年皆红，引为奇观。”

由此可见，自古以来大墓都有气眼。

趁着月饼准备东西的工夫，我画了博物馆草图，按照五行四相推演寻找气眼。从风水结构来看，博物馆没有任何问题，难道我们判断错了？

我有些不甘心，用奇门遁甲、先天八卦再次演算，依然没有结果。想到韩艺在馆里不知道发生了什么，心里更加焦躁。

月饼接过图纸看着："没算出来？"

我满脑子都是各种阵法术数，心烦意乱地不想说话。

月饼又说："不看图画还没注意，博物馆很像个'囧'字。"

我突然有了个模糊的概念，眼看就要抓住："月饼，你刚才说什么？"

月饼重复道："博物馆很像'囧'字啊。"

我默念了几遍，突然明白了这座博物馆的暗示。

有一种极为生僻的阵法，利用建筑布置摆出某个字形，其中内含破阵关键提示，被称为"字形阵"。

想到这里，我在纸上写出"囧"字，拆开为"八回"。"八"代表数字位置，"回"为"回廊"，既指曲折环绕的走廊，又指有顶棚的散步的地方。

我望着博物馆顶端的巨大平台，终于明白了"气眼"在哪里！

七

我们按照"字形阵"的喻示寻到"气眼"，月饼点了根牛油蜡烛放在洞口，火苗没有变成蓝绿色，他又就着火点了泡过糯米水晒干的艾草，烟气散而不聚，不成任何形状，看来里面没有脏东西。

洞口只容一人进入，月饼摸了一层灰，没说什么，咬着手电钻进去。洞口有些狭窄，我使劲收肚子才没被卡住，还好隧道平整没有石茬子，要不爬到头也遍体鳞伤了。

隧道里一片漆黑，仅靠手电的微弱光亮照明，我只能模糊看到月饼的鞋底，扬起的灰粉呛得鼻子发痒，显然没有人进来过。

这种幽闭的空间更容易让人胡思乱想，我有些不踏实，小声说话缓解压力："月饼，咱们俩一前一后像不像蚯蚓？"

"唔。"

"月饼，如果有人把进出口封死，咱们不就生生饿死成了干尸？"

“哦。”

“月饼，万一这是圈套就等咱们自投罗网怎么办？”

“嗯。”

我一时火大：“你丫除了拟声词还会说别的不？”

月饼突然停住，我没留神差点顶到他的鞋底，心里一紧：“怎么了？”

“可算是到头了，我咬着手电能回你个拟声词就不错了！”前面光柱乱闪，估计是月饼把手电拿到手里腾出嘴，“本来还没啥，让你嘟嘟囔囔，说得我心里直发毛。”

我憋着笑反问道：“你丫也会紧张？”

“废话！有你个‘好事不灵，坏事必中’的乌鸦嘴，防都防不住。”

我正要回两句，只见亮光一闪，月饼说道：“封口有个石板，我拍给你看，发微信了。”

我掏出手机打开微信，居然是韩艺的自拍照，还没来得及点开大图细看，图片突然不见了——“对方撤回一条信息”。

月饼若无其事地说道：“点得太快发错了。”

我追问道：“这才几天工夫，你丫和韩艺都发展到这一步了？”

“她主动发给我，我还能拒收不成？先别八卦，赶紧研究图片。”月饼用力推着气眼封口，口气有些失望，“韩立他们没走气眼，咱们在自投罗网。”

洞里满是灰尘的时候我就想到了这点，月饼肯定早就明白，只不过不愿说出来而已。

我越想越觉得不踏实：“要不咱们原道撤回？明天从大门进来。”

月饼反问道：“如果他们真的是被胁迫呢？”

我再没言语，看着月饼发过来的石板图片，横平竖直刻着九宫格，空格里标着1到9的阿拉伯数字。

我大体有个概念：“这是五行风水九宫格，摁对了数字顺序就会开启。”

月饼居然有心情点了根烟：“要不试试‘62188’？”

“没那么简单，”我连忙说道，“别乱动，万一摁错引发别的机关，这么窄的隧道可没地儿逃。”

“我也就说说而已。南瓜，您老人家多费费脑子，我先歇会儿。”

“月公公您还真是心大。”我研究着这串数字的含义，在心里标出对应的位置，一一报给月饼，“月饼，这是我的想法，不过有点不靠谱。”

“南少侠什么时候靠谱过？”

“月公公，您没有说好话的功能是不？”我没好气回道，“博物馆是坟墓，孩子给父母建墓天经地义，那么……”

“62188里面的6和2？”月饼反问道，“和1、8、8没有关联？”

“博物馆里面只有两具夫妻木乃伊，除非还有三具尸体，否则不会出现188，”我自己都觉得这个想法有些悬乎，“但我不敢确定。”

“试试不就知道了。”

我刚想阻拦，月饼胳膊动了动，两声沉闷的石板摩擦声响起，他已经摁下了刻着6和2的石块。石壁内部传出“咯咯哒哒”的齿轮咬合声，震得我耳膜发麻。我瞬间冒了一身白毛汗，这要是整错了，小命儿也就算是交待了。

一道暗黄色光线钻进暗洞，越来越亮，虽然隔着月饼看不到前面发生的情况，但我心里还是一松，暗自庆幸运气好：居然蒙对了。

月饼猫着身子钻出洞口：“南瓜，靠谱！”

我跟着爬了出去，还没看仔细周遭环境，月饼蹲在洞口，指着走廊右侧摆了个噤声手势。我看到了奇怪的一幕：一群游客背对着我们，聚在靠墙的展览柜前，双手摁着玻璃，脑袋凑在玻璃柜前上下摆动。

月饼压低声音：“注意左边那两个人。”

我仔细看去，左边那两个人的衣着打扮，正是在三坊七巷拍的那两个小丫头。

就在这时，我的手机偏巧响了起来。月饼瞪了我一眼，我摸出手机，慌乱中点了免提键：南爷，有个女人找……”

我急忙关机，可是已经晚了。那群人听到声音，僵着身体转向我们。我看清了他们的模样，心脏吓得差点炸裂——所有人的脸上，只有一张光秃秃的人皮。

走廊尽头闪出一道模糊的身影，冷笑着说：“终于等到你们了。”

那群人在幽暗的灯光中，如同一群僵尸，喉咙里响着嘶哑的“嗬嗬”

声，双手向前探着，左右晃着肩膀走过来。

八

“南瓜，我能让你坑死。”月饼甩出几枚桃木钉，“我拖住他们，你顺着气眼赶紧出去。”

我憋着火，摸出军刀：“你丫少扯淡！”

桃木钉擦过两个人的脖子，“噗噗”闷响，没有流出鲜血，反倒是溅起一层灰扑扑的粉尘，人皮耷拉下来，露出灰黄色的躯体。

“Wake up！”走廊尽头那个人居然喊了一句英文。

那群没脸人顿住脚步，脑袋像是被砍断垂在胸前，全身打着摆子，爆豆似的声响不绝于耳，皮肤裂出蛛网状裂痕，一片片掉落，变成了十来具涂着红色条纹的木俑，速度比刚才提高了好几倍，向我们冲了过来。

“既然不是活人，就没有顾忌了。”月饼哈哈一笑，迎面冲过去，一拳击中为首木俑的脑袋。

“哐当！”木质人头落地，无头木俑没有停住冲势，反倒抓住月饼胳膊扯拽，眼看后面的木俑就要把月饼包围，月饼侧身弯腰，把木俑胳膊架到肩膀上反身别断，屈膝撞断木俑腿弯，拎着半截木手砸向第二只木俑。

狭窄的走廊里，是密密麻麻的木俑，强烈的窒息感迎面扑来，压得我喘不过气。那一刻，眼前的一切变得缓慢，我清晰地看到一只木俑伸出木爪，插向我的胸膛。

我全身燥热，心脏狂跳，挥出军刀削断木爪，顺势刺进木俑臂弯，深深卡在里面。

“月饼，比比谁干掉得多！”我拗断木俑脑袋吼道。

“那你肯定输了，”月饼已经被木俑包围，断木声响个不停，“第三个了。”

侧面探来一只木手，陷进我的肩膀，鲜血喷涌。我手刀砍下，木臂断裂，木屑纷飞。

“咚！”胸口被击中，一口气憋在胸膛，我只觉得嗓子发甜，一阵晕眩。我咽下涌进嘴里的鲜血，一头撞向面前的木俑。

木俑仰面摔倒，后面几只也跟着砸倒。

突然，腿部一阵疼痛，一个木俑脑袋死死咬住我的脚踝，尖锐的刺痛感直透心脏，我疼得肌肉发紧，被另一只木俑扑倒，咧嘴咬向我的喉咙。

“咣！”月饼一脚踢翻压在我身上的木俑，把我拽到一侧，跺烂了咬着我脚踝的木俑脑袋，却被身后的木俑击中后背。

“你丫就不能让我省省心！”月饼嘴角流出一溜血丝，转身挡在我身前。

我勉强站起，深吸口气，空气里弥漫着呛鼻的木粉，忍不住咳嗽着。面前，只剩四只木俑，直挺挺地站着，却不攻击。

“呵呵，没想到新一代异徒行者有点意思，”那个声音森森笑着，“低估你们了。”

走廊的灯光忽然大亮，刺得几乎睁不开眼，迎光望去。

九

那是一个赤裸的英俊男人，左臂刺着一条奇形怪状的人首蛇身。他咧嘴一笑，露出两排洁白的牙齿：“异徒行者，你们好。”

月饼眯着眼睛问道：“你姓胡？”

男人眼中闪过一丝讶异，但还是点点头：“胡晓飞。”

我有些糊涂，月饼怎么会认识这个人？

“稍等片刻，我穿好衣服，”胡晓飞拿着墙角的衣服一件件穿着，“我劝你们不要有别的想法，否则会后悔。”

我刚起了趁机做掉他的念头，听他话里有话，突然想到韩艺下落不明，只得强忍住冲动。

“南瓜，记得那两个老头讲的故事么？”月饼摸了摸鼻子，“胡家恶少把邱何夫妻扔进河里淹死，胡、邱、何、杨四家生出怪婴暴毙。杨泽曾经是博物馆保安，明白了么？”

我瞬间联想了很多事情，一条线索在脑子里串联！几家人的宿命恩怨，居然能延续千年?

胡晓飞已经穿好衣服，一身保安打扮，拍着巴掌笑道：“东越市，知道我们故事的人已经不多了。你们很聪明，居然能想到这一层。”

月饼问道：“我很好奇杨泽是谁？”

“杨泽？”胡晓飞冷哼一声，“我曾经的家仆的后人。”

我注意到胡晓飞话里的含义，难道他就是胡家恶少?

“看你们身后。”胡晓飞半仰着头满不在乎地笑着。

我回头看去，在走廊另一头，昏迷的韩艺被反绑着，一具木俑摁着她的脑袋。

“只要我喊一声，她的脑袋就会……”胡晓飞双手合拢分开做了个爆炸手势，“嘭！”

我前冲半步绷住身子：“我操你妈！”

“你知道么？我最恨别人威胁我，”月饼笑了，“我一定会杀了你。”

“哦？我很期待那一天，”胡晓飞耸了耸肩，“只要告诉我图书馆的秘密，我会考虑给你这个机会。作为交换，我告诉你们一个秘密。”

月饼嘴唇动了动，看着我用唇语说：“听他讲完，拖时间恢复体力想办法。”

十

以下是胡晓飞的讲述——

邱、何夫妻被胡家恶少害死后，两家父母告官不成，举家搬迁离开了东越。胡晓飞仗着家势显赫，终日横行乡里，为非作歹，百姓们敢怒不敢言。

如此过了几年，双抛桥搬来一位老木匠，手艺活出众，生意倒也兴隆。

一日，胡晓飞逛完青楼，酒醉回家，遇到一个身材婀娜的女子夜行，顿起色心，不知不觉跟到了双抛桥。女子察觉身后有人，回身看到胡晓飞，浪笑着抛了个媚眼，走到河边榕树后，伸出一只手摇着帕巾。

他哪还顾得许多，跟过去搂住女子一通乱亲。女子欲迎还拒，半推半就靠在胡晓飞怀里，含着他的耳垂。胡晓飞全身酥麻，忙不迭解着衣裳，却撞到了树丛里软塌塌的一坨东西。他回头一看，榕树枝条贯穿一具溃烂的尸体。

他吓得魂飞魄散，耳朵突然一疼，被生生扯掉。再看怀里女子，皮肤皲裂，变成了一个木头人！他正要呼喊，木人堵住他的嘴，又把他的舌头咬掉，嚼了几口，抻着脖子"咕咚"咽进肚里。

"你杀了我的侄子，该偿命了。"老木匠从暗处走了出来，举锤把木钉楔进胡晓飞天灵盖，"你和你的家仆，一人供养一棵树。侄子和侄媳妇生不能在一起，死后连理，结了这段姻缘。化了怨气，转世再为夫妻。"

第二天，老木匠搬走了。百姓们发现隔河的两棵榕树一夜之间长得异常茂盛，枝叶连在一起，露珠滴落，像久别的夫妻相拥相泣。

埋在树底下的胡晓飞并没有死，他能意识到榕树每天抽取着身体里的汁液，也能感觉到自己变成一坨烂肉般的怪物，这种仇恨和痛苦无法形容。

一天深夜，他被挖了出来，救他的人居然是他母亲。

胡母给他套了张人皮，文了人首蛇身，告诉了他一个惊天秘密。

自战国以来，胡母的家族就掌握着一种神奇的术，通过给别人文身，刺上相应的文字、图案，盗取对方的命格、气运，还可以通过某种独特的文身，迷惑对方心智。

为了家族气运，胡母一族的祖先举家搬到了有文身习俗的东越。

胡晓飞失踪后，胡母思儿心切，在身上刺了寻子的"螟蛉"文身，终于找到了半人半鬼的儿子。她明知儿子恶贯满盈，有此报应，但是护子心切，便杀一名家丁剥了人皮，给儿子换了皮，又以人首蛇身文身护住儿子命气。

这种法门续得了一时续不了一世，于是胡母想出一条恶计。她将手艺传给东越匠人，特指几种文身可以保平安祛邪气，实际是盗取命、气，迷惑心智的恶诅。

这里面还缺三个关键步骤，一是"以命改命"，化解邱何夫妻对胡晓飞的阴怨；二是"血女铸器"，用常年沾血的女人制成物件供人膜拜，祈福落在刺着和这物件同样形状的文身的人身上，而接生的稳婆则是"血女"最好的人选；三是"人肉布厌"，把人皮剁烂掺进五谷制成面皮，人肉制馅做成燕子形状，迷魂草水煮熟制成“肉厌”，分给百姓服食，下了恶诅控制文身百姓。

胡母暗中指使匠人给胡、杨、邱、何四家的远方亲戚刺了恶诅文身，诅咒祸及胎儿，生下来就是煞婴，妨了父母性命，所以有了后来邱然家的惨案，应了“以命改命”。被恐惧吓得失去理智的百姓杀死了邱家怪婴，胡母趁机杀死稳婆，制造了“稳婆下诅”的假现场，剥了一张人皮假扮成年轻貌美的卜婆，刻了人首蛇身石俑供人膜拜，制作肉厌（肉燕）让百姓服用。既保得儿子性命，又为儿子能世代控制文身百姓做了准备。

胡母自知为了儿子造孽太多，又生怕他被人发现是个怪物，只传授了他惑人心智、人皮控俑、护尸不腐三种自保的文身术。临死前叮嘱儿子，邱、何夫妻前世姻缘未了，后世必回东越城应此姻缘，一旦遇到他们，胡晓飞须终身为奴，死后守灵才能完成续命。

胡晓飞本就是纨绔子弟，贪生怕死之辈，对于母亲的话哪敢不从，寸步不敢离开东越城。他东躲西藏隐姓埋名，每隔二十年杀人剥皮换身份，终于在南宋时期遇到了转世的邱何夫妻，入府为奴，在他们死后当了守陵人，用“护尸不腐”的文身术保得夫妻尸体，成了陈列在博物馆的木乃伊。

千年至今，他为保得性命，始终以各种身份守灵。东越市博物馆男女保安之死，是在夜间巡逻时偶然遇到他在祭拜木乃伊，被他用“惑人心智”的文身术取了性命。

直到五年前，有两个老人找到他，开门见山地说“知道他的秘密”。其中一人教会他木俑术，另一人给了他一封信，又讲了“异徒行者”的事情，还透露了图书馆有一种东西，可以让他变回正常的人。等到时机成熟，就把信寄给韩立，去古城图书馆抢那个东西。

胡晓飞忍了千年，早过够了这种半人半鬼的日子，哪怕当一天正常人就死也愿意。这几年他利用木俑术，夜间在东越城收集人皮把木俑变成人形帮手，偶遇了杨氏家奴的后人杨泽。

杨泽虽然不知道和胡晓飞前世的渊源，两人却臭味相投，胡晓飞给他文了“惑人心智”的“羊”字。半个月前，胡晓飞接到一个没有显示电话号码的来电，听声音是给他那封信的老人。

他不能亲自行动，便让杨泽寄出信，去古城寻找图书馆。后面的事情是我们的经历，他通过文身的感应知道杨泽死了，并不知道其中的过程。

昨天神秘电话再次响起，告诉他我们即将来到东越市，让他提前做好准备，还发了一张我们在图书馆吃饭的照片，标出了每个人的姓名身份。

十一

我联系这其中的线索和时间轴，那两个老人一个应该是陈木利的父亲陈永泰，一个应该是老馆长。我和月饼从在南平市的经历已经推测出这一切都是这几个人的暗中安排，再次听到心里还是有种被操纵的愤怒。而且，我还察觉到一件事，是谁拍下了我们吃饭的照片？难道图书馆里也有隐藏的摄像头？如果是这样，最近发生的一切不合理也就变得合理了；如果不是，就说明我们其中一个人在演无间道。

胡晓飞讲完这番话，看我们的眼神就像看死人："我忍了千年，经历了那么多朝代战乱，只有今天才能把所有事情说出来，好舒服啊！"

我虽然痛恨胡晓飞，但是想想这个怪物憋屈了好多个世纪，倒也多少能理解他的想法，毕竟一个人保守秘密是异常痛苦的事情。

"你的故事讲得真无趣，"月饼打了个哈欠，"要不是想知道来龙去脉，我早就干掉你了。"

"你们受了重伤，朋友还在我手上，我只能说你嘴很硬。"胡晓飞很认真地说，"我虽然没有战力，可是你们现在根本不是这几个木俑的对手。这样吧，你们两个只能有一人回古城，取回那件把我变回正常人的东西，以后大路朝天各走一边，我也过一段正常人的日子。"

月饼捏着指关节"咯咯"作响："南瓜，你信么？"

"鬼话只有鬼信，"我靠墙坐下，"剩下的事情交给你了，我歇口气。"

月饼慢悠悠地问道："你也想到了？"

我点了根烟："我比你聪明，想不到才怪。"

胡晓飞脸色微变："你们的朋友在我手上！"

"如果是我们的朋友，自然任你摆布，可是……"月饼扬了扬手，袖口飞出几粒肉眼几乎看不清的红点。

我望着韩艺说道：“她根本不是我们的朋友。胡晓飞，你白活了一千年，怎么没有一点智商呢？你说的那番话证明了三件事……”

月饼接着说道：“第一，你不认识韩立和他的儿女，这件事和他们没有关系；第二，有人给你发了照片，介绍了我们的资料，自然也是有电话号码；第三，韩立有多年经验，不可能冒冒失失夜闯博物馆，肯定会白天来踩点。你趁机偷了他们的电话，用木俑模仿韩艺的声音诱使我们到博物馆。”

胡晓飞脱口问道：“你们怎么知道的？”

我和月饼相视一笑，又一起摇了摇头。

我吐了个烟圈：“说你傻你就流鼻涕，我们做个推测看看你的反应。”

“你的反应说明推测是真的，那我就真的没有顾忌了。南瓜，我都说了不再用蛊术，结果每次都失言。”月饼扬起双臂紧握双拳，暴喝一声，“燃！”

“砰！”前后六只木俑冒起烈红的火焰，火苗像被一张无形的网兜住，没有烧到周围的东西。

月饼头发无风自动，火光映着棱角分明的侧脸：“把你的手机交出来。”

胡晓飞如同泄了气的皮球，软绵绵地瘫坐在地，眼神涣散地望着火团，嘴角不自觉地抽搐：“能放我一条活路么？”

“不能！”月饼没有一丝犹豫，“我保证你死得很简单，毫无痛苦。”

“我也活够了。”胡晓飞哆哆嗦嗦地摸出手机，拖着脚走了过来。我松口气，只要拿到手机，就能根据照片的拍摄位置找到线索。

就在这时，胡晓飞撞倒燃烧的木俑，四个木俑倒地摞在一起，把他压在下面。

火势一亮，人油嗞嗞作响，胡晓飞吼道：“我宁可痛苦着死，起码是做人的感觉！我不会再让你们知道任何事情，这种心情很难受吧。”

他的声音戛然而止，“砰！砰”火堆里爆起来，手机碎片四溅。

我和月饼望着渐渐熄灭的烈火，苦笑起来。

就在这时，我们身后气眼里传来窸窸窣窣的爬动声，一只枯瘦的手掌从洞口伸出，紧接着是半截肩膀，然后是缠着黑布的脑袋。

我心里一紧，刚要戒备，月饼却笑了。

十二

韩立、韩峰、韩艺一身夜行人打扮，既尴尬又疑惑地看着满地断木，尤其是看到胡晓飞烧成焦炭的尸体，更是讶异。

我直勾勾地盯着韩艺，倒不是因为裹身夜行衣把她的身体绷得更有曲线，而是她居然背了一柄弩。韩峰肩膀上斜露着半截黑色刀柄，挡住我的视线，依旧是一脸欠抽的表情："怎么回事？"

我又点了根烟没搭理他，月饼溜达着走到玻璃柜近前，眯着眼观察柜里的人首蛇身石俑。

韩立双手拱拳，讪讪笑着："月爷，南爷，这事儿没打招呼，希望能理解。没想到你们抢在前头就把事情解决了，我还琢磨着气眼封口居然打开了，显然也是两位的杰作，不愧是万里挑一的异徒行者。"

俗话说"千穿万穿马屁不穿"，我心里很是受用，正想回几句虚头巴脑的客气话，月饼忽然问道："老韩，你有办法把这玩意儿取出来，再换个假的进去么？"

韩立沿着玻璃柜边沿摸索，又比画着人首蛇身俑的形状："开柜子不难，只要找到差不多大小的石头，最多两个小时就能做个一模一样的。"

月饼看了看手机："时间来得及，那就麻烦你了。还有，你们的手机是这个人偷的，已经烧爆了。"

韩立问道："月爷，这里的事情能唠几句么？"

"回去路上慢慢聊，"月饼从包里取出二锅头，仰脖灌了半瓶，"南瓜，刚才奉先给你打电话，你赶紧回一个。"

我这才想起李奉先打来的电话，开机一看，密密麻麻上百条未接来电的短信提示。我回拨过去，听了几分钟，挂了电话，胃部因为过度紧张，剧烈抽搐。

"怎么了？"月饼问道。

我犹豫着不知道该怎么说，其实我根本不想说。

"南瓜，"月饼把二锅头一饮而尽，擦了擦嘴角，"有什么事情能让你瞒着我？"

我使劲咽了口吐沫，嗓子仍然干涩如刀割：“萍姐到图书馆了。”

月饼显然没有想到，反问道：“你说的是萍姐？”

“她……她说……”我结结巴巴组织着词语，“我的那台诺基亚，是她放进大佛耳洞的。”

月饼一把抓住我的衣领：“你说什么？”

我被勒得喘不过气，吼道：“你丫松手！萍姐说让咱们立刻回去，否则就来不及了。”

月饼怔了片刻，脸色忽青忽白，猛地松手抢过手机回拨过去：“奉先！”

“南……哦……月爷，那个姐姐来了之后指名道姓找你们，我寻思着你们认识，就打了电话，没耽误事儿吧？刚才南爷打回电话，姐姐说了几句就走了。她说只要你回来，就知道她在哪里。月爷，你那边怎么样了，顺利……”

月饼挂断电话，因为萍姐的突然出现方寸大乱，板着脸紧抿嘴唇，瞳孔忽大忽小。

我又何尝不是？

“老韩！拜托你把这里收拾干净，带着人首蛇身俑回古城！”月饼越来越激动，“我们坐飞机回去，车子停在飞机场，钥匙我塞在左后轮里面，麻烦你帮着把车开回去。事情太急来不及解释，回去见面再说！”

十三

我坐在副驾驶，车外景物呼啸而过：“月饼，开慢点。”

月饼指关节青白，紧握方向盘：“查查最后一班航班！”

“23：30，有票，我已经订了。”

“南瓜，你有什么想法？我脑子有些乱，不知道该相信谁。”

“我能有什么想法？反正我相信你。”

月饼扬了扬眉毛，忽然问道：“胡晓飞的母亲，你想到是谁了么？”

“历史上那么有名气的女人，怎么可能想不到？”

我看着窗外东越市的夜景，忽明忽暗的星光，璀璨的霓虹，三三两两的都市夜归人。

以及，我和月饼倒映在车窗上，熟悉又陌生的脸。

在我心里，还有个最大的疑问——讲故事的两个老人，到底是谁？

东越异闻：

“抱榕月影”：月圆之夜，情侣站在合抱榕两侧，事先不商量，如果心有灵犀许下同一个愿望，会看到两人身影慢慢靠近，相拥融合，甚是有趣。

“慈母拥子”：三坊七巷的郎官坊某处影壁，月牙夜，零时整，用闪光灯拍摄，照片进行曝光处理，能看到老母亲给儿子喂药的残影。据说在北宋年间，郎官坊胡家儿子失踪多日，母亲日夜泣血祈祷，胡家儿子最后奄奄一息躺在门前。母亲悉心照料，终得康复，母子搬离郎官坊，再无踪迹，留下了这道残影。

“蛇图腾”：东越人以蛇为先祖。在相当长时期内，蛇图腾一直存在于东越后裔中，东越疍民直至清末仍自称蛇种，并不讳言。东越人在宫庙中画塑蛇的形象，定时祭祀。行船时在船首上放一条蛇，名叫“木龙”，祈求蛇保佑行船平安，若蛇离船而去，则为不祥之兆。清代，东越疍民妇女，发髻上多插着昂首状蛇形银簪，其寓意亦为不忘始祖。

（第一部　完）

图书在版编目（CIP）数据

灯下黑 / 羊行中著. —广州：广东人民出版社，2015.8
ISBN 978-7-218-10347-1

Ⅰ. ①灯… Ⅱ. ①羊… Ⅲ. ①长篇小说—中国—当代
Ⅳ. ① I247.5

中国版本图书馆 CIP 数据核字（2015）第 211347 号

DENGXIA HEI
灯下黑 羊行中 著

出 版 人：肖风华

特约编辑：后 超
责任编辑：钱飞遥
责任技编：周 杰 易志华

出版发行：广东人民出版社
地 址：广州市大沙头四马路 10 号（邮政编码：510102）
电 话：（020）83798714（总编室）
传 真：（020）83780199
网 址：http://www.gdpph.com.
印 刷：三河市金泰源印务有限公司
开 本：690 毫米 ×980 毫米 1/16
印 张：16.5 **字 数：**300 千
版 次：2015 年 8 月第 1 版 2019 年 5 月第 3 次印刷
定 价：35.00 元

如发现印装质量问题，影响阅读，请与出版社（020-83795749）联系调换。
售书热线：（020）83790604 83791487 邮 购：（020）83781421